UN CRIME DE GUERRE

SYLVAIN JOUBERT

UN CRIME DE GUERRE

Flammarion

ISBN : 2-08-066978-8
Imprimé en France

à mon ami Robert Hébras

« Allons mon cœur d'homme la lampe va s'éteindre
Verses-y ton sang »

Apollinaire

Avant-propos

Je ne sais ni comment ni pourquoi... Je sais seulement qu'un jour j'ai entrouvert la porte de cet enfer et que j'y ai passé la tête, c'est tout, c'est simple. Je me souviens d'un froid livide sous un petit soleil vertical, de cette matinée d'hiver dans ma vie de vieux jeune homme, d'une pancarte, d'une grille... Hébras m'a dit « après vous » et je suis entré, voilà.

Robert Hébras est un des « miraculés » de la tuerie d'Oradour. A la rubrique « Oradour-sur-Glane » de votre dictionnaire habituel vous trouverez une définition du type : « Commune de la Haute-Vienne, etc. Massacre de la population entière par les Allemands le 10 juin 1944. » Les plus curieux pourront toujours se reporter aux ouvrages de compilation qui traitent de la Seconde Guerre mondiale; ils y liront que le samedi 10 juin de cette année-là, soit quatre jours après le débarquement des Alliés en Normandie, la troisième compagnie du premier bataillon du régiment « Der Führer » de la S.S. Panzerdivision « Das Reich » investissait à quatorze heures de l'heure

---

Pour des raisons évidentes, les noms des magistrats et des accusés disséqués dans ce livre ne correspondent pas à la réalité. Toutes les autres circonstances, et particulièrement celles du massacre d'Oradour-sur-Glane, sont strictement exactes.

allemande une paisible bourgade limousine du nom d'Oradour-sur-Glane. A la tombée du jour il ne restait plus un seul habitant vivant et plus une maison debout. Parmi les six cent quarante-deux victimes officiellement recensées, on dénombrait quelque cinq cents femmes et enfants. Rassemblés dans l'église, ils y avaient été gazés, mitraillés puis brûlés – vifs pour bon nombre d'entre eux – et ce, tandis que les hommes étaient fusillés dans les granges. Cinq jeunes gens et un gosse devaient en réchapper ; Hébras était du lot, il n'avait pas encore attrapé ses dix-neuf ans... En ce qui concerne le massacre de l'église, une femme, une seule, Marguerite Rouffanche, réussissait à se sortir de ce four crématoire en sautant par un vitrail.

Quant aux « mobiles » de cette tuerie qui n'était, somme toute, qu'une « anecdote » au regard des artisans hitlériens du Génocide, on peut les réduire à la formule lapidaire de ce rapport rédigé le 13 juin 1944 par un major S.S. du régiment « Der Führer » : « *Eine vorübergehende Aktion der S.S. Panzerdivision 'Das Reich' in Limoges und Umgebung hat auf die Bevölkerung sichtbaren Eindruck gemacht.* » Une action passagère de la S.S. Panzerdivision « Das Reich » à Limoges et dans les environs a fait une impression visible sur la population !... Un second rapport daté du 17 juin invoque « la salutaire influence produite sur le moral de la troupe par le commencement des mesures de représailles » ! Toute autre interprétation ou relation des faits serait, dans l'état actuel des connaissances historiques, à verser au compte de la « révision » ou de la « négation ».

Certains manuels vous préciseront que la troisième compagnie, commandée par un certain capitaine Otto Kahn, était forte d'environ cent trente unités et que, si l'on excepte l'encadrement, la plupart des hommes de troupe étaient de jeunes recrues d'une moyenne d'âge de dix-huit ans qui ne connaîtraient le « baptême du feu » que sur les plages normandes. Notons encore qu'au sein de cette horde de massacreurs se trouvaient quelques dizaines d'Alsaciens enrôlés de force dans l'armée allemande, de ceux que l'on a coutume d'appeler des « malgré-nous »... Tout le reste ne peut s'écrire qu'avec du sang.

... et puis Hébras m'a dit « après vous », alors je suis entré, voilà.

A la fin de la « visite » je lui ai demandé où se trouvait sa maison. Nous nous sommes arrêtés devant un petit carreau de gravats, pas grand-chose : un bout de cloison édentée, quelques pierres d'un chambranle, un seuil, un trou avec des franges de ciel au-dessus d'un rang de clapiers... J'aurais peut-être dû tenir ma langue, je n'ai pas pu... Il y a déjà quelques années de cela. Peu importe en quels termes j'ai tourné cette question bancale, toujours est-il que je lui ai demandé où il pouvait bien trouver la force de venir, presque chaque jour depuis cinquante ans, rôder autour de son nid détruit. Il a pris mes mesures dans son regard tout droit, il m'a souri et il m'a répondu : « Vous, les visiteurs, vous ne voyez que des ruines, moi je vois ma maison et j'entends encore ma mère qui m'appelle. Ici, c'est ma jeunesse. »

C'est un peu comme s'il m'avait confié son étoile. C'est si précieux, si fragile l'étoile des fusillés ! Je ne pouvais pas faire moins que de lui offrir un livre.

Le plus souvent on entrepose l'horreur du monde derrière nos yeux avec les fatigues et les rêves noirs ;

elle nous chiffonne l'espérance, elle barbouille nos enchantements, elle nous fait, faute de trouver un remède, loucher vers l'Eternel et pousse sous nos doigts les grains d'un chapelet... Quelquefois on prend une plume ou un pinceau parce que c'est trop lourd pour l'entendement; chacun à sa mesure, on s'essaie à son petit « Guernica », on immortalise des choses irréparables pour que le souvenir n'en meure... On appelle cela des « œuvres d'art », ce ne sont finalement que des hantises que l'on rhabille avec des couleurs et des mots.

I

Oradour, hiver 1953

On ôte les mains des poches, on donne un quart de tour au nœud de cravate, on rajuste le veston et le pardessus et on laisse déborder d'un col impeccable la tête de quelqu'un qui sait rester digne en toutes circonstances. Raideur d'échine, jarret empesé, menton pointé sur l'horizon et juste assez de glace dans l'œil pour y figer une émotion bienséante qu'on promet de maintenir à son étiage quoi qu'il arrive.

En dedans bien sûr, c'est une autre affaire. Surtout quand c'est la première visite, qu'on s'appelle Henri Lagarde et qu'on est de surcroît l'avocat d'un Unterscharführer S.S. qui a fait ici plus que sa part de besogne. On se demande alors ce qu'il adviendra de ce mince crépi de comme-il-faut lorsqu'on va recevoir en pleine poitrine l'énorme paquet de détresse de ce pauvre patelin saccagé. On se voit déjà tout piteux, tout déconfit avec les yeux qui piquent, les phrases convenues qui s'embouteillent dans l'arrière-gorge et une irrépressible envie de prendre ses jambes à son cou.

Au lieu de ça, c'est comme une petite voix tristoune qui vous chuchoterait « avé l'assent » de par ici : « N'aie pas peur, monsieur, ils sont partis, tu peux entrer... Mais ne fais pas trop de bruit à cause des enfants qui dorment. »

De surprise, on en oublie le bâton qu'on s'était coincé dans le dos, on reprend sa tête des jours ouvrables, son regard d'homme peureux et intelligent ; l'instant d'après on a déjà passé la grille d'un pas de promenade. On s'en est à peine rendu compte.

Et si par bonheur on a tout contre soi la bien-aimée qui frissonne parce que c'est janvier et qu'elle non plus n'en mène pas large, alors on laisse sortir ce qui vient, sans tourner sa langue, en piochant dans le vrac des formules passe-partout. Et tant pis si c'est un peu sacrilège de penser des choses pareilles au seuil de la rue Emile-Desourteaux.

– On se sent bien ici...

– Oui, fait Mathilde.

Un tout petit « oui » stupéfait dans la buée de son haleine parfumée de sucre d'orge et de tabac anglais.

– C'est vrai que si on ne savait pas, souffle encore Mathilde, on pourrait s'imaginer...

Seulement on sait. On ne peut pas faire autrement que de savoir. D'abord il y a la pancarte qui vous tire bien poliment par la manche pour mendier le petit secours d'une pensée. En deux langues, c'est plus sûr : « Souviens-toi ! *Remember !* » La plus élémentaire des charités veut alors qu'on aille un peu fouiller dans les rayons. Oh, pas bien loin, juste derrière. C'est encore tout chaud cette saleté : juin 1944, janvier 1953, huit ans et une poignée de mois. Qu'est-ce que c'est huit ans quand des bouches ont décliné de telles agonies ?! Un petit bout de chemin vers une étoile proche... Ça pèse une plume à l'aune des douleurs. Sans compter qu'au sortir de la dernière en date, c'est par millions qu'on se bouscule encore aux guichets du chagrin. Tous ces gens phosphorés, dissous, atomisés, écrabouillés, brûlés, criblés, ça en fait du monde qui attend d'être couché dans un martyrologue par ordre alphabétique, qui espère qu'une instance officielle va lui dire une bonne fois si c'est par maladresse ou pour faire nombre qu'on lui a fauché sa petite vie précieuse, chaotique ! Ça en fait des larmes et des impatiences pour celles qui espèrent encore qu'un tapis volant leur ramènera l'époux, le père, le fils chéri, gris de faim dans sa bure couleur de zèbre, penaud de les avoir laissés si longtemps sans espoir, clignotant comme Lazare à l'éblouissant miracle du retour. Ça en fait des insultes à Dieu quand la maman lit l'étiquette sur le cercueil nain et des moulins à prières qui tournent dans toutes les langues pour apaiser les âmes folles... Et encore des morceaux d'hommes tout putrides qui s'appellent dans les décombres, qui aimeraient bien se remettre un nom sur les débris de leur figure, qui s'ébrèchent comme des bêtes aveugles aux gravats barbelés de ce qui fut leur nid d'amour à la recherche d'un lit de noces ou de vieillesse, pour y mourir proprement...

Les six cent quarante-deux massacrés d'ici méritaient un traitement d'exception, c'était bien le moins qu'on pouvait faire. On les a regroupés par famille sur des belles plaques avec la mention : « Morts pour la France ! » Pensez donc, des enfants de trois ans, des nourrissons, des nouveau-nés ! Et puis il y a le reliquaire, son atroce brocante qui vous travaille la tripe et le cierge du mémorial, immense, tout pâle sur le nord du ciel, là où il est toujours si bleu, couleur d'espérance, à l'opposé du soleil. Et ce n'est pas tout ! Pour être sûr que l'oubli ne déposera pas sa poussière sur cette orgie criminelle, de Gaulle a décidé qu'on laisserait les choses en l'état, qu'on ne débarrasserait pas la table ; que ce soit au moins la preuve que la guerre, ça ne se résume pas qu'à des petites oriflammes qu'on pique sur des cartes, du vrai sang mâle et professionnel versé à la régulière, « seigneurs » contre « seigneurs », Rangers contre Waffen S.S., à égalité d'héroïsme et de bottes savantes, debout les fiers chevaliers dans le zim-boum de la pétarade, la fleur aux dents et la piétaille dans la bouillasse qui attend le coup de sifflet, soûlée de gnôle et de pétoche. Baïonnette au canon! « Adieu l'amour, adieu toutes les femmes »... Et des soleils d'Austerlitz sur la page de gloire pour éclairer ce beau challenge de testicules!

Cette guerre-là, c'est celle des ayants droit, ceux qui mériteront les palmes, les croix de fer, ou, si une balle leur a trouvé le cœur, l'adieu bourru des compagnons d'armes dans la robe frissonnante des drapeaux, quand on sonnera aux morts...!

Mais pour les autres, indiscriminés par centaines de mille, les pipes de foire pour tireurs d'élite, les otages, les entre-deux-feux, la grosse échevelée, là-bas! Regarde-la courir sur une route d'exode traînant vers le fossé son chapelet de marmots – quelle cible amusante, n'est-ce pas, pour un as des as! – et l'avion du héros se soulage sur la procession de charrettes où trône l'aïeul infirme, pitoyable roi fainéant mitraillé sur sa courtepointe entre le canari et le poisson rouge!

Henri laisse filer son indignation. Tant pis pour ce lieu saint. Elle lui ronfle dans le ventre. Devant le reproche muet de cette mâchoire fracassée, béante, lui viennent des accents de prétoire.

– Pour ceux-là, comprends-tu ma chérie, et les ensevelis des caves, pour le centième sur la liste, la guerre c'est encore plus injuste qu'un tremblement de terre... C'est un gâchis innommable qui empeste la charogne et la sueur des jeunes filles violées... C'est mille godillots à clous qui piétinent une fleur ou un chef-d'œuvre, c'est l'innocence étoilée de jaune dans la fumée des crématoires, c'est une galette d'enfant sous la chenille d'un tank... C'est ce pauvre village ravagé en quelques heures, foutu, irrefaisable! Regarde-moi ça! C'est honteux, navrant... Il n'y a pas de mots, il n'y a plus de mots, hein Mathilde...! Et c'est presque pire maintenant que toute la fureur et les cris se sont repliés sagement dans les manuels d'histoire... On se sent Ponce Pilate avec nos intelligences de petits rentiers, nos mains vacantes, nos yeux qui fouinent, nos cœurs sans chamade... si au moins il restait un cadavre à reconstruire, des braises à piétiner, qu'on puisse racheter ne serait-ce qu'un empan de cette abomination en plongeant les doigts dans des choses qui puent et qui brûlent...

– Et pourtant, elle est quand même gentille cette grand-rue...

Mathilde n'a pas pu s'empêcher; ça lui est revenu sans crier gare, à peu près en face de la maison Dupic, enveloppé dans le retroussis d'un sourire, un coucou de la petite fille en vacances, une dévalade sur la vieille bécane d'un garnement dans une grand-rue, ailleurs, avant, mais toute semblable. D'y repenser, elle en frémit comme si c'était hier. Du coup Henri laisse retomber sa sainte colère pour mettre son écho. C'est vrai qu'elle incite encore à des gamineries cette rue qui coule en pente douce comme le dessus d'une main, avec les poteaux du tram en sentinelles, leurs gros pieds qui dansent dans des flaques dépolies... On évoque des retours dans le soir tiède, des pèlerines d'écoliers claquant au vent qui tourne, des grands jets de mots d'une porte à l'autre pour se renvoyer le bon appétit, des infinités d'habitudes comme l'eau qui arrondit les pierres...

Sans compter que la nature a fait son petit travail

de rafistolage : du chiendent, du lierre autour des yeux crevés des fenêtres, des incontinences de printemps pour laver la cervelle sur les murs et les coups de langue de l'incendie. C'est une ruine avec son air des dimanches. Si le temps était au beau on pourrait s'asseoir sur la marche ensellée d'un seuil et attendre le tramway de Limoges. Il ne va pas tarder avec son bringuebalement de gros jouet en ferraille. Bientôt on verra s'allumer à la sortie du virage le feu de bengale de son pantographe... Non, ces vraoumades sourdes de gros moteurs à pouls lent, ces paumes d'acier qui font ventouse sur le bitume, ce n'est pas d'un tram, c'est d'un convoi qui monte... Des engins de guerre, des chenillettes... Et dessus, des Panzergrenadier de la « Das Reich » des S.S., regarde, ils ont la tête de mort et des brassards !... Tout à l'heure sur la route de Saint-Victurnien ils chantaient dans les camions : « *Ob's stürmt oder schneit*... sous l'orage ou sous la neige, sous le soleil riant... »

– Tu crois qu'ils avaient le culot de chanter, s'indigne Mathilde ?!

– Qui sait ?... A l'occasion je demanderai à Lensdorf.

– A quoi ressemble-t-il, ce Lensdorf ?

Henri cherche un gros poisson mou et livide dans la nuit des profondeurs, mais une fois de plus le nom lui reste au bout de la langue et refuse de sauter. Alors il déchiffre l'étiquette :

– Monsieur tout-le-monde, voilà... Un monsieur tout-le-monde qui vivrait dans une cave et qui mangerait comme quatre.

Ils se sont laissés rouler tranquillement dans la rue Desourteaux. Avec conscience ils ont marqué le pas devant chaque lieu de fusillade, s'étonnant à demi-mot de ne rien trouver d'extraordinaire à ces abattoirs miniatures. Petits théâtres de morts violentes, ils sont redevenus ce qu'ils n'auraient jamais dû cesser d'être, des remises paisibles avec le ciel des quatre saisons, libre dans les cintres, et la terre battue des sols qui a bu le jus des agonies comme elle avait bu le sang du cochon, la graisse des machines. Dans le garage Desourteaux, là où Lensdorf commandait le peloton, Henri a pointé le doigt sur le crachat étoilé de quelques impacts : des balles aplaties par la traversée des poitrines, une queue de rafale, à l'aveuglette, pour terminer le chargeur...

A la grange Laudy, celle des miraculés, ils ont fait une station plus longue. Elle est vaste et à tous les vents. Un treillage en bois défend l'entrée ; force est donc de se mettre, sans penser à mal, à la place exacte des fusilleurs. Mais en général, c'est une idée qui vous rattrape après la visite et ne fait que traverser comme le frisson d'un courant d'air.

Un bon moment ils sont restés plantés là sans rien se dire, guettant seulement les aiguilles insidieuses du froid ; puis ils ont partagé un morceau de sucre. C'est un rituel inusable qui date de leurs premières escapades de fiancés... La nique à leurs cheveux d'amoureux déjà parfilés d'argent, aux enfants qui les poussent ; peut-être aussi, cette fois, dans une plus secrète connivence, un petit coup de fouet pour le Golgotha de l'église qu'il leur faudra bien affronter au terme du pèlerinage.

Ce faisant, Henri s'est brusquement ressouvenu d'un passage du dossier. Un soldat du peloton, lui aussi, croquait des morceaux de sucre. Les rescapés de la grange s'accordent sur ce qui semble *a priori* n'être qu'un détail annexe. Et peu importe que tel décrive un rondouillard plutôt jovial, tandis que pour l'autre c'était un échalas à ganache carrée. Ce qui donne le vertige c'est bien que cet homme mangeait du sucre à quelques secondes d'une Saint-Barthélemy!... Déjà l'idée a commencé de se tailler une route neuve dans la geste officielle, bousculant sans vergogne l'imagerie trop commode de la soldatesque en furie et des victimes suppliantes. Suivent des questions dont les réponses contiennent peut-être le chiffre de cette inimaginable tuerie que rendent encore plus monstrueuse la banalité de son exécution et la jeunesse des exécutants. Est-ce vraiment d'un guerrier habité par la haine et la rage dans l'imminence d'une action de guerre – même de représailles – que de grignoter des bouts de sucre et de blaguasser avec les copains? Car sur ce point aussi les témoignages se recoupent. A coup sûr, non. C'est d'un petit gars qui écoute son estomac chanter les fayots de midi, qui trompe, d'une botte sur l'autre, ce laps de temps vide en attendant l'ordre d'arroser de plomb la soixantaine de bonshommes qui patientent dans la pénombre de la grange. Eux aussi, fraîchement sortis de table, endoloris par la boustifaille, placides, avec leurs fronts tannés de soleil, l'œuf blanc des dessus de crânes chez les plus vieux quand ils ôtent la casquette pour se gratter, leurs mains à grosses veines, désœuvrées dans les poches ou les entournures, et surtout la tache claire des chemises; c'est bien là l'essentiel pour le croqueur de sucre et ses acolytes : pas besoin de mettre en joue, les balles trouveront toutes seules... Et tandis que sous la marmite du casque que plombe le zénith infusent les louches et coquines rêvasseries de son âge, il grignote, tranquille, uniquement occupé par les événements immédiats de sa petite usine à sensations, incapable même d'envisager l'instant d'après qui pourtant va faire de lui et de ses camarades d'imprescriptibles assassins. Il faut dire que, malgré la tenue léopard et les peintures de guerre, c'est un homme de la dernière pluie, pas tout à fait terminé, qui se gave de sucreries comme le gosse qu'il était la veille encore et qui mijote dans le coin le plus caché de son obtuse caboche les phrases qu'il moulera avec ferveur, ce soir à la pause, en tirant un petit bout de langue d'écolier : « Ma chère maman, *geliebte mutti*, j'espère que cette carte te trouvera en bonne santé ainsi que toute la famille. » Une fois qu'il aura dit qu'il se porte comme il faut et qu'il mange de même, il ajoutera « bons baisers » et le crayon-encre restera le nez en l'air, faute de mots. Il a quitté l'école à quatorze ans, il en a eu dix-huit avant-hier ou il les touchera après-demain. Dans les derniers six cents jours de cet entre-deux qu'une mauvaise carte de son petit destin a fait coïncider avec une guerre, il a connu les affres de la puberté, il a pris de la pointure, des duvets sous le nez, une carcasse de débardeur et dans le tambour de sa tête roulent les ordres, les contre-ordres, les appels, les contre-appels et les slogans de la Hitler Jugend. Il est aussi abruti qu'exalté; il a des faims d'ogre et des tas d'envies dans la culotte qui le préoccupent. Il signe Ernst ou René, il est du Hanovre ou de Landersheim, c'est un brave petit rustaud fort et docile comme un bœuf. S'il était de l'autre côté du fusil, dans le camp des futurs massacrés, il se mettrait au fond avec les gars de son âge. Il se doute bien d'ailleurs de ce qui les fait rigoler en douce : des coups à eux, des petites combines pour demain dimanche, des blagues sur les filles. Il y en a même un qui s'est assis pour faire le crâneur. Mais le sergent Reyner ne lui a pas laissé le temps de prendre ses aises. « Vous pas asseoir », qu'il lui a fait, sans gueuler; pas la peine avec ses yeux de loup. Sacré pistolet, ce Reyner! Il baragouine un peu de français. A Barsac il fréquentait une petite; une pas vilaine, avec des jambes surtout... Toujours est-il que le noiraud du fond de la grange, il ne se l'est pas fait répéter. Lui non plus, le croqueur de sucre, il n'aurait pas ramené sa fraise s'il avait été de l'autre côté du guidon. Il se serait déplié à l'économie pour pas trop avoir l'air de se déballonner aux yeux des copains ; il aurait remis les mains aux poches et il aurait continué à attendre d'une patte sur l'autre comme un cheval qui dort debout. Inquiet ? Un peu, bien sûr, mais loin là-bas, dans l'arrière-boutique de l'instinct, derrière sa jeunesse immortelle, derrière l'obsession des filles dans leurs petites robes de juin qui les racontent en transparence. Evidemment c'est jamais bien rassurant d'être braqué par des S.S., même si on a des papiers en règle et la conscience tranquille. Sans compter qu'ils sont plutôt chatouilleux depuis le débarquement. Hier à Tulle, paraît-il qu'ils en auraient pendu une centaine à cause des communistes. Ceux-là, toujours à faire des siennes ! Mais ici, il n'y a pas plus de communistes que de maquis ou autre ; ici, on a toujours suivi le Maréchal en attendant que ça se passe... Et puis ils ont pas l'air bien féroce, tous ces poil de carotte avec leurs taches de son. Comme disait le vieux père Machin pendant le rassemblement, on leur presserait sur le nez qu'il en sortirait encore du lait !... C'est vrai que, dans le trajet entre le champ de foire et la grange, ils aboyaient pour faire activer le troupeau mais il n'y a pas de quoi se monter le bourrichon pour autant ; c'est dans leurs habitudes de militaires et puis ils ont une langue qui s'y prête. Il y a bien eu aussi quelques coups de botte dans les chevilles et la crosse du Mauser qui a fait un drôle de floc dans les bourrelets du gros père Untel qui tirait sa patte raide en queue de file... C'était plus vexant que douloureux ; il n'a pas moufté d'ailleurs. En 1914 il en a vu d'autres avec les carnes de la prévôté. Il sait bien que, dès qu'on met un uniforme sur le dos d'un bonhomme, il fait la grosse voix et il rudoie son monde ; on lui a montré comme ça... Parce que, s'il fait patte de velours avec les civils, c'est lui qui reçoit les coups de pied au cul. Six ans de biffe dont quatre en campagne, il connaît la musique, le gros père Untel. Pas besoin de le chauffer beaucoup pour qu'il vous explique que l'armée, c'est un assemblage qui tient en poids et volume comme les murs de pierres sèches. Il y a toujours quelqu'un au-dessus de celui du dessus. Et même pour la marionnette qui est tout en haut de la pile avec les feuilles de chêne et les plans de bataille, il y a encore les politiques qui lui tirent ses ficelles ; quant aux politiques, s'ils veulent durer dans la carrière, il faut bien qu'ils tiennent compte de toutes les petites cochonneries qui suintent de l'opinion publique et qui se ramassent en gros abcès de haine comme le grisou dans les puits de mine. A l'occasion si le vent leur paraît favorable ils ouvrent les égouts, ils soufflent sur les braises... Manque plus qu'un fou furieux qui jette une allumette en passant et on remobilise pour l'éternelle « der des der ». En attendant, le jour où ça fait badaboum, le premier à recevoir les éclaboussures, c'est le troufion du dessous. Alors faut pas lui demander la lune. Sorti du serre-file qui lui aboie aux jambes chaque fois qu'il met une botte hors de l'alignement et des trois chevrons de l'Unterscharführer qui lui dira quand et sur qui il faut vider l'arquebuse, il n'a pas grand-chose pour se repérer. Il marche à la voix et à la trique comme les bêtes de somme ; c'est le dressage qui veut ça. A la seconde où le ramage du chef lui fera vibrer le tympan il ouvrira le feu sur les chemises blanches sans même imaginer que, sous l'étoffe, il y a la peau. Et quand, après coup, on lui demandera le pourquoi du comment de cette ignominie, il restera sec comme pour la lettre à sa maman. Si on le cuisine plus à fond en faisant appel à sa « conscience », il finira bien par vous bricoler deux trois phrases indigentes pour expliquer qu'un tâcheron de base à la « Das Reich », ça vous expédie le crime de guerre comme la corvée de pluches, avec des gestes de tous les jours, sans haine particulière et sans plus de zèle qu'il n'en faut pour passer juste au ras de l'engueulade. Entre une cigarette, une astuce grasse, l'aubaine d'une friandise qui agrémente l'ordinaire et un petit serrement de cœur pour la maman qui se fait du sang dans son lointain Hanovre, on fusille, on pend, sans distinction d'âge ou de sexe, on casse tout, on brûle des gens, des choses... Ça n'a rien de plus exceptionnel finalement que le reste du programme ; c'est un maillon dans la chaîne des routines avec la *Feldzup* au gruau, l'exercice à tir réel, le bivouac aux nostalgies qu'on chante en chœur autour d'un feu et, qui sait, au coin d'une haie normande, la mort au champ d'honneur...

Voilà. L'idée a presque terminé sa boucle. Il ne reste plus à Henri qu'à la replacer dans le cadre champêtre de ce samedi de juin 1944. Sans la présence des massacreurs cela ferait une photo gentillette pour album de vacances. « Souvenir d'un petit coin de notre douce France où il faisait si bon vivre »... Pas la peine de faire tout un développement, l'image est bien assez bavarde : une rue qui tourne entre deux haies de maisons beiges, des vieux devant la porte qui rabachent leur existence sur des chaises en paille et deux paquets d'enfants dits « des écoles » changés en statues de sel par le petit oiseau qui vient juste de sortir... une gamine surtout, un peu échassière dans sa robe des occasions ; on ne voit qu'elle avec sa grosse choupette dans les cheveux, sa bonne bouille à chanter des comptines à une poupée qui pleure... Envolée aussi la petite fille à la choupette, tous envolés, tous !... C'est maintenant au tour de la musique de venir réhabiter le décor. Rien de chiffrable dans ce pot-pourri campagnard qu'une oreille citadine prendrait pour les radotages du vent. C'est une vache qui beugle dans des lointains à échos, un chien de ferme qui recompte ses moutons en dormant, des poules qui fomentent des œufs; sans oublier l'habituel crincrin de toutes les bestioles stridulantes puisqu'on est déjà aux portes du Sud. Et les parfums sont à l'avenant: du foin frais coupé, des entêtements de troènes, des soûleries de glycine, toutes sortes de feuilles-fleurs débraillées qui se donnent la parade d'une treille à l'autre... Et par là-dessus les gâteaux du père Bouchoule qui sont en train de prendre un coup de chaud. Pauvre enfariné qui se fait du mouron pour ses massepains à quelques secondes de la rafale qui lui coupera les jambes!... Dans le ciel colorié vibrent des mouches. Elles s'abreuvent à la sueur des fronts, elles pompent du doux-amer à la pointe des moustaches... Ce soir, elles rançonneront les morts. De longs serpents de fumée rousse disperseront alentour l'odeur honteuse des brûlés vifs; le ciel ne se donnera pas pour autant des airs de vendredi saint. Le couchant sera d'or mauve et la lumière restera vautrée, lascive, en lisière d'horizon très avant dans la nuit noire. C'est un peu révoltant quand on y pense, mais c'est la saison qui veut ça...

Henri s'est arrêté au moment précis où l'Unterscharführer aux yeux de loup aboyait au croqueur de sucre de « l'affaire Kahn et consorts », comme dit la paperasse juridique, le *Feuer!* qui ouvrait la tuerie. Cent et cent fois, au cours du procès qui commencera dans quelques jours, les vingt et quelques sous-fifres qu'on a réussi à faire aux pattes devront remettre sur le métier leur ouvrage criminel jusqu'à retrouver au milligramme la pression de l'index sur la détente d'une mitrailleuse, ce tout petit geste-réflexe, cette chiquenaude qui rougit les chemises.

Déjà, il a décolorié le ciel, décoiffé les bicoques. La grange débâtie est redevenue squelette taloché par un vent rogneux qui postillonne du grésil ; si bien que Mathilde finit par s'excuser :

– Chéri, j'ai un peu froid...

– Viens.

Il lui entoure les épaules. Ils se soutiennent jusqu'à l'église. Il va bien falloir y entrer puisque c'est le clou de la visite. Probable que c'est de l'autre côté de cette petite porte qu'ils vont recevoir la terrible gifle qui leur fera enfin monter des larmes!... Mais non. Ici comme ailleurs huit années de grand ménage ont effacé les traces. Même les quelques stigmates que les giboulées n'ont pas pu ravoir ont perdu le fil de l'horreur. Sans la connaissance historique des faits, sans l'intelligence du cœur, surtout, qui lance l'imagination sur la piste des ignominies que des hommes ont perpétrées dans ce lieu, on ne voit qu'une nef démâtée que pillent les bourrasques et tous les soleils... Alors on fait comme tant d'autres qui passent, un petit tour et puis s'en va. A quoi bon même égrener des *Pater*, des *Ave*, ou autres formules pour amadouer l'instance divine qui posséderait la clé de toutes ces saloperies?... Rondes ou exsangues frimousses, nez en croc ou en trompette, ils sont si loin déjà, trop loin, irrattrapables ces deux cent cinquante pauvres gosses qui jouent dans les garderies célestes avec les milliers de milliers d'Auschwitz ou d'ailleurs, de partout, de tous les temps!... Et les mères poules, toutes zigouillées elles aussi, on croirait les entendre qui s'affolent comme les vagues dans un coquillage, qui braillent plus fort que les bons dieux : « Mon tout chéri, mon poussin, garde ton cache-nez, ne prends pas froid, ne te mets pas dans les courants d'air. Et ci et ça... » Ce n'est que le vent qui s'empêtre dans les ruines.

Pour ne pas faillir à la règle, Henri et Mathilde ont

fait leur petit tour. Et, parce qu'ils sont chrétiens, ils ont tendu la paume vers le ciel mouillé : eau bénite, pluie bénite... Le grand moulin du signe de croix... Au nom du Père, du Fils, du Saint-Esprit... Et les revoilà de l'autre côté de la petite porte, le cœur si gros de ne pas avoir pleuré.

Un minute plus tard, repris par le courant de la gentille grand-rue, ils sortent par le sud.

Mathilde se retourne pour lire la pancarte. Tout haut :

– Oradour-sur-Glane... Quel joli nom!

II

Sitôt dissipée l'angoisse permanente du tireur embusqué qui vous a pris dans sa mire, de la grenade qui vous arrachera l'œil ou les attributs, le corps se remoule dans la peau ; les trapèzes se décrispent en même temps que les mâchoires, les yeux que ne piquent plus les affûts nocturnes et la poussière des convois retrouvent leur hébétude en rond. Quant au ventre, dès lors qu'il n'est plus sollicité par les vibrations perpétuelles de la peur et des rescousses, il météorise comme la panse des brebis.

Quelques années de cuisine grasse sur ce relâchement général des nerfs, une vie planplan avec l'épouse et, pour la plupart déjà, une paire de gosses, la roue libre d'un petit boulot et le pousse-café biquotidien ont tôt fait de combler le creux des joues et de tartiner la carcasse d'une première couche de lard. Mais, à part ces quelques modifications de devanture, on ne peut pas dire de ces hommes qu'ils aient vieilli. Ils n'ont pas eu le temps. Tel qui les aurait croisés en 1944 sous l'uniforme des Waffen S.S. les reconnaîtrait sans hésiter ce 10 janvier 1953 sur ce quai venteux de la gare de Bordeaux, à presque trois heures du matin, dans les modestes habits du dimanche qui les boudinent.

Frais débarqués du train de Strasbourg, éberlués par dix heures de voyage, les yeux saignants d'avoir fouillé la nuit à travers des vitres tavelées de givre, épinglés par les flashes comme des garennes pris dans des phares, ils ont l'air aussi empotés que les valises sanglées de ficelle qui leur pendent au bout des bras.

Et une fois de plus Vergnaud se dit que les empiriques de la morphopsychologie, qui affirment pouvoir vous détecter sur le faciès le plus avenant le trismus symptomatique de l'assassin spontané, seraient bien en peine de vérifier leurs théories fantaisistes avec ce tas de gros patauds qu'on dirait en déplacement pour une foire agricole.

Force est pourtant d'admettre que ces « douze enfants de l'Alsace martyre », comme les désigne la presse de chez eux dans ses variations douloureuses, faisaient bien partie du lot de massacreurs qui s'était illustré le 10 juin 1944 à Oradour-sur-Glane.

Drôle de casse-tête juridique que le cas épineux de ces « malgré-nous ». Vergnaud transpire à l'avance d'être obligé d'éclaircir ce brouet dans sa chronique quotidienne alors que lui-même n'y mord pas grand-chose...

Troufions simplex, revêtus de *Feldgrau* à leur cœur défendant, ils avaient d'abord été entendus à titre de témoins en vertu d'une ordonnance d'août 1944 sur la répression des crimes de guerre, qui ne retenait en principe dans les filets de la justice de l'épuration que les nationaux ennemis ou agents français les ayant assistés de leur plein gré. Rendus à la vie domestique dès la fin des hostilités, bénéficiaires pour la plupart, au terme d'une instruction aussi incomplète que méandreuse, d'un non-lieu qui faisait office d'absolution, ils s'étaient bien vite replongés dans l'ombre salvatrice de l'anonymat, d'où seule une conjoncture de tragédie les avait fait émerger. Et voilà qu'à leur tour, par une acrobatie rétroactive de la législation, on les déférait devant un tribunal militaire, mais cette fois en qualité de prévenus, au même titre que la dizaine de S.S. allemands dûment estampillés qu'on gardait sous le boisseau depuis la Libération... Tout cela à cause d'un petit rajout très sournois fait à une certaine loi de 1948, elle-même votée en complément de l'ordonnance de 1944, etc., etc. Lequel alinéa petit c, si on prenait le soin d'en déchiffrer le filigrane, introduisait bel et bien dans le droit français une notion plutôt nauséabonde de « responsabilité collective » qui dépassait largement les chefs habituels d'« association de malfaiteurs » et de « culpabilité par aide et assistance » inscrits depuis des lustres dans les articles de l'increvable Dalloz.

Difficile, évidemment, pour le profane de trouver une cohérence à cet embrouillamini d'addenda et de correctifs nés de la cervelle tortueuse de quelque nimbus du droit théorique, mais si l'on remisait provisoirement ce fatras indigeste et que l'on considérait la cause d'un point de vue strictement humain, le fait de voir ces enfants d'Alsace s'asseoir aujourd'hui sur le banc des accusés aux côtés de leurs anciens camarades allemands n'insultait pas plus la morale que la logique; même si, au passage, les sacro-saintes traditions pénales françaises étaient un peu égratignées.

Certes, ces braves types se trouvaient à Oradour malgré eux puisque statutairement on devait les considérer comme enrôlés de force, mais la plus mirobolante des arguties ne parviendrait jamais à démonter cette terrible évidence, à savoir qu'ils y étaient en chair et en armes et que les crimes qu'ils n'avaient pas commis de leurs propres mains ils les avaient laissé commettre sous leurs yeux, sans l'ombre d'une protestation. Que ce soit donc par contrainte ou simple lâcheté, il est indéniable qu'ils avaient eux aussi déposé une obole sanglante dans le tronc commun de cette tuerie... Et qui sait si ce n'était pas là finalement leur vraie grande misère, la seule peut-être?... Car, quel que soit le brio des artifices dilatoires et autres fumigènes de procédure dont ne manquerait pas d'abuser la défense pour évacuer le fond du débat, à un moment ou à un autre, fatalement, viendrait sur le tapis la question explosive du « libre arbitre »...

Maître mot, bien sûr, chargé en la circonstance d'autant de douleur que d'énigmes; pas le genre de pétard en tout cas qu'il est à propos d'allumer sans préavis à la figure de gens que l'on est venu cueillir sur un quai de gare à trois heures du matin. Il n'y a guère que l'agaçant petit Birollet, puceau dans la profession mais accrocheur comme une tique, pour croire qu'il suffit d'estoquer avec entêtement au défaut de l'armure pour obtenir la clé des âmes. Dans un pareil contexte il n'a pas la plus petite chance de soutirer à ce genre de bonshommes autre chose que le résumé officiel d'un vaste mélo dont toute la presse décline les rebondissements depuis l'annonce du fameux procès. Bien chapitrés par leurs conseils, se sachant épaulés par la mère-province qui crie à l'outrage, il y a fort à parier qu'ils se contenteront de brandir avec une fuyante humilité leur pancarte de « malgré-nous » victimes d'une fatalité qui les écrase. Sans compter que pour la plupart ils ont du mal à se dépatouiller avec le français courant. Ils pensent en dialecte alsacien et traduisent comme ils peuvent avec un nombre égal de mots et de points de suspension; petite gymnastique laborieuse qui se prête mal à la vivacité de l'escrime que requiert le journalisme de terrain.

A l'inverse de son jeune confrère qui continue de s'égosiller dans le désert en canon avec le Fouquier-

Tinville d'une feuille rouge, Vergnaud excelle dans l'art de confesser les murs. En presque quinze ans de chronique judiciaire il a pu approcher à peu près toutes les variétés de gibier d'assises, de l'occasionnel chauffé à blanc par le vin et les racontars qui, se croyant cocu, arrose de chevrotines femme, enfants et amant présumé, en passant par le monstre froid, la pièce unique, l'inamendable, qui garde jusqu'au pied de la « veuve » son élégante ironie de bon perdant; sans parler des résidus gros et moindres de la collaboration : fricoteurs, illuminés, tortionnaires, etc. Un plein album. Certes, ces Alsaciens ne figurent pas *a priori* dans le catalogue des échantillons répertoriés, mais il n'est guère besoin de leur faire remplir une fiche signalétique pour les situer sur l'échiquier social. Il suffit de regarder leurs mains remodelées par l'outil, le tanin du grand air sur les pommettes, le tissu des vêtements, ces regards madrés et battus, ces architectures de portefaix, cette balourdise des pieds... Selon l'expression consacrée, ce sont des « petites gens ». Pas la peine avec ce genre de sujets de faire des volutes oratoires, de s'asphyxier dans des périodes à double fond comme l'horripilant petit Birollet avec sa voix d'inquisiteur enrhumé. Peu importent les mots pourvu qu'ils viennent en bouche aussi naturellement que ceux de la convivialité ordinaire. Tout est dans le registre, dans la température des graves. Et Vergnaud connaît bien la musique du peuple; il en vient et puis il a le physique qui correspond : une seule pièce aussi large que haute, le cheveu éclaté en mèches grasses, l'œil qui conserve toujours un fond de goguette et, dans la gorge, la petite râpe gouailleuse d'une ancienne mouise qu'il sort à point nommé pour donner aux questions les plus vachardes le côté popote d'un échange de comptoir. Il n'est pas de ces journalistes mouches à viande qui assaillent l'interviewé d'une voix pointue, ne lui laissent même pas le temps de rassembler ses pauvres gros mensonges et le considèrent avec le même dégoût fanatique que s'il s'agissait d'une espèce très puante de bousier. Lui, au contraire, il a une façon enveloppante de la jouer vieux drille revenu de toutes les Amériques qui tombe par hasard sur un conscrit que la poisse a fait basculer du mauvais côté des règlements. Il a toujours l'air de dire : aujourd'hui c'est toi qui es dans la mouscaille mais qui sait si demain ce n'est pas à moi qu'on mettra les bracelets!... En attendant, épanche-toi mon pauvre gars, vide ta besace, tu verras, ça fait du bien!

Des bonshommes qui débarquent de leur cambrousse après s'être esquinté les reins depuis la veille dans un wagon de troisième classe, il ne s'agit pas de leur demander de but en blanc de disserter sur les tréfonds de la nature humaine. Il faut d'abord se claquer les côtes parce qu'il fait un froid de cave dans cet entonnoir à courants d'air, taper de la semelle comme un miteux qui attend la soupe, faire « brrr » et autres onomatopées de même tonneau, enchaîner par quelque formule de cantonade du type : saloperie d'hiver!... On serait mieux au lit avec la bourgeoise, etc., puis, sans césure, aborder le sujet sur la même note :

– Alors comme ça, vous êtes prévenus libres?...

C'est un grognement indistinct qui lui répond; à peine s'il a pu y discerner quelques « oui » francs et surtout du « *ja* ». Mais dans ce chœur encore rétif il a tout de suite repéré le dominant. C'est l'ancienneté qui a désigné le mastodonte derrière lequel s'abrite le troupeau. Quarante ans sonnés alors que les autres ont tout juste dépassé les vingt-cinq, poils gris fraîchement passés à la tondeuse, gros mufle violacé, l'œil épaté et sanguin. Pas d'erreur possible, il s'agit bien d'Ecklinger, Raymond, garde champêtre à Altkirch. C'est à ce gros lard en canadienne qu'il faut prioritairement essayer de tirer les vers du nez. Sa tessiture est celle d'une basse chantante au parler lourd et grognon. Vergnaud rameute sa voix de ventre.

– C'est à quelle heure déjà que vous devez vous constituer prisonniers?

– Huit heures, fait Ecklinger dans le jabot de son menton.

– La demie, corrige un grand dadais en complet gris électrique sous un rase-pet en suédine.

Intéressant celui-là. Aryen pur style comme sur les affiches de recrutement de la Waffen S.S., presque une caricature; des yeux pâlots sous le blé mur de la tignasse, des bras trop longs pour ses manches et, au bout, des énormes battoirs crevassés par la gale du ciment. Pas de doute, c'est Pferham, Louis, le fameux petit maçon de Landersheim dont un quotidien de Strasbourg violonait les adieux déchirants à l'épouse et aux deux jésus qu'on voyait pleurer sur la photo. Du coup voilà le papier rose qui sort des portefeuilles, des doigts gourds qui le manipulent avec des précautions de dentellière et le chœur de confirmer en notes perlées que c'est bien huit heures trente au greffe.

– C'est écrit sur la convocation, souligne à contretemps une voix de rogomme.

Remarquable spécimen que ce presque-géant avec ses cheveux minium taillés en brosse et, sous cet incendie de paillasson, une figure totalement immobile de saurien, un profil droit grêlé d'ancienne varicelle, le gauche, creusé de l'oreille à la narine par l'impressionnante boutonnière d'une blessure mal reprisée. Une aubaine! C'est ce que raconte l'œil discrètement frisé de Jean Brunion, dit « Jean-lapin », photographe de son état. Avant d'accumuler des points de retraite dans un grand journal du soir, il faisait pour son compte le fait divers, la starlette à scandales, accessoirement les guerres et la pornographie. Maintenant il hante les prétoires dans l'ombre de Vergnaud. Ils se comprennent par signes cabalistiques comme camelot et compère.

– Une petite dernière en groupe, ça vous fera un souvenir, propose Jean-lapin avec l'enthousiasme de sa voix des faubourgs.

Le chœur des grognements est plutôt à la réticence ; il y a même un baliveau désossé, un presque-albinos aux yeux roses qui maugrée un vrai *Nein!...* Mais comme Ecklinger a déjà pris la pose et recroisé le cache-nez, il n'insiste pas. Et puis Jean-lapin emporte la confiance avec sa tête de farces et attrapes et les oreilles éléphantesques qui lui valent son surnom.

– Serrez-vous un peu les enfants!...

Un coup de menton vers le rouquin à la balafre.

– Le grand garçon, là... comment c'est son nom au grand garçon?

– Olensheim, René, répond automatiquement la voix de rogomme.

– Monsieur René, enchaîne Jean-lapin qui n'a compris que le prénom, ça ne l'ennuierait pas de changer de place avec le gros costaud à l'imper?... Voilà... Comme ça je l'ai plein cadre. On me regarde... On se détend, on ne respire plus, on ne pense à rien...

Il s'interrompt brusquement, décolle l'œil du viseur.

– Le jeune homme aux rayures, je m'excuse hein, mais faut pas sourire surtout, ça pourrait prêter à confusion... Je dis ça dans votre intérêt...

C'est à Neubach qu'il s'est adressé ; identifiable au fait qu'il était en première page d'un journal de Colmar, la poitrine ornée de la croix de guerre gagnée à l'automne 1944 dans les rangs des F.F.L.

Sec et plutôt court comparé aux autres, mieux équarri de silhouette, des yeux câlins de ravageur de bal du samedi soir, les cheveux crantés à la brillantine; un peu chafouin quand même sous ses airs doux-péril. Maintenant qu'il a gommé le sourire, il a une tête à chercher des noises, un drôle de regard de petite bête enragée qui séduit les hommes pour mieux les mordre.

– On ne bouge plus, attention! annonce Jeanlapin.

Les trente-six chandelles du flash, les figures livides et figées comme celles des morts... et dans la même seconde, la résurrection, les yeux qui papillotent. C'est le moment que choisit Vergnaud pour réattaquer d'une voix pleine de rocailles et de chaleur.

– Pour gagner du temps, votre compagnie, c'était bien la troisième?

– *Ja*, opine Ecklinger, premier bataillon.

– La division, tout le monde le sait, c'était la célèbre Panzer S.S. « Das Reich » de sinistre mémoire et le régiment, le « Der Führer »... je ne me trompe pas?

Le chœur confirme à bouche fermée. Vergnaud enchaîne.

– Il y a tout de même un petit quelque chose qui me tarabuste dans votre histoire...?

Il laisse en souffrance la suite de la question. Tous les visages affichent instantanément la fermeture.

– Vous êtes des enrôlés de force, des « malgré-nous », quoi... C'est bien comme ça qu'il faut dire?

– *Ja*, tous des malgré-nous, répète le chœur avec la conviction d'un début de soulagement.

Et les figures de se redilater un tantinet.

– Alors c'est qu'on a dû me raconter des bêtises, reprend Vergnaud d'un ton bonasse qu'agrémente un sourire un peu niais, j'avais toujours entendu dire qu'il n'y avait que des volontaires à la S.S.?...

– *Nein!* s'exclament les Alsaciens dans un magnifique sursaut choral.

Le gros garde champêtre est tellement violet qu'il vire au bleu. Il se lance aussitôt dans des explications. Il en postillonne.

– Au début, c'est exact, il y avait que des volontaires, c'est pour ça que les gars de chez nous ils les envoyaient dans la Wehrmacht, mais après la pâtée en Russie, les divisions S.S. elles étaient à moitié rectifiées, alors ils bouchaient les trous avec ce qu'ils trouvaient, Alsaciens, Ukrainiens, Hindous, n'importe qui! Ils faisaient plus la différence. Un vrai ramassis, pire que la légion...

– Ça y est, j'atterris, expulse Vergnaud en même temps que l'interminable soupir de quelqu'un qui l'a échappé belle.

Et pour bien montrer que ça lui ôte un poids il s'empresse de griffonner quelques notes rageuses dont il soliloque le contenu. Mais voilà brusquement le stylo qui cesse de courir...

– Décidément... vous allez dire que les journalistes, c'est pire que des buses... Mais, ça me revient, votre compatriote le sergent Lensdorf, comment se fait-il que lui il soit en préventive depuis sept ans avec les Boches?

Le nom de Lensdorf accolé au mot magique de « Boche » suscite à la seconde le précipité attendu : un crescendo d'hostilité grommelante d'où ne tardent pas à émerger de franches insultes. L'albinos crache un « *Schwein* » bien articulé et dans son dos une bouche anonyme renchérit avec un « *Schweinhund!* », littéralement « cochon de chien », éjecté avec un authentique accent de haine, ce qui ne laisse guère d'illusions quant à la qualité de sentiments que « les douze » nourrissent à l'endroit de l'Unterscharführer précité et de leurs anciens camarades allemands.

– Je suis idiot ou quoi! insiste néanmoins Vergnaud dans une sorte de bêlement qui singe à la perfection la musique de la naïveté, je croyais qu'il était alsacien, ce Lensdorf... disons français, comme vous?...

– Il est originaire d'Alsace, d'accord... Mais c'est pas un vrai Français, se décide enfin à lâcher Ecklinger avec quelques très jolies notes de dignité que renforce un petit frémissement de bajoues.

– Je nage complètement, continue à bêtifier Vergnaud en prenant appui sur son compère Jean-lapin qui fait sa tête d'âne.

Du coup c'est le petit maçon de Landersheim qui prend le relais.

– Lensdorf, il est pas pareil que nous... C'est un cas à part...

Il pêche dans les gros yeux saignants du garde champêtre l'autorisation d'en expliquer davantage. Sans doute est-ce leur impavidité qui lui donne le droit de casser le morceau puisqu'il finit par déblayer d'une voix de conspirateur comme s'il s'agissait de quelque chose de très dégoûtant :

– Lui, il était engagé volontaire dans les S.S. C'est un traître, pour ainsi dire...

– Ah! ça change tout, psalmodie Vergnaud dans le prolongement d'une exhalaison démonstrative de soulagement.

Et revoilà le stylo qui gratte avec enthousiasme.

– Donc, mis à part ce... ce Lensdorf, vous êtes tous des enrôlés de force? On peut l'écrire ça?

– Il y a intérêt! fait Ecklinger en se mettant à hocher.

Et les onze autres têtes de hocher en cadence.

– Il y en a eu combien déjà des enrôlés de force dans les départements annexés, questionne incidemment Vergnaud qui s'est mis lui aussi à hocher.

– A peu près cent trente mille, vous vous rendez compte!

– Mine de rien, ça fait du monde ! soupire Vergnaud dans la foulée d'Ecklinger.

Regain de hochements chez les douze et quelques mesures de soupirs musicaux soulignés en mineur par des « eh oui ! » des « mon Dieu ! ». Vergnaud rajoute un dièse à sa clé pour s'adresser directement à Jean-lapin.

– Triste époque quand on y pense... !

Alors Jean-lapin se met lui aussi à hocher en poussant des soupirs de locomotive. Et sa drôle de tête de carnaval est celle de quelqu'un qui en a vu des vertes et des pas mûres dans la fenêtre de son Kodak.

– En attendant, c'est vous qui allez vous retrouver sur la sellette, pleurniche Vergnaud avec l'air de sous-entendre que c'est une vraie vacherie qu'on leur fait.

Mais cette fois, sous le miel de la sollicitude, Ecklinger a tout de même senti la pique. Il se rebiffe.

– Attention de ne pas écrire n'importe quoi ! C'est pas nous qu'on est responsables pour ce qu'ils ont fait à Oradour !

– Nous, pas responsables ! appuie fermement le chœur dans un bel accord plaqué.

– J'ai peut-être l'air comme ça, mais je ne tombe pas de la lune, les rassure Vergnaud d'un ton patelin, je connais un peu le dossier, je me doute bien que c'est pas des simples soldats qui ont pris l'initiative de massacrer tous ces pauvres gens !...

– Nous, obéir aux ordres, gronde l'albinos en contrebasse.

– Et il n'y a pas à sortir de là, aboie le roux balafré pour solde de tout compte.

Dans le silence maugréant qui s'installe Vergnaud se remet à hocher avec conviction et, pour bien montrer qu'il a fini sa récolte, il recapuchonne le stylo et fait claquer l'élastique du carnet. Du coup voilà le garde champêtre remis en confiance qui y va de son petit commentaire.

– Question discipline, l'armée française et l'armée allemande c'est pas du pareil au même ! Je peux en causer à l'aise, j'ai porté les deux uniformes.

Vergnaud laisse au chœur le temps de grogner son approbation avant de relancer du ton de quelqu'un qui bavarde uniquement affaire de bavarder :

– Et si par hasard vous aviez eu la velléité de désobéir, qu'est-ce qu'il se serait passé... ?

– Autant parler de suicide, répond sans hésiter le garde champêtre dans un petit jet de vapeur. Chez les S.S. c'est pas à la carotte qu'ils nous faisaient avancer, faut pas croire, c'est à la schlague !... En opération, le gars qui faisait mine de tirer au cul, aussi sec c'était la corde ou une balle dans la nuque !

– A ce point-là ?!

– Ils se seraient gênés peut-être !... Et pas de jugement ni quoi que ce soit. Si on avait refusé de marcher droit ils nous auraient abattus pire que des bestiaux... D'autant plus que, nous autres, on avait beau avoir l'uniforme à tête de mort, notre cœur, il appartenait à la France et ça, ils le savaient bien, alors ils étaient toujours après nous ces bourriques !

Et tandis que les douze entérinent par un bêlement sobre les paroles de l'ancien, il revient brusquement à Vergnaud qu'un certain nombre d'entre eux – le gros Ecklinger y compris – avaient tout de même réussi à tromper la vigilance de leurs terribles gardes-chiourme... Hélas, lorsque la défense évoquerait à décharge l'héroïsme quasi suicidaire de ces désertions, l'observateur le mieux intentionné ne manquerait pas de tiquer sur les dates et les circonstances. Aucun de ces hommes, en effet, n'avait tenté la belle dans les heures ou les jours suivant directement cet abominable massacre auquel on les avait contraints de participer. Et pourtant, après de telles horreurs, toutes bouillantes encore dans leurs yeux et leurs oreilles, ils auraient dû trouver en eux suffisamment de révolte, de rage, pour oser cette folie!... Ce n'est que plus tard qu'ils avaient déserté... beaucoup plus tard; trop tard sans doute pour que cela puisse être équitablement partagé entre le traumatisme d'Oradour et leur fidélité à la mère patrie. Très précisément dans les derniers jours de juillet, en pleine fournaise de Normandie, alors que la vaillante compagnie d'égorgeurs était réduite à une quinzaine d'unités valides et qu'en face des Mauser il ne s'agissait plus cette fois de pauvres moutons désarmés mais des troupes d'élite anglo-américaines... A se demander de bonne foi si ce n'était pas finalement l'instinct de survie et uniquement cela qui était venu leur rappeler *in extremis* qu'ils avaient la fibre française...

Autant de questions délicates qui eussent obligé Vergnaud à démoucheter son fleuret. L'irruption inopinée de trois argousins en civil vient à point nommé ajourner ce débat sulfureux.

Surgis d'un coin sombre de la gare où ils se confondaient avec les murs, ils déboulent au pas de charge, exhibant pour tout bonsoir des cartes barrées de tricolore vite rempochées avec une prestesse d'illusionniste. Et revoici le papier rose à tampons qui jaillit des portefeuilles, les cous qui rentrent dans les épaules, les regards qui se mettent à ramper.

– C'est vous, « les Strasbourg » ? questionne un dogue enroué qui doit être le chef-inspecteur.

– Oui monsieur, répond le garde champêtre qui semble avoir perdu un tiers de son volume depuis qu'il a vu le bandeau tricolore sur les cartes de police.

– Il y a quelque chose de prévu pour votre accueil ?

– En principe on devait nous prendre en charge à notre arrivée à la gare, bredouille Ecklinger qui continue de s'aplatir à vue d'œil comme un pneu qui se dégonfle.

– Qui c'est au juste qui devait vous prendre en charge?

– On nous a pas précisé...

Mais apparemment on les a oubliés. Tout le monde les a oubliés, sauf quelques rapaces nocturnes de la presse qui doivent rapporter à leur rédaction la dose quotidienne de petites mochetés qui font vendre de la feuille et trois lardus patibulaires qui s'en contrefoutent... On continue de les oublier, comme toujours, comme avant; comme au temps maudit de cette saleté de peste de guerre où la France du Maréchal les avait tout bonnement abandonnés dans leur si gracieuse et proprette petite marche des bords du Rhin avec leurs cigognes, leurs coiffes en ailes de papillon, leur double culture, leur *Gauleiter* à poigne et leurs insolubles cas de conscience...

On évoque alors la meilleure façon de tirer les quelques heures qui les séparent de l'écrou. Les bistrots, tous fermés. La salle d'attente, un vrai nid à vermine... Jean-lapin lance de sa voix des faubourgs qu'il pimente d'arrogance l'idée du commissariat, en précisant dans la même phrase que les commissariats c'est pas fait pour les chiens. Comme attendu il se fait rabrouer hargneusement par le chef inspecteur qui lui aboie en substance que des fois qu'il saurait pas lire ou qu'il serait bigleux, sur les convocations c'est marqué huit heures trente au greffe; en conséquence, avant l'heure dite, « les Strasbourg », comme il continue de les appeler sans jeu de mots mais avec une paire de guillemets menaçants, il n'est pas censé les connaître. S'il n'y a pas ivresse publique ou tapage nocturne, « les Strasbourg » c'est quidam et compagnie... c'est personne. Son pouce d'étrangleur a laissé un gros œil graisseux sur le papier rose qu'il rend à Ecklinger d'un geste brutal. Un coup de menton en guise de salut et le voilà reparti au pas gymnastique flanqué de ses deux ombres.

Reste l'hôtel... et pourquoi pas le Saint-Pierre, propose Vergnaud, puisque la plupart des ténors du barreau d'Alsace ont prévu de s'y installer pour la durée du procès.

On flotte un peu dans le troupeau, on regarde les montres, on quête l'avis du chef qui s'est un peu regonflé depuis le départ des argousins.

– Ça fait des frais, dit le garde champêtre, mais tant pis, marche pour l'hôtel...

Il rempoigne sa valise, il lance le pied gauche; onze pieds gauche frappent le quai en même temps que le sien.

– *Ein! Zwei!* scande Jean-lapin dès qu'ils ont pris un peu de champ.

Et d'ajouter mi-figue, mi-raisin en parlant avec un seul coin de la bouche :

– Tu les remets en vert-de-gris, tu leur rends les flingots, tu leur expliques que le chef de gare c'est un dangereux terroriste au grand Charles, ils te le collent au mur comme une blatte!...

– Arrête un peu de déconner, le mouche Vergnaud d'un ton rogneux.

La vraie vérité, c'est qu'il ne sait plus trop par quel bout il doit attraper sa chronique. Le bâti, c'est de la routine : d'abord un titre, n'importe lequel pourvu qu'il comporte l'appellation « malgré-nous », en bonne place, pour tirer l'œil, ensuite un docte petit bla-bla, le moins étouffe-chrétien possible pour débrouiller cette histoire de loi de 1948... Mais le noyau, la chair saignante du drame?... Il renâcle, il sent qu'il va devoir y user ce qui reste de nuit et sûrement quelques verres de trop. Car comment rendre compte avec des mots d'homme de cette fatalité qui fait les massacreurs si le cœur n'est pas un peu mouillé d'alcool ? Comment dire l'énigme tellement ordinaire de ces paysages humains, ces haleines chargées de bière et de mégot froid, ces tignasses embouillassées de suin et de brouillard, l'odeur des pauvres et du train sur les vêtements, ces yeux qui ne reflètent pas l'enfer mais seulement la panique de devoir rejouer pour du beurre cette horrible pièce... ? Comment dire sans être glacé jusqu'au fond des os qu'Ecklinger, l'apoplectique, dont on sait pourtant qu'il a sacrément mis la main à la pâte dans cette saloperie de massacre, n'a que la tête d'un gros pépère qui boit des bons coups à toutes les bonnes santés de toutes les bonnes gens du monde... ?

Sur le tapis vieux rose de l'entrée du Saint-Pierre, un presque palace surchargé de dorures et de lourdes boiseries qu'arrose le cristal des lustres, douze paires de croquenots douteux ont laissé leur empreinte. Et Vergnaud, qui traîne encore au bar avec son compère Jean-lapin, ne peut s'empêcher d'en rire comme d'une bonne farce.

Il faut dire que les choses ne sont pas allées toutes seules. Le vieux larbin galonné avec sa couperose d'éthylique au long cours et ses yeux d'oiseau bête ne voulait rien savoir. Il proposait de les installer dans le garage ou dans la buanderie. Il a fallu l'intercession vigoureuse de Charles Vuillermet, l'avocat du petit maçon, pour leur obtenir une vraie chambre, plus exactement, vu le nombre, la suite dite « Pompadour » exclusivement réservée au gratin de passage. Mais Vuillermet est un pète-sec bedonnant, toujours agacé, qui perche sa voix dans son nez bourbonien quand on lui résiste et devient rouge comme une crête. Le vieux larbin a pris peur; il a cédé sur tous les fronts puisqu'il leur a même distribué les couvertures réformées dont ils se servent pour couvrir les meubles.

Maintenant que le larbin est sorti, tirant délicatement la grosse porte juponnée de velours, les voilà seuls avec rien à se dire, même pas que c'est beau, tellement c'est beau. C'est un luxe qui les écrase comme le destin. Il y a trop de tentures, de fanfreluches, de machins dorés si fragiles qu'ils n'osent même pas les regarder en face. Et ce lit pour géant avec son baldaquin et les angelots bouffis du trumeau qui sont sûrement là pour souffler des beaux rêves à des dormeurs princiers. Et cette lumière d'apparat qui leur poche les yeux, qui va les fouiller jusqu'au fond de la détresse!...

Ce n'est pas un endroit décent pour des hommes qu'on va enfermer dans quelques heures. D'ailleurs ils sont tellement impressionnés qu'ils n'ont même pas osé se chercher une place commode. Ils se sont posés en rond là où ils se trouvaient en entrant. Et les voilà cul à cul, serrés comme les petits d'une même portée, autour du gros garde champêtre qui a donné le ton en étalant sa couverture au pied du lit à gestes prudents et en roulant sa canadienne pour s'en faire un polochon.

Il n'y a que Neubach qui n'a pas suivi le mouvement; Neubach dans son costume à rayures qui le fait ressembler à un gangster d'opérette. Lui, il veut s'en mettre plein la mémoire de la suite Pompadour. Il l'écrira à la petite Loreleï qui l'attend dans le canton de Saverne, qui l'attendra vingt ans s'il le faut, toute sa vie...

Dans la salle de bains, vaste à s'y perdre, il a allumé toutes les lampes. Des tas de miroirs en échos lui renvoient son image, ses cheveux crantés, ses yeux câlins... S'il avait pu se choisir une histoire, il en aurait choisi une autre, bien sûr, mais pour ce qui est de la tête, il aurait gardé celle-là...

– Tu sors de là ou merde, grogne Ecklinger.

Il éteint. Il sort. Il fredonne :

– « Le garde champêtre qui pue qui pète, qui prend son cul pour une trompette... »

– Tu fermes ta gueule ou je te calotte !

– C'est juste pour rire, gros Raymond, tu sais bien...

Il est à la fenêtre. La nuit est floue et sale. Les lampes des rues vacillent comme des étoiles soûles. Une enseigne à deux temps écorche le brouillard. Neubach n'a plus sommeil.

– Couche-toi donc au lieu de tourner-virer...

On obéit au garde champêtre ; il se couche à côté des autres.

– Souffle René, fait encore Ecklinger.

Et le rouquin se déplie en geignant pour éteindre les lampes. Enfin un petit bout de vraie nuit pour ne penser qu'à soi.

Dans le noir quelqu'un renifle.

III

Les verrous se renfilent à double tour dans leurs gâches avec des bruits de culasse et d'abord c'est une certaine odeur qui vous oppresse. Rien à voir avec ces honnêtes puanteurs qui osent dire leur nom. C'est l'espoir ranci des hommes en cage qui sécrète cette décoction de chaussettes, de pisse, de sueur tournée à l'aigre dans du linge douteux, avec le piquant de l'eau de Javel en cache-misère et l'haleine au chou de l'éternel rata au moindre bâillement de porte.

Et le tam-tam sourd des rondes sur les passerelles, le claquement sec des judas comme autant de petites guillotines rythment le temps d'ici, ce temps confisqué, jamais rendu, ces années « fermes » qu'on jette par lots du haut d'une tribune et qui sédimentent au long des coursives de crème pâle où pleuvent des lampes jamais éteintes.

Quand Maître Charles Vuillermet est arrivé à la prison militaire des Pontons, un peu avant quatre heures, quelqu'un qui maniait un faubert dans un bout de couloir sifflotait trois mesures d'un petit air démodé, trois mesures qui se mordaient la queue, qui se cherchaient un développement. Et tout d'un coup une voix d'emmuré a jeté une espèce de gueulement forcené qui est venu taper de la tête contre une voûte avant de s'émietter en petits hoquets dans un ressac métallique de seaux et de grilles. Tout de suite derrière il y a eu un chuintement hâtif de semelles crêpe, les clarines d'un trousseau de clés, quelques manipulations brutales de serrure qui ont pétrifié le silence... Puis le siffleur au faubert a repris les trois mesures de sa ritournelle...

« Voilà que ça recommence », s'est dit Charles Vuillermet, tandis qu'il distribuait aux gardiens des salutations nasales et pressées. A se demander s'il n'y aurait pas finalement quelque origine fonctionnelle à ces petites attaques d'angoisse nauséeuse qui lui faisaient comme des chatouillis sur la luette chaque fois qu'il franchissait le seuil d'une prison inconnue; cette peur glaçante, toujours la même, de contracter un jour ou l'autre par frottement répété avec la canaille, cette sale maladie de la déveine dont souffraient la plupart de ses clients, de garder comme un tatouage indélébile dans un repli des sinus cette odeur désespérante de bouillon de légumes, de tinettes malpropres...

C'est d'ailleurs en prévision d'un de ces accès dépressifs qu'il est arrivé dix bonnes minutes avant l'heure annoncée de sa visite au petit maçon. Il avait grand besoin d'une parenthèse monacale dans la nudité du parloir pour se récapituler une nouvelle fois les attendus qui font de lui un juriste important, parfaitement à l'abri dans sa légitimité d'homme bien né, bien riche, bien savant, bien roué à toutes les petites ficelles du métier qui sauraient lui garder, quoi qu'il advienne, fortune et considération.

C'est pour cela aussi qu'il a soigné sa tenue tout particulièrement, qu'il s'est pomponné en détail mieux que pour un cocktail mondain : manteau long à collet de velours sur une flanelle italienne douillette qui tombe comme un drapé d'école, écharpe en cachemire couleur de chaume et cette pochette, grosse fleur de soie généreusement imbibée de lavande britannique qu'il fait bouffer pour l'avoir à portée de narines comme la boule d'ambre du seigneur qui regardait souquer la chiourme... Il y a aussi l'or du stylo, la bague d'un grand-oncle à particule, le plumier en écaille, la serviette en peau de porc qu'il a posée sur la table à côté de tout un jeu de dossiers que biffe son écriture pattue qui monte, qui monte, allègre, invincible... Et s'il baisse les yeux, il y a encore ses chaussures fourbies comme des instruments de marine ; bref, tout ce qu'il faut pour se rassurer.

Un clapotis de savates annonce l'arrivée du client ; c'est le moment de se recomposer un visage, d'en chasser le doute résiduel, l'agacement, d'y afficher bienveillance et sérénité.

– Asseyez-vous, mon petit Pferham...

L'interpellé ne bronche pas ; fiché comme un piquet, légèrement incliné vers l'avant, il semble attendre que le poids l'entraîne de lui-même vers la chaise. Passent des secondes...

– Asseyez-vous donc, vous me donnez le tournis !

Quelques atermoiements et le voilà enfin qui se pose sur un tiers des fesses, l'œil bas, les mains pendant entre les cuisses.

« J'ai bien peur que ce brave garçon ne soit aussi crétin qu'il en a l'air », pense Charles Vuillermet dans un soupir.

Quand le bâtonnier Lienhardt, grand manitou du barreau de Strasbourg, avait partagé à sa convenance le gâteau de « malgré-nous » et qu'il lui était échu, outre sa part de défense collective, la cause du petit maçon de Landersheim, le moins qu'on puisse dire est qu'il n'avait pas sauté d'enthousiasme. Ce blond benêt, tellement humble et coincé qui bredouillait des phrases parcimonieuses avec l'air de recompter de la menue monnaie n'avait vraiment rien d'exaltant... et ce patelin, mon Dieu, qui sentait la bouse et la charcuterie! Ces gros enfants mous comme du suif qui lui avaient bavé sur les joues... Ce petit bout de femme cachectique qui carcaillait des jérémiades en lui pétrissant les mains : Maître par-ci, Maître par-là...! N'était cette grandissime affaire du massacre d'Oradour qui promettait de la belle voltige de manches, il se fût sans aucun doute délesté auprès de quelque surnuméraire du barreau de la maigre épopée criminelle de ce troufion de base.

C'est ce qu'il était en train de se redire au moment précis où il demande d'une voix toute de douceur et d'onction :

– Alors mon petit Pferham, pas trop pénibles ces premiers jours?

Le problème est évalué, soupesé, calibré; on peut suivre tout le marchandage sur la figure du maçon : les pour, les contre... Il semble finalement que ce soit un petit pour qui l'emporte de justesse.

– Question nourriture en tout cas, c'est copieux...

– Vous voyez bien qu'il n'y a pas que des mauvais côtés, s'exclame Vuillermet avec l'étai d'un rire un peu faux qui tombe complètement à plat.

Inutile d'insister. Il se raccroche la voix dans le nez. Il enchaîne :

– Vous n'avez pas oublié votre costume j'espère?

– Pensez-vous!... J'ai pris aussi la chemise blanche et la cravate qui va avec.

– Très bien... de quelle couleur est-il votre costume?

– Uni...

– Je vous demande la couleur?

– Dans les gris... uni... un peu brillant.

– Nous n'allons pas à la noce mon petit Pferham!

– C'est la matière qui veut ça... infroissable à ce qu'il paraît... De toute façon j'en avais pas d'autre...

– Au tribunal on tâchera de vous trouver un petit coin de pénombre entre deux lampes... à ce propos d'ailleurs vous avez les cheveux beaucoup trop longs, on dirait une fille! Les accroche-cœurs et le costume de bal, je vous le dis, ça peut indisposer, surtout des militaires!

– Avec tout le tintouin de ces jours-ci, j'ai plus pensé à aller au coiffeur...

– Débrouillez-vous comme vous voulez mais tâchez de vous faire rafraîchir d'ici lundi... je ne veux plus voir ces mèmèches de chien fou, ça fait mauvais genre.

– Il y a bien Wenger qui me rendrait le service des fois qu'il aurait pas perdu le coup de main. A Barsac c'est lui qui faisait coiffeur pour la section.

– N'oubliez pas : la nuque à l'horizontale, bien dégagée, qu'on voit toute la colonne du cou et du gris au-dessus des oreilles... mais attention, pas la bille à zéro, ce n'est pas la peine non plus de ressembler à un S.S., ça pourrait se retourner contre nous.

Ce disant il s'est embronché sans le vouloir dans la détresse animale des yeux pâlots... et le voilà brusquement amolli par quelque chose de sirupeux qui s'apparente à de la vraie miséricorde; c'est exotique et si rare qu'il n'en saisit pas exactement la cause... Bien sûr il y a ce grand imbécile noyé dans les hasards qui l'ont fait naître en Alsace avec une tête d'Allemand au moment où couvait la guerre, qui l'ont affublé de cette blondeur de magazine qu'arrose comme une lampe de police l'œil cru du plafonnier... Mais il y a aussi cette conjonction troublante entre l'heure et l'endroit, ce jour de coton sale qui s'effondre derrière la fenêtre, ce serein d'une nuit précoce qui déjà lui grimpe le long des jambes, cette T.S.F. tamisée par l'épaisseur d'un mur qui crachote des bouts de valse, de la nostalgie à cent sous : André Claveau, « Les petits chaussons de satin blanc », sur l'air de « Limelight »...

– Avant que j'oublie, mon petit Pferham, j'ai eu votre épouse au téléphone... le moral est excellent, les enfants sont sages comme des images... elle est très courageuse, vous savez, votre petite femme.

Trop tard pour ravaler la phrase. Dès le mot épouse le petit maçon a été comme électrocuté par une espèce de grande secousse ; partie du ventre elle est aussitôt remontée dans les joues avant de lui faire cliqueter les mâchoires puis de se ramasser tout entière à la pointe du menton qui se met à vibrer avec frénésie pour amorcer la pompe des sanglots.

– Allons Pferham, allons ! Ressaisissez-vous voyons ! ne peut s'empêcher de glapir Charles Vuillermet.

Sa voix lui est regrimpée si vite et si haut dans le nez qu'elle lui pique les yeux. Il répète l'injonction, il s'excite ; pour un peu il se mettrait à trépigner. Balayée, oubliée la bouffée de miséricorde qui, quelques secondes plus tôt, l'aurait fait se prendre pour une sorte de saint Vincent de Paul !... Cette équinoxe de glandes lacrymales, ces effusions de naseaux, tous les bruits gadouilleux de cette marée de chagrin, il trouve cela du plus extrême mauvais goût, presque à vomir !... Quoique, en y regardant d'un peu plus près, un costaud de ce gabarit capable de pousser des couinements de porcelet et de se mettre en crue avec une telle spontanéité simplement parce qu'on évoque sa petite femme et ses chiots, qui sait s'il n'y aurait pas là un élément exploitable ?... Aussitôt il dénasalise sa voix et gourmande le petit maçon avec des accents paternels.

– Calmez-vous voyons, calmez-vous ! Un grand garçon comme vous, c'est ridicule de se mettre dans des états pareils ! Je vous ai donné ma parole que vous seriez chez vous en même temps que les cigognes, faites-moi donc confiance que diable! Allez, mouchez-vous!

Pferham fait dans son mouchoir toutes sortes de bruits de trompette pour bien montrer qu'il s'applique et qu'il ne recommencera plus. Il lui faut tout de même une bonne demi-minute pour se reprendre en main. Enfin le flot se retire, les yeux s'assèchent; ce ne sont bientôt plus que des hoquets qui le font tressauter et quelques reniflements chevalins par-ci, par-là.

– Je vais vous parler d'homme à homme, mon petit Pferham... Ça ne vous ennuie pas que je vous parle d'homme à homme?...

– Il y a pas de mal, hasarde le petit maçon d'une voix à peine audible.

Mais mon Dieu que ça le gêne! Ce n'est pas du tout dans ses habitudes que d'être ainsi débarbouillé avec gourmandise par une paire d'yeux qui lui picorent la figure. Du coup il en oublie complètement de hoqueter; il se cherche une contenance aux quatre coins de la pièce, il se tortille sur sa chaise... il se retranche finalement dans une contemplation hypnotique de la sciure qui serpente sur le carrelage.

– N'oublions jamais quand notre cœur saigne, la parole du poète, si lourde, si profonde, attaque Vuillermet avec une belle sonorité d'adagio, « *Homo sum : humani nil a me alienum puto* »!... Homme je suis, homme je reste, hommes nous restons, mon petit Pferham, même aux instants de tristesse!... *Humani nil*, etc., et rien de ce qui est humain ne m'est étranger... Vous voyez où je veux en venir?...

Le petit maçon est tellement à sa honte qu'il ne voit rien du tout; il s'en excuse d'un geste étriqué. Ce n'est pas le moment de le brusquer, il faut encore l'assouplir par quelques mesures de violoncelle.

– Je vais vous livrer le fond de ma pensée, mon

petit Pferham : à mon avis on a beaucoup trop exalté toutes ces fameuses vertus viriles, courage, abnégation, sang-froid et autres fariboles... L'âge venant j'en arrive à me demander si, tout compte fait, le meilleur de l'homme – du mâle s'entend – ne résiderait pas dans son aptitude à verser des larmes... Quoi de plus pathétique en effet, je vous le demande, qu'un soldat qui éclate en sanglots après la bataille?!... La première fois que j'ai parcouru votre dossier je me suis dit : voilà un pauvre garçon qui n'a vraiment pas eu de chance, mais je suis presque sûr qu'il a une belle âme! Eh bien aujourd'hui je suis prêt à l'affirmer : vous avez une belle âme!

– Je m'en veux, je m'en veux, dodeline le petit maçon tout confus.

– Mais de quoi, grand Dieu, de quoi?!... Sans compter que dans les circonstances qui nous occupent les larmes n'ont pas de prix... c'est de l'or qui vous coule des yeux, mon garçon... Et là, c'est l'avocat qui vous parle.

Vuillermet a tapé juste car il semble que Pferham ne trouve plus à la sciure le moindre intérêt; le voilà même qui redresse un peu la tête. Certes avant de comprendre noir sur blanc il va lui falloir encore franchir quelques obstacles psychologiques : pudeur et introversion culturelles notamment; mais il y vient, il y vient...

Coule un ruban de silence. Les petits chaussons d'André Claveau ont fini de valser dans la T.S.F. De l'autre côté du mur ce sont maintenant des gamelles qui s'ébrouent. Déjà des odeurs de mangeaille viennent en maraude visiter le parloir. Cela évoque des jus au gras qui déglacent à feu doux... ou encore des genres de croutons qui fristouillent. Charles Vuillermet fait un peu bouffer la pochette aux senteurs britanniques.

– Je vais vous parler avec la même franchise que

je me parlerais à moi-même... Nos peines sont des choses ô combien intimes et sacrées, en principe elles ne concernent que nous... mais notre situation de prévenu nous oblige à faire du petit négoce, y compris avec nos sentiments les plus nobles. Quand on a été doté comme vous semblez l'être d'un cœur aussi fondant, il faut le cas échéant ne pas hésiter à en faire un emploi judicieux... Parlons clair : si au cours des débats il vous venait une montée de larmes en pensant à votre épouse et à vos chers petits, eh bien, ouvrez les vannes, si j'ose dire, et laissez couler!... A condition bien entendu que cela coïncide avec un moment où le président évoquera quelque circonstance particulièrement douloureuse du massacre : les horreurs qui se sont produites dans l'église, par exemple... Il ne s'agit pas évidemment de larmoyer à propos de tout et de rien, ça finirait par agacer...

– Ça ne se fait pas de pleurer devant les gens, se défend mollement le petit maçon.

– Qui sait si ce n'est pas justement une bonne crise de larmes tirée de notre chapeau au moment opportun qui nous permettra d'emporter l'acquittement?... Les militaires sont en général très amateurs de grandes eaux, je le dis par expérience... Quoi qu'il en soit, pensez-y dans le calme et commencez à vous mettre en condition.

Broussailleux sont les chemins dans la cervelle de Pferham, mais quelque chose souffle à Vuillermet que l'idée a déjà empoigné son bâton de pèlerin. Il se raccroche la voix dans le nez; il a hâte maintenant d'être sorti de ce cul-de-basse-fosse, de respirer autre chose que ces odeurs débraillées de lard frit qui envahissent le parloir avec un total sans-gêne.

– Trêve de sensiblerie mon petit Pferham, parlons boutique. Premier point, votre attitude dans le prétoire : discrétion, effacement, d'accord?

– *Ja...*

– En un mot vous vous faites transparent, diaphane... une vitre, une bulle, un ectoplasme, une abstraction... Vous voyez ce que je veux dire?

– *Ja...*

– Vous ne vous grattez pas, vous ne vous mouchez pas, vous ne croisez pas les jambes et surtout pas un mot à vos camarades pendant les audiences, pas même un coup d'œil... C'est bien compris?

– *Ja...*

– Et cessez donc une fois pour toutes de dire *ja* ! Même prononcé à l'alsacienne, *ja* c'est un mot allemand, alors entraînez-vous à dire oui, comme un vrai Français!

– J'essaierai de faire attention...

– Pour ce qui est de l'interrogatoire d'identité... à l'appel de votre nom vous vous avancez rapidement à la barre – pas la peine de courir! – vous vous tenez bien droit mais sans raideur, les mains croisées à la hauteur du bas-ventre comme si vous étiez à la messe... Quand le président vous interroge vous le regardez en face – pas d'arrogance, attention! – idem pour la réponse et dès que vous avez dit ce que vous aviez à dire vous baissez les yeux... Inutile de vous perdre dans des explications à n'en plus finir; ce sera : « Oui, monsieur le Président, non, monsieur le Président, c'est exact ou c'est juste, monsieur le Président »... Evidemment si vous relevez une erreur dans votre état civil, vous la corrigez, avec toutes les marques du respect : « Je vous prie de bien vouloir m'excuser, monsieur le Président, je ne suis pas né à Trifouillymachin mais à Landerchose »... Ou encore, « Mon prénom n'est pas Auguste mais Louis »... je suis clair?

– *Ja.*

– Pferham!

– L'habitude... je m'excuse.

Les gamelles s'énervent comme des tambours de l'autre côté du mur et des grosses voix les excitent. Vuillermet prend la cadence, accélère son débit.

– En ce qui concerne maintenant l'interrogatoire de fond – ce n'est pas pour demain mais ça viendra plus vite qu'on ne pense –, le mieux pour éviter les mauvaises surprises, c'est de répéter fidèlement les déclarations spontanées que vous aviez faites en 45...

Il lui fait glisser une petite liasse de feuillets dactylographiés.

– Relisez ça à temps perdu comme un bréviaire, un peu tous les jours... Il faut que ça vous pénètre sans effort dans le subconscient de manière à ce que vous puissiez le régurgiter avec naturel. N'oubliez pas que ce qui vous sort de la bouche c'est la Vérité et uniquement la Vérité, toute nue, sans fard : vous apparteniez à une section légère, la deuxième, groupe Lensdorf, à ce titre vous avez participé à l'exécution du garage Desourteaux... Vous avez tiré quelques cartouches...

– Trois, quatre, pas plus, intervient Pferham du bout des lèvres.

– Marchons pour trois, c'est largement suffisant... Ensuite vous avez porté une fourchée de paille dans l'église et terminé !

– C'était un fagot...

– Disons alors un petit fagot et n'en parlons plus, on ne va pas vous chicaner sur le combustible... Pour ce qui est du reste : il y avait de la fumée, des cavalcades, on tiraillait à droite à gauche, on criait dans tous les sens... Bref, vous n'avez rien compris...

Mais cette fois Pferham n'a plus l'air d'accord ; il le fait savoir par un petit claquement de langue suivi d'un jet de vapeur aussi vite soufflé que réaspiré. Vuillermet s'arrête court, cherche en vain les yeux pâlots. Il déteste être coupé dans son élan. Il s'agace :

– S'il y a quelque chose qui vous gêne, dites-le clairement au lieu de faire des bruits !

Les mots se regroupent en désordre dans les mâchoires du petit maçon, on les voit passer d'une joue à l'autre comme un rince-bouche. Les voilà enfin qui se décident à sortir, à la queue leu leu, mal articulés, tout penauds.

– J'ai rien compris enfin... si on veut... J'ai bien vu quand même qu'on tuait les gens et qu'on mettait le feu partout...

– Ce ne sont pas vos oignons ! C'est l'affaire des Allemands et des gradés ! Vous n'étiez ni allemand ni gradé que je sache ?

– *Nein...*

– Prenez donc l'habitude de parler français !... Puisque nous n'étions ni gradé ni allemand, nous n'avons rien compris !... Parce que si nous avions compris, notre devoir eût été d'intervenir... Mais comme nous n'avons pas levé le petit doigt pour arrêter ce massacre, force nous est de convenir que nous avons été aveuglé par la fumée et assourdi par les explosions... En conséquence de quoi, je le répète, nous n'avons rien compris !

Vuillermet s'est énervé pour de bon ; un vrai coup de rogne qui lui a chauffé la figure... Reste pourtant dans l'affaire du petit maçon une question délicate dont le traitement s'accommode mal de cette voix qui lui reste obstinément coincée dans le nez. Rien de catastrophique, certes, si l'on s'en tenait aux apparences, juste une de ces petites contradictions de rien comme il s'en glisse dans la plupart des témoignages qui ont subi la transhumance d'une instruction étirée sur huit ans... suffisamment pernicieuse toutefois, s'il n'y trouvait pas une parade cousue fin, pour gâter à elle seule le bon goût de terroir d'un dossier dont la franchise était si agréablement parfumée de naïveté et d'un soupçon de crétinerie.

Pas le genre de détail en tout cas qu'un magistrat aussi pointilleux que le président Gauzin enterrerait sans autopsie préalable.

– Il nous reste une écharde dans le pied, mon petit Pferham, il ne s'agirait pas que ça s'infecte...

Le maçon a beau faire la bûche depuis l'éclat précédent, il n'en a pas moins louché en douce sur le feuillet que l'avocat a placé en évidence dans le rond de lumière. Le nom de l'Unterscharführer Lensdorf, Joseph, y est souligné en rouge.

Revoici des mots rétifs qui se mobilisent dans sa bouche avant de franchir les lèvres l'un derrière l'autre, sans entrain.

– J'avais toujours entendu dire que Lensdorf, il serait jugé à part... pour trahison...?

– Mon petit doigt me dit qu'il sera jugé en même temps que vous. Et mon petit doigt ne se trompe jamais.

Vuillermet a distillé sa phrase avec une suavité glacée en faisant une faveur à « sera ». Il attend que le petit maçon veuille bien sortir de sa léthargie.

Maintenant qu'elles sont pleines, les gamelles apaisées ronronnent en sourdine avec la T.S.F. de l'autre côté du mur. Défile une escouade pressée traînant dans le couloir des voix râpeuses qu'assomment pour le compte un claquement de porte et le coup double d'une serrure. Revient un bout de silence que rongent des tas de petits bruits inquiets. Des tuyaux gémissent comme des personnes...

La nuit s'est plaquée d'un coup contre le grillage de la fenêtre; Charles Vuillermet l'a trouvée en relevant les yeux de ses paperasses... Sur les murs du parloir des larmes d'humidité scintillent entre des coulures brunâtres qui font comme des doigts.

– Quand on nous interrogera sur Lensdorf, réattaque-t-il avec brusquerie, il ne nous suffira pas de faire le mort, il nous faudra trouver des réponses cohérentes!

– Des fois qu'on me demande, bredouille Pferham en s'adressant à la sciure du carrelage, j'aurai qu'à dire ce que j'ai dit...

– Mais encore?...

– La vérité...

– Arrêtez donc de faire l'âne, le fouette Vuillermet de sa voix la plus nasale.

Il lui fait claquer le feuillet sous le nez comme on abat une carte.

– Relisez! Ce sont vos déclarations de 1948 devant le juge d'instruction militaire... A haute voix! J'aimerais être sûr que votre ramage de vérité ne ressemble pas trop au répète-Jacquot d'un perroquet!

– « J'ai vu le sergent Lensdorf, ânonne Pferham en suivant avec le doigt, tuer deux femmes et jeter des grenades à main dans l'église. »

– Ça sonne à peu près juste, mais ça sent tout de même le réchauffé, continue de le cingler Vuillermet avec ironie. Sur un sujet aussi grave on ne peut pas se contenter d'accommoder les restes; il va nous falloir être inventif, jaillissant, mon petit Pferham... d'autant plus qu'en 1945 – alors qu'en principe vos souvenirs étaient encore vivaces – vous n'aviez fait aucune allusion au meurtre de ces deux femmes, pas plus d'ailleurs qu'à cette affaire de grenades; vous aviez seulement dit de Lensdorf qu'il était votre chef de groupe... Comment allons-nous expliquer la magie de cette mémoire qui, contre toutes les lois biologiques, semble s'être bonifiée avec le temps?

Mutisme et léthargie; Pferham continue d'interroger la sciure...

– A moins que nous ne puissions imputer cet oubli au magistrat instructeur, relance Vuillermet, ou à l'étourderie d'un greffier.

– Ça doit être ça, susurre le petit maçon.

– Quoi « ça »?...

– Ben... ce que vous dites... le juge, en 1945, qui m'a rien demandé à propos de Lensdorf...

– Je ne vois aucun inconvénient à ce qu'on s'arrête à cette version, puisque le temps écoulé la rend quasiment invérifiable... mais je tiens tout de même à vous avertir, mon petit Pferham, que le président Gauzin, bien qu'il ne soit plus de la première fraîcheur, possède l'oreille absolue dès qu'il s'agit de la vérité ; vous avez donc tout intérêt à travailler votre chansonnette... Cela étant dit, la question de l'assassinat de ces deux braves femmes n'en est pas réglée pour autant... N'oubliez pas que notre témoignage contribuera peu ou prou à charger les douze fusils qui expédieront Lensdorf dans un monde meilleur...

Aussitôt dit, Charles Vuillermet consulte ostensiblement sa montre et commence à rassembler ses affaires.

Lorsqu'il reprend la parole après avoir laissé gambader le silence jusqu'à ce qu'il devienne aussi gênant qu'une oreille indiscrète, c'est du ton de rêvasserie aérienne de quelqu'un qui dialoguerait avec soi ; un peu comme s'il déchiffrait à vue la partition de ses propres sentiments. D'abord quelques trilles :

– Pas facile, pas facile, pas facile...

Un soupir ; un accord franc pour terminer la phrase :

– Evidemment !...

Et tout de suite derrière, un petit morceau de virtuosité du bout des lèvres :

– D'un autre côté, si l'on s'appuie sur la loi des contrastes, il est évident que les charges qui pèsent sur nous paraîtront d'autant plus insignifiantes que celles qui accableront Lensdorf seront plus lourdes... *A fortiori* si nous avons contribué par nos déclarations courageuses à l'éclosion de la vérité.

Il fait claquer le fermoir de la serviette en peau de porc. Il se lève. Pferham, comme piqué au derrière, est debout en même temps que lui, ses yeux pâlots toujours englués dans la sciure; mais le sillon qui se creuse, rouge comme un coup de canif entre ses sourcils, indique que de délicats pourparlers ont déjà commencé dans les arrière-boutiques de sa caboche. C'est le moment que choisit Vuillermet pour jouer à l'improvisade une carte de confiance sur le mode feutré du copain-complice.

– De vous à moi... ces pauvres femmes, il les a tuées ou il ne les a pas tuées?...

Les yeux pâlots s'arrachent de la sciure et se posent en pleine déroute dans ceux de Vuillermet.

– Je crois bien qu'il les a tuées, mais...

Les yeux chassés par le doute repartent à l'aventure et font un petit tour de parloir avant d'aller se couler peureusement sous la table.

– Vous croyez ou vous êtes sûr, insiste Vuillermet d'une voix de prêtre qui confesse.

– Il s'est passé tellement de choses ce jour-là, murmure le petit maçon avec désespoir.

Et certainement des choses horrifiantes, indicibles, qui affluent en vrac et le font papilloter comme s'il regardait le soleil de midi.

– Dans une affaire aussi grave, reprend Vuillermet un peu ému par sa propre sincérité, nous ne pouvons pas nous contenter d'une approximation, il nous faut une certitude... Si nous ne parvenons pas à la certitude mieux vaut encore passer pour une tête sans cervelle et dire que, neuf ans après les faits, nous ne pouvons plus nous porter garants de notre mémoire...

A peine a-t-il bouclé son petit sermon que la voix insidieuse de l'expérience vient lui rappeler au nom de certains échecs de ses débuts qui le cuisent encore à l'amour-propre que les bons sentiments et autres scrupules de conscience sont des armes peu fiables, susceptibles d'éclater à la figure d'un utilisateur maladroit... et que dans une affaire de crime collectif le plus court chemin vers le non-lieu ne passe pas par l'honneur mais par le franc cynisme; voire le plus éhonté des mensonges, pourvu que l'on soit prêt à le contresigner en jurant sur la vie de sa femme et de ses enfants...

Aussi vite pensé que formulé, dans la même colonne d'air et sur le même ton.

– Cela étant dit, mon petit Pferham, si le doute persiste vous pouvez toujours prendre conseil auprès d'un camarade... Ecklinger, pour ne citer que lui; c'est un homme réfléchi, posé... La preuve, il est garde champêtre! Ce n'est pas le genre de fonction que l'on confie à un irresponsable... S'il a accablé Lensdorf avec une telle constance tout au long de l'instruction ce n'est, je suppose, ni par sadisme ni par esprit de vengeance, mais par pure honnêteté... peut-être pourra-t-il vous aider à faire le tri dans vos souvenirs...

Deux petits coups à la porte pour rappeler le gardien et encore une formule pour bien ficeler le paquet :

– Quoi qu'il en soit, mon petit Pferham, en dernier ressort, ce sera à vous de décider, à vous seul, dans le secret de votre conscience... J'insiste.

IV

En repassant devant la salle de garde Charles Vuillermet a senti, l'espace d'un entrebâil de porte, la morsure d'une œillade de franche hostilité. Et dans la seconde où il a pensé que le gardien-chef Brochon, propriétaire de ce mauvais œil, devait très certainement, à vue de son faciès, être un assidu du goulot et qu'il lui faudrait au plus vite se fendre d'une bouteille s'il voulait obtenir ses bonnes grâces, ledit Brochon, Martial, adjudant de carrière, retiré de l'active suite à un délabrement plus ou moins vénérien et chronique, s'est dit que cette demi-portion bedonnante avec ses flanelles molles, son odeur de cocotte rance, qui se déplaçait avec la vivacité d'une bille de mercure, éparpillant des bonjour-bonsoir comme on jette du grain aux poules, pourrait toujours se gratter s'il espérait des risettes!

Le vrai, c'est que Martial Brochon se méfiait *a priori* de ces gens à grand front dilaté par l'intelligence. N'ayant pratiquement jamais eu à s'en servir depuis trente ans qu'il portait l'uniforme, il n'en voyait pas l'utilité. Quant aux avocats, à de rares exceptions près, ce n'étaient pour lui que des empêcheurs de tourner en rond, des pourvoyeurs de baratin, tout juste bons à se faire une pelote sur le dos des pauvres gars qui avaient fauté... !

Et puis Brochon n'aimait pas qu'on vienne fourrer le nez dans sa gamelle. Les Pontons étaient devenus à la longue son domaine réservé. Depuis l'annonce du procès d'Oradour ça n'arrêtait pas d'aller et venir, pire que dans un hall de gare ! Pour un peu il aurait passé le gros de son service à ouvrir et fermer la porte comme le dernier des larbins !

Quand il avait pris ses fonctions en février 1945 dans cette ancienne caserne sommairement aménagée en prison, c'était un caravansérail éminemment chienlique où se coudoyait dans l'inconfort et la violence toute la lie civile et militaire de la collaboration. Rien que de la basse crapule milicienne ou gestapiste, de la sale engeance, des vicieux qu'il fallait mener à la savate et au bâton ; il ne s'en était pas privé d'ailleurs... A partir de 1947 les Pontons s'étaient peu à peu vidés de la vermine. Les pelotons avaient nettoyé les ordures les plus voyantes, le gros des salopards avait été ventilé dans des centrales pour y purger des peines emphytéotiques ; mesures de clémence tombées du ciel et coups de piston d'origine inconnue avaient parachevé le grand ménage. Restaient quelques indignes, sans vrai palmarès criminel, qui cuvaient des peines de principe en attendant la prochaine amnistie. Fonctionnaires de la préfectorale ou gendarmes, maillons plus ou moins aveugles dans la chaîne de l'ignominie, c'étaient généralement des assidus de la chapelle avec des épouses tout à fait convenables qui n'hésitaient pas à mettre la main à la poche et des enfants polis. Ils cantinaient bourgeoisement dans l'aile nord ; discrets comme la honte.

Brochon, lui, régnait au sud sur la partie cent pour cent militaire, exclusivement réservée aux anciens S.S. Ses « petits S.S. », comme il lui arrivait de les appeler quand, la fibre dûment relâchée par quelques Pernod, la vérité lui fondait dans la bouche et lui mettait aux commissures une perlèche d'affection...

Certes, quand on lui avait amené ce lot de petites brutes toutes saignantes encore des derniers barouds du Reich, il avait sorti le nerf de bœuf et les coups de pied bas, mais il ne lui avait pas fallu une semaine pour se rendre compte que ça ne servait à rien de les tabasser et de leur gueuler dessus. La rude école des Waffen S.S. en avait fait des petits fauves parfaitement débourrés : dès qu'ils avaient identifié la casquette du dompteur, ils obéissaient au claquement de langue comme des animaux de cirque. Sans compter que lorsqu'on les avait regroupés aux Pontons la plupart étaient presque des gosses... des pauvres gosses dont les familles avaient été rectifiées par les carpet-bombing de la R.A.F... des braves gosses finalement, malgré Oradour et toutes les saloperies qu'ils avaient sur la conscience. Brochon les avait vus grandir et par la force des choses il les avait en quelque sorte pouponnés... Pour lui qui n'avait réussi qu'à faire des filles, deux petits pruneaux à courtes cuisses et têtes de boxeur, ces beaux spartiates déliés et musculeux étaient un peu devenus les fils qu'il n'avait pas su fabriquer ; ou encore des soldats comme il aurait tant aimé en avoir sous ses ordres en 1940 au lieu de ce ramassis de traîne-patins à molletières qui se débandaient pire que des moineaux d'aussi loin qu'ils entendaient tousser une pétoire... Avec des sauvages bien disciplinés comme ses petits S.S. le Boche n'aurait jamais franchi la Loire, il serait retourné chez lui la queue basse !...

Et gentils comme tout avec ça, une fois apprivoisés ! Serviables, durs à la peine et musiciens – pas allemands pour des prunes ! – et beaux les vaches, beaux!... D'ailleurs chaque fois que l'occasion s'y prêtait Brochon allait faire un tour dans les douches, mine de rien; pas par vice, non, il ne se connaissait aucune tendance à l'inversion... juste pour faire un petit péché d'envie, comme on bave devant une belle auto qu'on n'a pas les moyens de s'offrir. Fallait voir ces ventres plats, ces petites lunes emboulées de muscles, ces jambes de discoboles... des dieux, des dieux grecs, il n'y avait pas d'autre mot!... Le petit Fritoff par exemple, si joli avec ses yeux de Vierge de Sacré-Cœur et la grande mèche dorée qui lui balayait le front. Tout mince qu'il était, il avait passé une semaine torse nu dans la bouillasse à creuser le puisard de la nouvelle cuisine, et que je te chante et que je te chante en montrant ses dents de chat! Wenger, le géant bavarois, qui jouait si bien de l'accordéon! Et Boehm Heinrich – Riri, pour les Français –, avec sa petite frimousse d'écureuil, son odeur de pain d'épice... Chaque jour de l'an il se déguisait en fille et tout le monde le faisait danser; Brochon aussi... De penser que tant de belles promesses allaient peut-être rassir à perpète dans cette prison moisie ou, qui sait, recevoir douze balles dans la viande, ça lui retournait les sens!... Schwaller, tiens, brave vieux Ernst, à tous les coups il aurait droit au poteau... C'était le plus ancien dans le grade le plus élevé – quarante-trois ans, adjudant S.S. Même s'il n'avait rien fait de plus que les autres, il paierait la facture à la place des chefs, les vrais, avec sardines et barrettes, ceux qui avaient réussi à tirer la révérence, les Kahn, les Barth et cette pourriture de général Lammerding qui vivait peinard, planqué, protégé!...

Une énigme, ce Schwaller. Un peu moins S.S. que les autres; pour ainsi dire, S.S. par raccroc, vu qu'il avait débuté comme rampant dans la Luftwaffe. Bon bougre mais pas complètement net : un de ces types saumâtres dont on ne voit pas le fond... Sans parler de cette infirmité de la vue qui lui faisait une drôle de tête de gargouille. Le plus grave c'est qu'il ne biglait que d'un œil; une louchon des deux yeux, ça amuse, ça rassure, ça appelle l'astuce gentille, d'une certaine façon ça crée des liens de camaraderie, mais un type qui a l'œil gauche complètement déboussolé et l'autre qui est fixe comme derrière un monocle... et triste avec ça, si triste, si tendu vers le mauvais de l'existence!...

Schwaller s'était marié en 1941. A la tête de son bat-flanc il y avait le portrait un peu jauni d'une belle jeune femme costaud, style fermière, au-dessus d'un grand cadre où étaient collées les photos de zéro à douze ans d'une grosse petite mignonne, bien en joues. La femme n'avait jamais pu ou voulu s'offrir le déplacement; chaque trimestre elle lui envoyait un colis avec du linge de corps et des gâteaux aux marrons genre étouffe-chrétien. Elle en profitait pour le réassurer de sa fidélité et lui dire que la gamine pensait bien fort à son papa. Aux Pontons on ouvrait les lettres, c'était la règle, et Brochon se faisait traduire... Mais le Feldwebel Schwaller ne parlait jamais ni de sa femme, ni de sa gosse, ni de son village, ni de sa famille, ni de quoi que ce soit qui lui tienne à cœur... Ce n'était pas faute pourtant de se donner un mal de chien pour se fondre dans la masse; il en devenait mielleux, presque tête à claques à toujours rigoler comme un niais à propos de tout et de n'importe quoi... mais au fond c'était un type tout seul, enfermé avec le mauvais de son existence...

Il n'y avait guère qu'avec son voisin de cellule, le sergent Lensdorf, qu'il discutaillait des heures entières, en allemand, rien qu'en allemand – Schwaller comprenait le français mais s'était toujours refusé à le parler –, une espèce de rosaire monocorde qui ressemblait au ronron d'un avion poussif... Souvent Brochon s'était dit que des hommes capables de parler si longtemps sur le ton de la prière sans jamais se regarder, c'étaient forcément des hommes sans avenir qui se récitaient des choses irréparables auxquelles ils s'acharnaient à trouver un sens alors qu'elles étaient froides, bien finies et qu'on ne pouvait plus rien y changer... Quelquefois, rarement, ils s'arrêtaient en plein milieu d'un de ces mots interminables comme il en pullule dans la langue allemande et ils se mettaient à rire : des rires lents et sombres qui caillaient devant eux comme des taches de sang... Et pour Brochon c'était pire que s'ils s'étaient jetés tête première contre les murs pour en finir une bonne fois...

Sacré Lensdorf, en voilà un aussi qui avait toutes les chances de payer le prix fort ! Engagé volontaire dans les S.S., croix de fer, chargé de crimes et traître à sa patrie par-dessus le marché puisque, sur le papier, il était alsacien... S'il passait en jugement en même temps que les autres on pouvait déjà lui chauffer une place en enfer... Un de ces quatre matins Brochon viendrait lui dire : « C'est l'heure, Joseph. » Mais il n'aurait pas besoin d'ajouter « sois courageux » ou autre couillonnade du même tonneau pour l'aider à avaler la potion... Lensdorf regarderait tranquillement la gueule des fusils avec ce petit air de se foutre du monde qui lui faisait un faux pli dans le coin de la bouche depuis qu'il avait renoncé à l'espoir... En attendant Brochon perdrait un ami.

– ... aarde à vous ! commande mollement Brochon à l'entrée du capitaine Jean de la Freudière.

– ... pos, ... pos ! fait le vieux pitaine d'une voix tout aussi molle.

Il a une belle tête de cire et des manières de cavalier.

– Qu'est-ce que vous lisez d'intéressant Malurin, demande-t-il au caporal qui n'a même pas pris la peine de faire semblant de décoller de sa chaise.

– *Le Banquet*, mon Capitaine.

– Platon, tonton, tontaine et tonton, chantonne la Freudière d'une voix sinistre.

Brochon glousse avec servilité.

– Un petit Pernod, mon Capitaine?

– Sans façon... Faut que je vous voie Brochon, faut que je vous voie...

Il dit presque tout en double, avec ce ton de lassitude pompeuse du coryphée qui sait que les histoires de ce genre finissent presque toujours mal.

Un couloir où se vautre une odeur de petits pois aux lardons. Deux grosses portes à ressorts qui se referment en geignant. Les voilà dans le bureau du capitaine, un réduit obscur plein de vieilles belles choses d'inspiration coloniale.

– Votre impression sur les arrivants, Brochon?

– Sauf votre respect, mon Capitaine, ce sont des bouseux, tant qu'ils auront de quoi manger et dormir ça m'étonnerait qu'ils tirent sur la longe.

– Et avec nos S.S., pas de friction?

– Bonjour, bonsoir et chacun pour soi... Avec Lensdorf évidemment on sent tout de suite qu'il y a des arriérés... Chafouins comme ils sont, ils ne manquent jamais une occasion de le chambrer: Adolphe par-ci, Adolphe par-là, salut hitlérien et des tas de petites vacheries l'air de rigoler... Mais Lensdorf c'est pas le genre à se laisser grimper sur les orteils.

– *Vae victis*, Brochon, *vae victis*!...

– Remets-nous donc un petit jaune, dit Brochon à Malurin en rentrant dans la salle de garde.

Le caporal verse le Pernod : double dose pour

Brochon, un doigt symbolique pour lui. De toute façon Malurin s'en fout, il n'est pas de carrière ; il attend peinardement la quille en lisant du matin au soir. C'est un fils d'archevêque, pistonné comme trente-six locomotives. S'il est aux Pontons, c'est uniquement parce qu'il se débrouille en allemand.

– A la tienne, Etienne !

– A votre bonne santé, mon Adjudant !

A la T.S.F. voilà Mick Michel qui chante une histoire d'amoureux, une histoire qui a tout l'air de tourner en eau de boudin. Et Brochon pense à sa femme qu'il a cessé d'aimer depuis si longtemps qu'il en arrive à ne plus se rappeler du tout pourquoi il l'a épousée... à sa grande fille qui vit à la colle avec un commerçant douillet qui ne veut rien comprendre à la beauté de la guerre ; à la cadette qui fréquente des espèces de zazous et qui a honte de son juteux de papa avec sa moustache de croquemitaine et son gros pif qui ressemble à une fraise trop mûre... Si maintenant on lui fusille son Lensdorf il va se retrouver seul comme un chien, à un an de la retraite, avec cette sale maladie indolore qui lui a fait un cœur flasque où pataugent tant de regrets.

V

Le lieutenant-colonel Bernier, commissaire du gouvernement, ne possède pas à proprement parler le physique de l'emploi. C'est un homme tout en sourdine et en stricte politesse. Sur son visage de pierre lisse les émotions s'écrivent en pattes de mouche. Pour qui ne l'a vu œuvrer dans ses réquisitions, bretteur aux bottes imparables, souvent mortelles, c'est un homme tout à fait illisible, de ces méditatifs au long cours dont la cinquantaine révolue s'est fanée sans rides comme sèchent les fleurs.

Avec sa voix d'église, ses gestes aux courbes mesurées, son regard de mer froide, ses cheveux ras couleur de sel, il y a en lui quelque chose d'un religieux du silence malgré l'uniforme et la constellation de médailles.

L'inverse très exactement de Jean-Félix Gauzin, premier président de la cour d'appel, de dix ans son aîné, qui, lui, est tout en vigueur entrelardée, en encolure taurine, en jabot de pélican où roulent les creux d'un organe de cuivre qui éjecte des mots postillonnants, martelés; avec au milieu d'une figure épaisse, couperosée de bonne vie, des yeux qui mordent et s'amusent sans pour autant quitter les profondeurs amères de la miséricorde.

Il est six heures ce dimanche 11 janvier et la nuit est pleine. Une porte mal refermée bat aux courants d'air avec l'arythmie d'un cœur qui s'inquiète. Loin, dans un bureau vide un téléphone grelotte, acharné, puis se tait en plein milieu d'une sonnerie comme le font quelquefois dans les rêves les voix des morts qui nous appellent. La lumière avare du seul éclairage de service croise ses rais comme des lames nues sur la patine des bancs. L'air sent la cire et le froid dans les châteaux vides... Et cela rajoute des énigmes au recueillement de ce prétoire muet où demain s'ouvrira le rideau sur la tragédie d'Oradour.

En cette veille de grande « première », Gauzin et le colonel sont venus respirer leur théâtre. A tour de rôle ils ont pu apprécier les avantages de la perche d'osier qui permettra tant aux prévenus qu'aux témoins de désigner tel ou tel point du village martyr dont le plan et les photos aériennes occupent tout un panneau à gauche de la tribune. Il leur a fallu encore choisir avec le sergent Lavergne les différentes couleurs des tampons adhésifs qui symboliseront au cours des débats le déploiement des deux sections légères et de la section lourde de la compagnie S.S. Maintenant que Lavergne a effectué son demi-tour réglementaire et que le bruit de ses pas a été avalé par le tapis du couloir, Gauzin et Bernier sont seuls et peuvent enfin se taire. Ils ont l'un de l'autre une connaissance rodée depuis si longtemps par la sympathie et le métier qu'ils n'ont plus besoin de colorier en vaines parlottes les blancs de la conversation. Ils gardent les mots pour les jeux de l'esprit dont les nuances ne peuvent se décliner qu'avec des mots ; quant au reste, ils se l'adressent le plus souvent possible dans des regards de télépathe. Et voilà qu'un pli de trop sur le profil de fer-blanc du petit colonel souffle à Gauzin que son ami n'est pas dans son assiette de tous les jours. Aussitôt il s'en étonne avec cette chaleur abrupte qu'il réserve à ses intimes.

– Ne me dites pas que vous avez le trac Emile?...

– Ce serait bien la première fois, répond placidement le colonel. J'étais seulement en train de retrouver des fantômes et d'essayer de leur remettre un nom sur la figure...

Et Bernier se souvient de sa voix de prêtre qui s'émousse à mesure que les images passent du flou au net... Tant et tant d'hommes avaient défilé dans cette salle aux heures bouillantes de l'épuration où il fallait bien après tout nettoyer le pays de ses ignominieux; des « importants », bien sûr, mais – force lui était aujourd'hui d'en convenir – surtout des moindres contre lesquels il avait requis le châtiment suprême au milieu des injures et des crachats des foules hargneuses de cette queue de révolution qui exigeaient des têtes à mettre au bout des piques pour en faire les totems de sa liberté reconquise... Certains rattrapés dans leur fuite, amenés tels quels devant le tribunal avec les coquards d'un lynchage, pommettes et yeux bosselés, fardés par les ecchymoses, fagotés de traviole, maculés de sang et de merde, essayant quand même un sourire de leurs lèvres épatées par les coups : presque toujours dignes malgré la rossée et la trouille qui les avaient fait s'oublier dans leur culotte, avec l'air de dire qu'il y avait confusion sur la personne, qu'il s'agissait d'une affreuse méprise... Tant de ces infâmes – Bernier les revoyait encore, agrippés à cette même barre – qui épuisaient leurs protestations d'innocence, leurs ironies, leurs mensonges, tous leurs mensonges, comme on tire les dernières cartouches, jusqu'à n'être plus que des pauvres hommes avec des mains navrées qui leur battaient contre les cuisses, des têtes navrées... Des hommes qui, après avoir nié obstinément, juré tous leurs grands dieux, déballaient par le menu leurs abjections, donnaient d'inimaginables détails comme on donne des horaires de chemin de fer, délivraient des histoires d'yeux crevés, d'ongles arrachés, d'humiliations mortelles sur la personne des jeunes filles, qui se vidaient à flots mornes de leur diarrhée de crimes, puis, lorsque tombait le verdict dans l'indifférence somnolente des affaires expédiées à la chaîne, se mettaient à pleurer bien gentiment entre leurs gendarmes... Non parce qu'ils étaient condamnés à mort et que les temps n'étaient pas au pardon mais parce qu'ils réalisaient avec l'implacable lucidité de ceux qui connaissent le jour et le comment de leur fin que le don forcé de leur peau en remboursement symbolique de la peau martyrisée des victimes leur permettrait d'entrer dans la légende et que, plus tard, leurs noms détestés figureraient en petit sur l'affiche du drame, à côté de ceux des héros et des saints... Parce que maintenant que la justice du peuple leur avait présenté la facture et qu'il leur fallait payer le prix du sang, ils devenaient à leur tour précieux, fragiles, « exemplaires » d'une certaine façon; qu'on allait de ce fait bien les nourrir et cesser de les battre jusqu'à l'aube du poteau et qu'ils auraient eux aussi le droit de se débarbouiller le cœur avant le grand voyage en écrivant une de ces bouleversantes dernières lettres où les bons et les méchants regrettent dans un même cri d'amour ce monde qui va continuer sans eux...

Et Bernier poursuit d'une voix si trouble, si mince, qu'elle semble prolonger les mille petits gémissements du bois qui peuplent le silence.

– Vous savez aussi bien que moi, Président, que les lois mécaniques de l'usure ne concernent pas que le corps et la beauté... Les sentiments humains sont parmi les premiers à subir le pouvoir abrasif du temps; un jour ou l'autre, qu'on le veuille ou non, les passions refroidissent, les réservoirs de larmes sonnent le creux et les grandes douleurs sont comme ces disques tant de fois passés que la chanson ne nous émeut plus que par habitude... Même des choses que l'on croyait imprescriptibles finissent par s'oublier. Vient alors le moment d'ôter à la mémoire ses voiles de deuil et de lui remettre sa blouse d'écolière. Dès que les yeux sont suffisamment secs pour que l'on puisse rouvrir le livre des temps maudits, on est bien obligé de convenir qu'ils ne se résument pas qu'à l'héroïsme d'une poignée de braves et au sacrifice des innocents, mais que les salauds en leur qualité de salauds y ont eux aussi une fonction essentielle : ils sont indispensables à une relecture pédagogique de l'Histoire sans laquelle les générations montantes ne font que remettre inéluctablement leurs pas dans les pas sanglants de leurs ancêtres... En termes de navigation, je dirais que les monstres appartiennent au « système cardinal » qui balise les périodes chaotiques; ils sont là pour en signaler les écueils tout comme les martyrs doivent en demeurer les amers et les phares. Encore faut-il que...

Bernier s'arrête court, meulant à vide des mots qui renâclent à sortir. Gauzin comprend alors que cette longue digression préliminaire n'avait pour but que d'envelopper la seule vraie question qui n'a cessé de le travailler et que l'actualité rallume.

– Encore faut-il, finit par reprendre Bernier d'une voix sourde et cahotante, que le juste châtiment des salauds contienne une leçon pour l'avenir et ne consiste pas seulement à rajouter du sang au sang en affublant la vengeance d'une robe de justice.

– Est-ce que je dois comprendre, Emile, que vous regrettez certaines de ces condamnations à mort?

– Dans ma position, les regrets sont un luxe aussi coûteux qu'inutile... Au regard des textes et de la morale en tout cas, je n'ai rien à me reprocher si ce n'est d'avoir quelquefois cédé plus ou moins consciemment à la loi du talion qui empestait l'époque... Quoi qu'il en soit, les hommes que j'ai envoyés au poteau étaient des monstres avérés, incontestables ; dans le contexte de la Libération il eût été injurieux pour les victimes, presque blasphématoire, de ne pas réclamer leur tête... Reconnaissons toutefois – et pardon si je me répète – que la plupart du temps nous n'exercions nos foudres que sur du menu fretin, ce qui malheureusement est à nouveau le cas dans l'affaire qui nous intéresse.

– En clair, vous ne comptez pas cette fois-ci requérir la peine capitale ?

La réponse à une question aussi complexe ne peut se déblayer par un oui ou non. Bernier hésite...

– Si j'étais sûr devant ma conscience que l'exécution de deux sous-officiers et d'une vingtaine de troufions ait une valeur compensatoire, si petite soit-elle, je profiterais sans vergogne de cette notion inique de responsabilité collective que nous offre la loi de 1948 et je ferais tout ce qui est en mon pouvoir pour remplir une belle charrette de condamnés... et tant pis pour nos chers Droits de l'homme ! Mais neuf ans ou presque après les faits, en l'absence des ordonnateurs en titre de cette tuerie, je me demande si la peau de ces sinistres tâcherons peut encore avoir une quelconque valeur sur le marché de l'exemple... Voyez-vous, Président, ce qu'il y a d'insoluble dans cette affaire c'est que l'ampleur même du massacre rend le crime inexpiable. J'allais dire...

Le mot lui trébuche sur les lèvres.

– Oui ? l'invite Gauzin dans un souffle.

– ... irréparable... Et l'irréparable n'est pas du ressort de la justice des hommes.

Gauzin sent une petite boule dure lui monter dans la gorge; vite avant qu'elle ne l'empêche de parler il dit :

– A la grâce de Dieu, Emile... A la grâce de Dieu.

... et déjà c'est le matin du lundi. Mais ce n'est pas la peine de compter sur un peu de clarté pour marquer l'événement : le jour ne se lèvera pas; pas plus aujourd'hui que la veille. Entre le pâle soleil de janvier et ce petit coin du monde engoncé dans son estuaire il y a des édredons de nuages empilés sur des kilomètres et, sous les édredons, du brouillard qui se prélasse jusque dans les encoignures, à pleines volutes. Et au milieu de ce coton sale, au fond de la cour aux poubelles, c'est bien Lensdorf qu'on distingue, penché sur un étau de plombier. Depuis jeudi qu'il petonne dans le froid pour remplacer des canalisations éclatées par le gel. Brochon passerait ses journées à le regarder bricoler. C'est que, mine de rien, il est sacrément singe, le Joseph avec ses grosses pattes! Costaud comme un buffle et minutieux quand le travail l'exige! Il n'est pas du métier mais faut voir comme il emmaillote les raccords avec la filasse et ce coup de poignet pour serrer les écrous, c'est précis, sans bavure!... Il n'a jamais l'air de forcer mais pour dévisser ce qu'il a bloqué, faudrait atteler un cheval à la clé à molette! Il n'y a pas à dire, il a beau être français pour l'état civil, il a gardé le meilleur de l'Allemand : l'obstination, le sérieux, la discipline... D'ailleurs que ce soit la plomberie, le ménage ou les cotillons au moment de Noël, ça ne lui viendrait pas à l'esprit de tirer au flanc; il fait ce qu'on lui dit de faire, quand on lui dit de le faire et tant que c'est pas fini, il continue. A la guerre ça devait être pareil. S'il lâche l'outil de temps à autre c'est uniquement pour rallumer son mégot de papier maïs ou dévier avec la tranche du pouce la chandelle qui ne cesse de lui revenir au bout du nez. C'est vrai aussi que quelquefois il est bien obligé de faire une petite pause pour se désembouteiller les vertèbres à cause des mauvaises positions, mais ce n'est pas pour autant qu'il en profite pour bavasser, ou boire, ou on ne sait quoi... Il attend seulement que les disques se remettent en pile et, le temps que ça se fasse, il regarde droit devant, nulle part... En fait il ne regarde rien, il s'arrête, c'est tout, parce que son corps lui a dit de s'arrêter, comme s'arrêtent de mastiquer, pour des raisons qui leur sont personnelles, les bestiaux dans les champs, le museau tendu vers des horizons qu'ils n'iront jamais voir de plus près...

C'est comme ça que Brochon l'a trouvé ce matin quand il est venu le chercher à neuf heures pour le conduire à l'avocat : planté dans la cour aux poubelles, la tête vers le mur, avec ses yeux de requin, son teint de papier chiffon, sa silhouette épaissie par l'empilement de tricots... un bonhomme de givre. Et tout de suite l'adjudant a eu un petit froissement de cœur. Tant qu'il s'active il jette encore son jus, le Joseph, on retrouve un peu la brutasse aux yeux fous qu'on leur avait amenée fin 1945 et qui tournait-virait dans sa cage comme une hyène... Mais dès qu'il s'arrête de bouger, il fait empoté, mal posé sur le sol, comme si la terre n'était déjà plus son élément naturel, qu'il allait se dissoudre avec cette saleté de brouillard ou s'envoler comme un gros ballon aux premières tiédeurs du printemps... Gros, parce que, après huit ans de ratière, fatalement, il a fait son lard. Le vrai c'est qu'il ne ressemble plus à grand-chose l'Unterscharführer Lensdorf!... Il a pris du ventre, des joues et le muscle s'est enrobé de graisse; c'est le mal des prisons. La seule chose sur sa figure qui se souvienne encore du féroce guerrier de la « Das Reich » c'est son faux pli, son petit coin de dégoût, là, dans le bas de la bouche... Mais c'est de l'ancien dégoût, de la vieille sauvagerie tournée à l'aigre, le dernier stigmate d'une gigantesque cuite de sang et de feu, une manière de gueule de bois chez quelqu'un qui a dû en tuer du monde et de toutes les façons possibles, jusqu'à s'en faire vomir!... Et qui commence à comprendre qu'il a tué pour rien, pour un sale rêve.

Un détour par les lavabos, le temps pour Lensdorf de faire une petite toilette de chat et pour l'adjudant l'occasion de vérifier une fois de plus les effets diurétiques de la bière.

Dans le trajet ils ne se sont rien dit que d'écoutable à cause des oreilles qui pourraient traîner. Ici c'est tranquille, Brochon peut lâcher ce qui le tracasse.

– Paraît-il que tu serais jugé en même temps que tes collègues...?

– Paraît-il, répète Lensdorf...

Il a une voix de tabagique au timbre morne avec un accent hybride qui tire sur l'allemand.

– Méfie-toi quand même des Alsaciens, reprend Brochon sur le souffle, ils t'ont dans le collimateur... Surtout cette grosse larve de garde champêtre... avec ses airs bon Dieu sans confession, c'est un dissimulé, le genre de rosse à te mordre ou à te savater dès que tu lui tournes le dos! Les autres c'est jamais que des abrutis avec la crotte au cul. Pris au détail, pour peu que tu les secoues, ils te cireraient les godasses avec la langue... Mais le gros lard c'est un hypocrite, fais-y gaffe!...

Rien de lisible dans les yeux de requin, ni peur, ni alerte, ni quoi que ce soit qui s'apparente à de l'inquiétude; juste un peu plus de dégoût en coin lorsqu'il finit par dire de sa voix terne :

– Tu me connais Martial, j'ai gardé de l'honneur, c'est tout ce qui me reste avec ma viande. Jamais j'irai balancer un ancien compagnon d'armes, même si c'est le plus pourri des Judas... Mais je vais te dire quelque chose que je ne dirais pas au diable : à Oradour il n'y a pas un gars de la compagnie qui est resté les mains dans les poches. On a tous fait pareil, tous, chacun à notre place... Et le soir à Nieul, il n'y en a pas un non plus qui a sauté le casse-croûte, on a bouffé comme des cochons avec ce qu'on avait ramassé dans le patelin pour améliorer la soupe de campagne... Alors qu'ils aillent pas jouer les agneaux parce qu'il y a pas de raison que je sois le seul à trinquer.

VI

Déjà en novembre 1951, lorsque, après avoir accepté à contrecœur de reprendre l'affaire, Henri Lagarde était venu pour la première fois rencontrer Lensdorf aux Pontons, il avait été frappé par l'exceptionnelle platitude de physionomie qui constituait en soi le vrai signe distinctif de l'ancien sergent S.S. ; le seul pour ainsi dire. Et ce n'était pas dû qu'à ces yeux de poisson qui ne clignaient jamais, cette blafardise de teint qui tirait sur le vert, l'abandon quasi hémiplégique de cette bouche sans ourlets qui pendait un peu aux commissures... En fait, dès leur prise de contact, Lagarde avait compris que cette remarquable absence d'expression n'était que la façade d'une maison vide ; comme si, prévenu par l'instinct de la tournure que prendrait son histoire, Lensdorf avait préféré déménager de sa peau à titre préventif en ne laissant que la veilleuse de son sourire affable et le bourdon fêlé de sa voix pour donner l'illusion d'une présence...

Ce matin-là, par exemple, 12 janvier 1953, dans ce même parloir, sous ce plafonnier qui les coiffe de sa lumière d'hôpital, Lagarde l'a retrouvé tel qu'il l'avait laissé à sa dernière visite : bien peigné, bien rasé, bien poli ; tranquille, finalement... à quelques heures pourtant de l'ouverture d'un procès qui, à vue de son curriculum criminel, risquait fort de lui être fatal. Ils se sont serré cordialement la main, rassurés mutuellement sur le bon état de leur santé et, malgré le caractère d'urgence de la situation, ont digressé une pleine minute sur les méfaits de l'humidité liée au froid. Lensdorf a encore pris le temps de rallumer son mégot de cigarette papier maïs et de constater à cette occasion qu'il n'y avait presque plus d'essence dans son briquet. Et ce n'est qu'après lui avoir passé une boîte d'allumettes bien cachée dans le fourbi de ses poches que Lagarde s'est enfin décidé à poser devant eux le dossier, épais comme un annuaire.

– Le président Gauzin m'a fait savoir à titre privé que, dès aujourd'hui, l'accusation en la personne du commissaire du gouvernement demanderait la jonction de votre cas à « l'affaire Kahn et consorts »; L'incident – si incident il y a – devrait se traiter demain en ouverture d'audience. Compte tenu de votre présence active à Oradour en qualité de chef de groupe, cette démarche était prévisible...

Lensdorf exprime par un sobre hochement que cette nouvelle ne constitue pas pour lui une réelle surprise.

– Evidemment, poursuit Lagarde sur le ton de la conversation la plus banale, j'ai dans ma besace toutes sortes d'outils parfaitement légaux qui nous permettraient d'éviter cette jonction... D'un autre côté, en admettant que je réussisse ce petit tour de passe-passe, à plus ou moins brève échéance nous serons déférés devant une cour d'assises... et pas n'importe laquelle : celle de Limoges... Qui dit cour d'assises dit jury populaire; dans une région sensible comme le Limousin cela signifie anciens résistants ou assimilés, deux fois sur trois d'obédience communiste... sans compter le risque de voir siéger dans le jury un certain nombre de femmes qui auront eu un membre de leur famille massacré ou déporté. Etant donné les charges qui pèsent sur vous, même si je fais preuve de génie, je n'ai pas une chance sur mille de vous garder la tête sur les épaules. Quant à la grâce présidentielle, inutile d'y compter : aucun homme politique ne prendrait le risque de s'aliéner tout un département en sauvant la peau d'un ancien S.S.

Petite pause et quelques nouveaux hochements de Lensdorf, des hochements d'une belle amplitude, pour exprimer à quel point il apprécie la franchise limpide de cette présentation.

– Tandis qu'un tribunal militaire, reprend Lagarde toujours à l'économie, par définition, c'est composé de militaires. Qui dit militaires dit guerre et qui dit guerre – vous êtes bien placé pour le savoir – dit initiatives malheureuses, débordements, excès en tout genre, erreur de cible, répression aveugle, etc., j'en oublie... Bref, si la fonction leur interdit de passer l'éponge ils seront par nature et par expérience plus à même de « comprendre »... Nuance appréciable puisque, à la place des bois de justice ou du peloton, c'est perpétuité.

Il s'apprête à continuer mais Lensdorf lui signifie en levant petitement le doigt qu'il souhaiterait émettre une réserve ; ce qu'il fait, d'une voix strictement aussi plate que l'expression de son visage.

– J'ai déjà passé presque dix ans à l'ombre. Si c'est pour finir ma vie en cabane je préfère encore douze balles dans la peau.

La contre-argumentation de Lagarde est délivrée dans l'instant avec la même objectivité placide que la remarque de son client.

– Si l'on tient compte de l'instabilité politique, de la baisse d'influence du parti communiste, des tentatives de réconciliation franco-allemande, des tensions américano-soviétiques et surtout du temps écoulé depuis les faits... sans être exagérément optimiste, on peut envisager une libération dans cinq ou six ans... au plus tard...

Il conclut avec un sourire qui pourrait être celui d'un représentant de commerce en fin de démonstration :

– A votre sortie de prison vous n'aurez pas quarante ans; si Dieu vous prête vie il vous restera l'autre moitié du chemin pour vous faire pardonner... tout au moins pour vous faire oublier.

Lensdorf ne hoche plus; il est tout à la digestion du pour et du contre, tellement immobile qu'on le dirait naturalisé... Dans le silence qui s'installe sans la moindre pesanteur, Henri Lagarde sort de sa sacoche sa bouteille Thermos, dévisse le gobelet de métal, le pousse vers son client.

– Thé-rhum, sucré au miel, ça vous tente?

– Merci non, je resterai sur le café.

Aussitôt dit, le voilà qui se remet à hocher; des hochements mesurés cette fois, signe qu'il a fait mentalement son petit compte et que sa décision est prise.

– Si c'est comme vous dites je préfère encore être mangé à la sauce militaire.

Un aller-retour de sourires polis vient parapher cet accord préliminaire sur la forme. Reste l'essentiel, bien sûr : le fond! Et ce n'est pas un mince casse-tête pour Lagarde que d'établir un système à peu près cohérent de défense au regard des charges accablantes qui assomment l'ancien sergent S.S.; d'autant que les plus graves d'entre elles seraient sans nulle doute réalimentées de vive voix par le témoignage « la main sur le cœur » de ses compatriotes et faux frères alsaciens...

Certes, il n'y avait jamais eu ni preuves tangibles ni aveux, et malgré ses chevrons de sous-officier on ne pouvait accuser Lensdorf d'avoir été partie prenante dans l'organisation de la tuerie ; au regard de sa hiérarchie il n'était qu'un subalterne galonné obéissant à des ordres. A ceci près que son statut d'engagé dans les Waffen S.S. surajoutait d'office aux chefs d'assassinat et d'incendie volontaire des griefs imparables de préméditation, donc d'« intention criminelle »... Sa qualité d'exécutant lui donnait néanmoins un accès de pure forme aux circonstances atténuantes dans des faits reconnus, tels la fusillade du garage Desourteaux... En tirant un peu sur le violon, Lagarde parviendrait même à ce que cette maigre indulgence soit élargie aux coups de grâce donnés dans ledit garage et à la crémation des cadavres puisque cela relevait également d'un ordre direct donné devant témoins par Kahn en personne... Mais de quelque façon que l'on habille le reste des charges, ordre supérieur ou pas, il s'agissait d'actes d'une telle abomination qu'il n'y avait guère d'autre issue que de nier, intelligemment et mordicus.

Revoilà un bout de silence qui s'installe entre eux sans chichi, presque fraternel. De l'autre côté du mur la prison ronronne dans son odeur de propre. Les pas matinaux poussent dans les couloirs des petits airs connus un peu amochés par des siffleurs maladroits mais allègres et qui donnent quand même envie d'oublier tout le mauvais des choses. Lensdorf fume paisiblement ; Lagarde boit son thé au rhum à petites gorgées circonspectes et cela lui enchante le palais. Cette fois encore il se demande pourquoi la tâche lui paraît si légère avec ce drôle de client... Peut-être parce que Lensdorf échappe à cette règle tant de fois vérifiée par les avocats qui veut que les criminels de sang soient en général des cyclothymiques aux idées bégayantes, difficilement saisissables à cause de cette grande amplitude émotionnelle qu'ils ne contrôlent pas et surtout de ce grain de déraison furieuse enkysté comme une épine dans la cervelle de la plupart d'entre eux... Lensdorf, lui, n'est ni un fantasque, ni un bouillant, ni un rétif. C'est un monsieur-tout-le-monde un peu rassis par l'enfermement, mais consciencieux et d'humeur égale; le type même de l'élève appliqué. Il n'y a pas besoin de chercher ses yeux pour les rencontrer : ils sont toujours là quand il le faut, bien fixes, bien vides, qui attendent la suite du programme sans espoir inutile, sans impatience...

La « suite » justement tient dans ces deux feuillets dactylographiés accolés par un trombone : un synopsis de l'acte d'accusation.

Lagarde aspire une bonne goulée d'air pour se donner de l'élan.

– En vertu des articles 75, 84, 95, 296, etc., du code pénal...

Suit en lecture accélérée l'incroyable chapelet de crimes portés au crédit du dénommé Lensdorf, Joseph, ex-Waffen S.S. de nationalité française, âgé seulement de vingt ans au moment des faits!... Accusé, outre de trahison et d'intelligence avec l'ennemi, d'avoir, à Oradour-sur-Glane le 10 juin 1944, donné volontairement la mort à un groupe de civils non identifiés; d'avoir, « dans les mêmes circonstances de temps et de lieu », donné volontairement la mort à deux femmes non identifiées!... D'avoir rallongé cette traînée de sang en donnant encore la mort à d'autres femmes et à des enfants enfermés dans l'église d'Oradour! D'avoir ensuite mis volontairement le feu à ladite église, alors que tout un faisceau de présomptions permettait désormais d'affirmer que beaucoup de ces femmes et de ces pauvres gosses n'étaient que blessés!... D'avoir enfin, selon la formule de rigueur, « aidé ou assisté avec connaissance les auteurs de l'incendie volontaire du village d'Oradour et de son église dans les faits qui l'avaient préparé et facilité ou dans ceux qui l'avaient consommé »... !

– ... sans préjudice, termine Lagarde en reprenant son souffle, de circonstances aggravantes découlant d'actes de barbarie ayant précédé ou accompagné les faits. Voilà.

Il s'est cogné aux yeux de poisson cuit ; il y reste empêtré. Des yeux sourds et muets qui ne servent qu'à voir, un point c'est tout. C'est alors seulement qu'il réalise que pas une seule fois il n'a trébuché sur les mots en déblayant cette litanie de crimes du même ton bâclé qu'un greffier lisant pleins gaz une pièce quelconque de procédure... comme si, une fois enchâssée dans sa formule juridique, l'expression « donner volontairement la mort » n'était ni plus ni moins que le symbole abstrait de la mathématique du sang versé !... Derrière ce refrain à quatre mots il y avait autant de douleurs atroces que de nerfs dans chacun des six cent quarante-deux corps des massacrés d'Oradour, il y avait des hurlements à faire se réveiller le bon Dieu – paraît-il que la clameur de l'église s'entendait à plusieurs kilomètres ! Il y avait surtout le plus injuste des sacrilèges, le plus innommable, celui d'avoir arraché du monde avec une telle sauvagerie deux cent cinquante petites vies en herbe, tant de promesses saccagées, tant d'amour grêlé de balles !... Et ils étaient là, l'ancien bourreau et son conseil, qui faisaient en catimini leurs petits calculs comme commerçant et comptable à l'époque des impôts, qui mitonnaient leurs petites entourloupettes, qui supputaient leur chance de frauder... Telle fusillade c'était de la recette officielle avec facture à l'appui. Fatalement ça irait dans la poche du tribunal, mais le reste : les femmes, les gosses, l'église, ça s'était conclu de la main à la main, c'était de la gratte pour ainsi dire, ni vu ni connu ; alors on ferait l'impasse, on inventerait des histoires, on se bricolerait un alibi, on essaierait au moins de se garder dans la poche le bénéfice du doute et ça irait grossir le bas de laine de l'horreur... Lagarde était précisément en train d'évoquer l'acte d'accusation en termes de cuisine, de dire en saupoudrant d'humour que le « menu » était copieux, tellement copieux d'ailleurs qu'il deviendrait rapidement indigeste même pour ces gros consommateurs de sang que sont en principe les militaires, qu'il allait donc leur falloir éliminer d'office quelques-uns des « plats »... Et Lensdorf hochait de l'air entendu de celui qui goûte toute la subtilité d'une telle métaphore. Mais brusquement Lagarde sent une phrase lui dérailler dans la bouche... et ce sont d'autres mots qui s'enchaînent spontanément :

– Quel souvenir gardez-vous de cette terrible journée ?

Lensdorf réagit à la seconde par un geste-réflexe de sa grosse patte, une sorte de revers agacé, brutal ; il ne prend même pas le temps d'encaisser la question, il se hâte de répondre « c'est pas d'hier... » d'une voix en creux. Mais il a beau lutter de toute la puissance de son inertie, revoilà l'Unterscharführer S.S. qui investit la maison vide avec sur ses vêtements des odeurs de poudre et de charogne, qui reprend d'abord possession des yeux, qui les rallume fugitivement de meurtre, de folie... c'est maintenant le timbre fêlé du père tranquille qui se recharge d'un soupçon de fanatisme pour dire :

– Quand on était sur le front russe c'est au moins une fois la semaine qu'ils nous envoyaient ratisser des patelins à cause des partisans... A la longue je finis par confondre...

Mais Lagarde est sûr d'avoir enfin réussi à crocher dans quelque chose qui ressemble à de la pâte humaine, alors il insiste, il se chauffe :

– Un massacre de cette ampleur, ça ne peut pas ne pas vous avoir laissé une trace, si petite soit-elle, dans le cœur, dans les tripes!... Faites un effort, essayez de vous rappeler!...

D'abord quelques gestes mous avec la grosse patte, des gestes pour s'excuser, puis la réponse qui finit par tomber, incolore, sans musique :

– Franchement... je ne vois rien de particulier...

Et les yeux de poisson se plantent humblement dans ceux de Lagarde pour contresigner son impuissance à opérer un tri au milieu de cette cohue de souvenirs affreusement semblables qui sont revenus par effraction lui encombrer la tête. Des anonymes, hommes ou femmes, même des gosses, boulant dans la poussière comme du gibier farci de plomb, il y en avait des dizaines tout au long de sa route de S.S., idem pour les maisons en feu! Comment savoir de quel âge, de quel sexe, de quel pays était cette douleur hurlante, toujours pareille, sous tant de ruines... ?

Du coup, c'est Lagarde qui est à la peine, qui cherche éperdument une relance pour dégripper cette mémoire, n'importe quoi, excepté ce mauvais silence... Alors il fait tourner le moulin à paroles, il improvise :

– Souvent ce sont des petites choses qui nous restent, des choses de rien... des détails sans importance qui n'ont parfois aucun rapport direct avec les événements : un pot de géraniums sur un balcon, un lambeau de ciel tout bleu entre deux colonnes de fumée et cela vous aura fait penser à votre village. Peut-être même quelque chose de cocasse, un de vos camarades qui avait un casque trop grand pour sa tête... Ou encore un de ces petits roquets de campagne, teigneux comme trente-six mille diables, qui essaient de vous pincer les chevilles dès qu'on leur tourne le dos?... A propos de chien, tenez...

Par association d'idées il lui est revenu une histoire vieille de presque trente ans, une de ces histoires vécues dans l'enfance que les années en fuite érodent et polissent jusqu'à ce qu'elles deviennent de la taille d'un grain de sable et qui cependant restent piquées dans le flou idéal des ciels de cet âge comme une toute petite étoile très brillante que l'on retrouve toujours à la même place chaque fois que l'on se retourne.

Lagarde avait sept ans, peut-être huit, il aurait été bien incapable aujourd'hui de le préciser; pas plus d'ailleurs qu'il ne se souvenait de l'endroit ni de la saison... Ne parlons même pas de la marque ou de la couleur de cette voiture qui venait de s'écraser de plein fouet contre un arbre!... Dans le vrac de sa mémoire lointaine au milieu de ses rêves d'alors, de ses jouets cassés, de ses colères, de ses prix d'excellence, de ses embarras gastriques, il y avait ce drame empoussiéré dont il avait été le témoin de hasard, il y avait cette concrétion cauchemardesque qui sentait l'huile brûlée et le caoutchouc, il y avait surtout l'entrevoyure de ce cloaque humain : rien qu'un petit tas de guenilles toutes rouges d'où s'échappaient des gémissements de torture... C'était son premier nez à nez avec la mort pour de vrai et pourtant rien de tout cela n'avait résisté à la distance. La seule chose qui avait laissé en lui une rayure ineffaçable, c'était un chien jaune, une petite boule de poils très affairée qui levait la patte à droite à gauche... Ses maîtres agonisaient dans leur piège de ferraille et lui qui s'était retrouvé sur le talus sans rien comprendre à cet arrêt fracassant, il allait son train-train habituel, il se hâtait de borner à sa manière de chien ce royaume inconnu; en toute innocence il compissait le terminus de ses parents... Et chaque fois que Lagarde repensait à cet horrible accident de voiture, c'était l'histoire du chien jaune qui lui tordait le cœur, l'histoire du petit chien orphelin...

Lensdorf a écouté avec énormément d'attention ; pour preuve, il en a même oublié de rallumer sa cigarette. C'est que, pour un gars comme lui qui avait été élevé à la campagne, ça voulait dire quelque chose les animaux ! Dans la ferme de son père les bêtes étaient aussi bien traitées que les personnes, il n'avait pas peur de le dire ! Le problème avec la guerre c'est que tout le monde trinquait sans discernement. Sur le front de l'Est par exemple, des chevaux crevés avec leur gros ventre et leurs yeux blancs, il y en avait tout le long des routes, une vraie misère ! Une vache aussi, dans un trou du côté de Kharkov – il s'en souvenait de cette pauvre vache ! – et ces deux grands couillons de la Wehrmacht qui lui couraient derrière en essayant de la sulfater avec une Schmeisser ! La pauvre vache, elle était tellement affolée qu'elle était allée se fracasser toute seule contre un mur, elle s'était pour ainsi dire suicidée... Maintenant pour ce qui est d'Oradour il revoyait bien à peu près la topographie des lieux et le déroulement général de l'opération, mais à part ça, « rien de spécial »...

– Les enfants peut-être ? laisse tomber Lagarde sans réfléchir.

Il aurait dû tourner sept fois sa langue avant d'abattre cette carte maîtresse car l'effet est immédiat : à la seconde Lensdorf se retranche dans sa maison vide et la réponse claque entre eux comme une porte étanche :

– J'avais rien à voir avec les enfants.

Cette fois Lagarde sent le pouls d'une vraie colère lui cogner contre la tempe. Au diable les précautions oratoires ! Il choisit l'attaque frontale :

– J'ai une certaine sympathie pour vous Lensdorf, vous le savez, autrement je ne serais pas là... Je vais donc vous parler sans périphrase : l'Unterscharführer S.S. avec sa croix de fer et sa médaille d'assaut, je le connais sur le bout du doigt; je le connais même tellement que j'ai envie de vomir chaque fois que je me replonge dans ce dossier! Je vous avertis loyalement que je ne suis pas disposé à salir mon honneur et ma réputation en plaidant la cause d'une machine à tuer! Moi, c'est l'homme qui m'intéresse – si tant est qu'il reste en vous une petite lueur d'humanité! C'est uniquement pour sauver cela que j'ai accepté ce combat inégal... Alors à vous de me prouver que j'ai autre chose en face de moi qu'un boucher S.S.!

Le silence est entre eux qui laisse tomber goutte à goutte des secondes électriques. Les mots ont tapé au but, Lagarde en est presque sûr : pour preuve il ne parvient plus à retenir dans les siens les yeux de poisson cuit...

Lensdorf ouvre la bouche, la referme, ainsi de suite... jusqu'à la rouvrir enfin sur une phrase toute molle qui lui glisse des lèvres et tombe avec un petit plouf :

– J'ai pas fait attention aux enfants...

Mais Lagarde ne veut pas perdre le bénéfice de son maigre avantage; à nouveau il s'enflamme :

– Vous avez bien dû les voir tout de même! Il y en avait deux cent cinquante ce jour-là à Oradour! Ce n'est pas rien deux cent cinquante gosses, ça se remarque! A un moment ou à un autre fatalement vous aurez croisé un regard d'enfant, un sourire d'enfant! Après tout ils ne pouvaient pas deviner que vous étiez venus pour les massacrer... Il n'y en a pas un non plus qui vous ait parlé? Pourtant ça a la langue bien pendue les gosses, ça dit n'importe quoi à n'importe qui, ça tutoie tout le monde, même les assassins, ça pose des questions à tort et à travers, ça déforme les mots : Dis monsieur, où que c'est qu'on va? A quoi que ça sert m'sieur ta mitrailloute? Quand votre capitaine s'est adressé à la population sur la place du champ de foire, je suppose qu'il ne l'a pas fait à voix basse ; vous devez bien vous en souvenir puisque vous lui avez servi d'interprète... Il est donc fort probable qu'en entendant aboyer un monsieur qu'il ne connaissait pas dans une langue qui n'était pas la sienne, un tout-petit ait pris peur et se soit mis à son tour à pousser des braillements ?... Et croyez-en mon expérience paternelle, un enfant de trois ans, même un nourrisson, qui se met à brailler, ça fait beaucoup de bruit ! Beaucoup plus de bruit certainement que n'importe quel Hauptmann S.S. qui fait la grosse voix pour terroriser des braves gens !...

A peine quelques gouttes du même silence électrique et Lensdorf répète dans un grognement de ventriloque :

– J'avais rien à voir avec les enfants.

– Une femme alors ?...

Lagarde a jeté spontanément sa dernière carte. La réplique arrive, immédiate, à mots lourds et bien mâchés :

– A Oradour c'est pas moi qui me suis occupé des femmes.

Revoici le battant de la colère et Lagarde en contre-attaque qui mord dans les mots.

– Nous ne sommes pas devant le tribunal Lensdorf, alors mettons provisoirement de côté notre système de défense et parlons d'homme à homme ! Sur les deux cent quarante femmes que vous avez grillées dans l'église il n'y avait pas que des grand-mères, il y avait aussi des jeunes femmes, des jeunes filles ; en admettant que vous ne vous en soyez pas « occupé » comme vous dites, vous ne pouvez pas ne pas les avoir vues quand vous paradiez sur la place du champ de foire à côté de votre grand capitaine ! Rappelez-moi donc l'âge que vous aviez ?

– Vingt ans, vous le savez, je suis de juillet 1923...

– Raison de plus ! A vingt ans, même quand on est

une terrible « machine » à faire la guerre, on ne peut pas s'empêcher de regarder les filles! Il y en a bien au moins une dont vous vous êtes dit : « Ce qu'elle est jolie celle-là! S'il n'y avait pas cette cochonnerie de mission, j'essaierais de lier connaissance, je lui paierais une limonade à la terrasse de l'hôtel Milord, je lui demanderais son petit nom et je lui parlerais de mon village... avant, quand j'étais gosse et qu'il fallait me traîner sur les fêtes tellement j'avais peur des pétards... Vous m'avez bien dit un jour que vous aviez peur des pétards quand vous étiez petit?... »

Lagarde quête désespérément un signe dans les yeux de poisson... mais les yeux de poisson se sont coulés entre deux eaux et demeurent introuvables. Le temps n'en finit pas de s'égoutter; le silence est entre eux comme une vitre sale. Lensdorf secoue mollement la tête et cela donne juste assez d'élan au bourdon fêlé de sa voix pour qu'il dise :

– Dans l'action, on a autre chose à penser qu'à regarder les filles...

– A quoi pensiez-vous quand vous vidiez le chargeur de votre mitraillette sur quelqu'un, lui demande encore Lagarde tout en douceur, à votre mère, à votre village, à l'avenir... à la mort?

Les yeux de poisson reviennent à la surface, battus, éreintés...

– Je ne sais pas, répond simplement Lensdorf, je ne sais plus...

Et pourtant on voit bien qu'il cherche et qu'il se donne un mal de chien pour retrouver les sensations et les mots qui iraient avec; sûrement même qu'il refait un tour dans la maison vide parce que c'est un consciencieux, Lensdorf... mais finalement :

– A rien, dit-il, à rien.

VII

Le brouillard a tourné en eau fine qui vernisse les pavés et les toits. Le ciel est en fer.

Deux fourgons bleu marine stationnent en parallèle devant le perron du greffe. Le troupeau s'agglutine en traînant les pieds. Brochon fait sa grosse voix d'adjudant :

– Allemands à droite, Français à gauche ! Allons-y les enfants, au trot !

Ça le brouille de voir tous ces pauvres gars ficelés à l'étroit dans leurs costumes des occasions, avec leurs odeurs de Cadum et de brillantine, le feu du rasoir et de la pierre à sel qui leur fait les joues comme des culs de singe, leurs godasses trop neuves, cirées à se voir dedans... leurs yeux surtout quand ils se cognent dans les siens : des yeux de bêtes à cornes, des yeux de vaincus.

Assassins ou pas, tous les prisonniers sont d'abord des vaincus. Brochon le sait par expérience. Lui aussi, le captif de juin 1940 tirant ses godillots sur les routes bouillantes de l'exil, il a connu cette léthargie de la défaite, cette espèce de coma qui remet les hommes à égalité, les bons, les salauds, les importants et les autres, tous à zéro comme dans le cercueil. De voir ses vainqueurs d'hier, fine fleur du fameux grand Reich, ses « petits S.S. », tellement humbles et pataudss, ça lui ravive des anciennes douleurs d'amour-propre. Il a eu si mal à sa fierté, il s'en souvient jusque dans la moelle des os, mal en dedans, sans même pouvoir insulter la plaie, comme souffre un manchot de son bras coupé. Aujourd'hui bien sûr c'est lui qui tient la trique, mais d'avoir un jour reçu dans l'arrière-train la botte des seigneurs d'alors, d'avoir été obligé de demander l'autorisation de poser culotte aussi servilement que vient de le faire ce blondin de Nener pris subitement de colique, ça lui a laissé pour toujours une surcharge de honte, un doute lancinant qui lui est descendu dans les chevilles et ça continue à le travailler au moins autant que ses grosses varices. Il sait bien que ce n'est ni la peur ni le remords qui donne aux hommes de la cour cet air empoté mais uniquement le poids de la défaite dans les jambes ; c'est ça qui les rend gourds et passifs comme s'ils étaient à moitié dans les pommes... Il faut leur gueuler d'avancer pour qu'ils avancent et ça fait le même bruit que les chaussons dans les couloirs des hospices. Plus vite ! Et aussitôt les voilà qui tricotent. Halte ! Ils s'arrêtent sur place et chacun vient buter sur le dos de celui qui est devant...

– Cigarette ! intime à Wenger le gendarme du fourgon de droite qui a une tête à jouer le méchant dans un guignol.

L'interpellé obtempère avec un sourire de limace ; il fait sauter le bout incandescent entre le pouce et le majeur et il empoche le mégot, furtif comme un vagabond. Le gendarme le saisit rudement au coude pour le faire activer ; Wenger trébuche.

– *Scheise* !...

Ça lui a échappé. Il refait son sourire d'esclave et une larbinade avec la main : ce n'est pas de sa faute, les marches sont trop petites pour ses grands pieds...

A part les gendarmes qui y vont un peu de la gueule par habitude personne ne parle... il y a juste ceux qui toussent derrière leur main – on dirait qu'ils retiennent un sanglot ou du vomi – et puis qui crachent des miettes de salive entre leurs pieds ; il y a ceux qui se tordent un côté de la figure en reniflant et qui gardent leur grimace comme sur une photo ratée... Là c'est Schwaller, le louchon d'un œil, un peu à la traîne, qui vise éperdument au-dessus d'un toit cuirassé de pluie quelque chose qu'il est seul à voir dans un quelque part qui n'est plus sur la carte ; ce n'est pas vers l'Est où l'espèrent sa femme et sa fille qu'il regarde, ni vers le Sud où doit se cacher le soleil, ni où que ce soit... mais vers son enfance, ce cinquième point cardinal, ce vrai nord de la mémoire des hommes, là où l'on revient toujours se perdre quand on a tellement gâché la suite...

– Ernst ! l'appelle Brochon entre ses dents.

– *Ja* ?...

– Bonne chance !...

– *Danke*, chef.

Et Brochon se dit que ça ne rime plus à grand-chose de leur demander des comptes, qu'on n'en tirera rien, même pas des larmes, parce qu'ils les ont toutes épuisées en pleurant sur les mauvais numéros de leur loterie personnelle... Finalement on aurait mieux fait de les abattre sur place comme des chiens enragés quand ils avaient encore du sang plein les babines.

C'est une rue mince comme un sentier qui longe l'arrière du tribunal, une rue toute semée de police sur le qui-vive et derrière le cordon de pèlerines une petite forêt de gens mouillés, deux cents, guère plus, massés près de « l'entrée des artistes », des formes gris-beige au coude à coude, des visages fripés d'excitation, des yeux qui luisent, des bouches qui rejettent de la vapeur au rythme impatient des souffles : retraités, oisifs, ménagères, *afición* interlope, voyeurs anonymes, ponctuels comme des bornes sur le parcours des condamnés et des vainqueurs, quels qu'ils soient...

Ils n'ont pas envie qu'on les refoule, ils se tiennent comme il faut, ils sont bien polis avec les argousins et ils font taire les enfants. Ils ne sont pas là pour faire du chambard, ils sont juste venus se rendre compte de visu de la physionomie que ça pouvait bien avoir, la sale engeance du diable qui avait massacré autant de monde en si peu de temps. Ce n'est pas tous les jours qu'on a l'occasion d'en voir des comme ça en chair et en os, surtout d'aussi près. La crapule de fait divers, le gagne-petit du crime qui travaille à la pièce, on finit par en être rassasié à la longue. Une fois la semaine le journal publie le portrait face et profil d'un de ces médiocres fauteurs de sang, l'œil farouche et beurré de noir sur la photo anthropométrique. C'est à peine si on y fait attention. On parcourt en diagonale les minables exploits du dénommé, on s'indigne sans chercher plus loin, on lui souhaite autant d'années de cachot qu'il y a de doigts dans la famille ou tout bonnement d'être raccourci pour le compte et puis finalement, le jour même, on l'oublie aux cabinets ou on s'en sert pour allumer le feu...

Tandis que des anciens de la « Das Reich », des criminels de guerre de cette envergure, ça s'apparente à des raretés zoologiques, ça mérite bien de se faire saucer et de risquer d'attraper un rhume !... Probable qu'ils ont un « air » à eux, rien qu'à eux, qui les rend identifiables entre mille ; une odeur spéciale peut-être ou alors quelque chose de vairon dans l'œil, une espèce de filament qui vous dresse le poil comme la vue d'un serpent à sonnette... Nul doute en tout cas que le frisson est au programme !

A côté de Jean-lapin qui fait le pied de grue depuis midi avec son Kodak à soufflet il y a une petite congrégation de mégères au piapia hargneux qui se perdent en conjectures sur l'apparence des monstres. Jean-lapin a beau essayer de leur rafraîchir l'enthousiasme en leur disant avec toutes sortes de précautions qu'elles risquent d'être un peu déçues, elles ne veulent pas démordre de leurs *a priori* : de tels déchets de l'humanité ne peuvent qu'être répugnants et croûteux comme des rats d'égout, autrement c'est à perdre la foi dans le bon Dieu qui nous a faits!... Et justement voilà des pin-pon qui se rapprochent; elles vont pouvoir lui river son clou au photographe à grandes oreilles! Déjà les fourgons s'enfilent dans la ruelle précédés de fiers motocyclistes qui s'époumonent dans des sifflets à roulette... Un froissement sans paroles électrise la petite foule; on dirait le vent d'automne quand il passe dans les chênes. Les fourgons s'arrêtent en couinant de tous leurs ressorts; on joue de l'épaule et du poitrail, on se fait le cou télescopique, on se hausse sur les pointes, des enfants aplatis se mettent à brailler... Les portes en s'ouvrant geignent comme des grilles, on abaisse les marchepieds et dès lors tout s'emballe plus vite que le cinématographe Lumière! En voilà deux qui sortent, puis trois, puis quatre... qui se coulent entre les gendarmes, l'échine courbe, peureux et furtifs comme des lions qu'on amène en piste... et la petite porte les avale avec gloutonnerie. Déjà dix de passés! Impossible ou presque de les cadrer vraiment de face mais le peu qu'on a pu en saisir a suffi pour éteindre le feu de paille. C'est qu'à moins d'être pour raisons personnelles totalement aveuglé par la haine on ne peut pas leur trouver mauvais genre à ces grands gars : ils sont plutôt bien de leur personne, soignés, corrects, pas arrogants le moins du monde. Le brun aux cheveux plaqués, Neubach le joli cœur, ne dirait-on pas qu'il fait l'intéressant?... C'est uniquement son complet à rayures qui lui donne un petit air bandit parce que, au-dessus de la chemise blanche, il a exactement la tête d'une figurine de pièce montée et des grands yeux qui apitoient, des yeux bleuet, pas des yeux d'assassin... Reste Olensheim, le baliveau rouge minium sur lequel une des mégères a vissé son œil de poule. Côté balafre, il n'y a pas à tortiller, il fait patibulaire mais on voit bien que ce n'est pas le travail souterrain du vice qui l'a raviné de la sorte, c'est le fait d'un accident ou d'une blessure, parce que côté intact il a le même air que ses collègues, un air bête de somme, un air bourricot... et déçu pour déçu autant dire les choses : un air « brave type ».

Et chacun de s'avouer à part soi qu'il connaît de près ou de loin quelqu'un qui ressemble comme deux gouttes d'eau aux hommes des fourgons, qu'il en est peut-être lui-même le portrait craché. Des braves gars avec cet air chien battu, cet air « bourricot » il y en a plein les champs, plein les rues, plein les usines, et plein les prisons, de part et d'autre des barreaux ; il n'y a même pratiquement que cela sur le globe depuis que l'homme est *erectus* et *sapiens*...

La mégère le plus près de Jean-lapin est tout effondrée de dépit. Elle pioche au hasard dans le panier de ses formules, elle dit :

– Finalement ils ont l'air plus bêtes que méchants...

Ça lui est sorti comme ça, sans réfléchir, par solidarité instinctive avec les hommes que mange la petite porte, parce que l'un d'eux sans doute ressemble à son fils ou à son époux.

C'est alors qu'une voix gicle dans le silence. Une de ces voix caillouteuses et rauques faites pour l'insulte et le haro. Un cri, un seul, de ceux qui semblent arracher des membranes dans le ventre de celui qui les pousse :

– Assassins!!

Parti de là-bas derrière, le hurlement grêle la porte. C'est le garde champêtre qui est touché entre les omoplates. Foudroyé comme une bête, il jette ses yeux sanguins par-dessus son épaule, il cherche dans le mur gris des gens la bouche encore toute fumante d'avoir craché l'injure... Le gendarme l'enfourne. Le silence se reforme comme de l'eau dérangée par une grosse pierre.

Jean-lapin a appuyé à contretemps sur le déclencheur de son Kodak. Il s'en veut d'avoir manqué une telle photo. Qui sait si Ecklinger, le paisible, n'avait pas eu, à un moment ou à un autre pendant le massacre d'Oradour, cet œil brûlé de rage comme d'un taureau qu'on attise jusqu'à ce qu'il racle du sabot et cherche à piquer sans discernement tout ce qu'on lui présente devant les cornes?...

VIII

– Monsieur le greffier, ordonne le président d'une voix rêche, veuillez je vous prie faire déposer devant moi sur le bureau du tribunal un exemplaire du code de justice militaire, du code d'instruction criminelle et du code pénal. Veuillez également me remettre le dossier de l'affaire Kahn et autres.

Le voici flanqué de ses gabions de paperasses, tâtant d'un regard impérieux cette salle exiguë qui bruisse de son trop-plein de monde, statufiant d'un simple coup d'œil les remuants et les chuchoteurs ; si bien que le silence devient vite d'une telle qualité que l'on entend à nouveau ronfler les rues d'alentour et la pluie qui fait ses gammes sur la verrière.

C'est alors seulement que Gauzin reprend la parole ; aussitôt il feutre et arrondit sa voix. Le premier mot qui lui vient aux lèvres est un nom dont il mâche avec ferveur les syllabes musicales ; parce que ce nom lorsqu'on le chante *mezzo voce* a la forme exacte du souffle sur les yeux d'un enfant qui dort. Il semble même aux fines oreilles que Gauzin ait rameuté pour prononcer le joli nom un peu d'accent de son Sud-Ouest et de discrètes roulades à l'italienne :

– Oradour – « Ouradour » en langue limousine –

savez-vous ce que cela veut dire? Cela veut dire l'oratoire, le lieu de prières pour les morts! Sublime et troublante coïncidence... Est-ce une prédestination dont le sens nous échappe? Est-ce simplement le hasard? Ce n'est pas à nous de répondre. Mais ce dont je suis sûr, c'est que les martyrs d'Oradour – les petits morts surtout, les deux cent cinquante petits morts! – sont là qui nous écoutent et nous regardent... Quelles que puissent être les tempêtes extérieures que ne manquera pas de soulever cette terrible affaire, efforçons-nous de conserver tout au long de ces débats la sérénité et la mesure que nous imposent les âmes dolentes de cet auditoire invisible... et lorsque viendra le temps de peser au plus juste les responsabilités de chacun de ces Allemands et de ces Alsaciens qui tout à l'heure se présenteront devant nous, n'oublions pas, malgré l'horreur des faits commis, qu'il y a toujours un homme derrière un accusé... car après tout, nous aussi, nous sommes des hommes.

Devant lui s'aligne sur deux rangs la vingtaine de représentants de l'association des familles des martyrs. Obligés pour l'occasion d'exhiber les reliques intimes d'un chagrin déjà vieux de neuf ans, ils affichent de toute leur raide dignité ce grand deuil dont ils ont dû se rhabiller le cœur et la figure. Condamnés au mutisme puisque telle est la règle des juridictions militaires qui ne comportent pas de partie civile, ils n'auront pour s'exprimer que les traits grossis de leurs masques de douleur, ce froncement de reproche sur des visages de santons.

Bien plus encore que par respect des convenances c'est par solidarité humaine que Gauzin leur a dédié le rêve chrétien de son exorde et la lumière consolante de ce presque sourire qu'il a eu en prononçant le joli nom de leur village rayé du monde. Pour ces hasardeux rescapés de la sauvagerie hitlérienne qui les a frappés dans leurs affections comme la plus galopante des pestes, il ne veut pas être uniquement le « grand manitou » ès qualités de cette cérémonie de justice ; il sera d'abord celui qui entre en voisin dans la maison où l'on veille un mort, qui prend humblement sa place dans le cercle des proches et murmure avec eux son petit bout de prière ou fait simplement son petit bout de présence, puis qui s'efface comme une ombre modeste serrant contre son cœur un petit morceau de cette tristesse qui n'est pas à lui parce que c'est son devoir d'homme que d'en soulager ses frères humains...

Mais pour la suite de son prologue il rentre en majesté, il rembouche ses cuivres. La cantonade qu'arrosent les grenailles postillonnantes de sa voix ne se réduit pas qu'à la centaine de personnes coagulée dans l'inconfort de ce prétoire nain. Foin de la réserve et des patenôtres hypocrites ! Il veut bien être le meneur impartial de ce jeu à condition que tous – présents ou tireurs anonymes de ficelles – en respectent les règles ! Dût-il être autoritairement « débarqué » pour manquement à la neutralité de principe que lui impose sa charge, il dira ce qu'il a à dire, suffisamment haut et clair, pour que les faux-monnayeurs de l'exégèse et autres plumitifs à langue fourchue ne puissent faire de ses paroles une retranscription malveillante ! Il n'y a qu'à voir d'ailleurs la voracité avec laquelle les stylos de presse se jettent sur les blocs-notes : dans les courts intervalles que se ménage l'orateur pour calmer son souffle on dirait les menus grignotements d'une troupe de rongeurs...

Gauzin ne menace pas, il avertit sans frais mais une fois pour toutes : ce procès est et restera celui de l'hitlérisme ! En conséquence de quoi, pas de place dans ce prétoire pour d'éventuelles polémiques alsaco-limousines fomentées dès avant l'ouverture des débats par d'incorrigibles brouilleurs de cartes retranchés derrière de pieuses idées d'unité nationale et de réconciliation franco-allemande; cela aussi il le dit en clair et que les morveux se mouchent!... Pas de place non plus pour les versions mensongères du massacre concoctées par les bourreaux eux-mêmes et redistribuées sous forme de légendes abracadabrantes par les nostalgiques d'un ordre brun qui n'en finit pas de renaître!...

Aucune circonstance d'exception, fût-ce l'hallali probable en juin 1944 des armées du « grand Reich », ne pouvait justifier, excuser ni même atténuer un tant soit peu l'abomination d'un tel forfait! Gauzin n'a pas besoin de faire gronder l'orage pour affirmer sans biais ni fioritures que la tuerie d'Oradour n'est qu'une illustration sanglante parmi tant de milliers d'autres d'une politique de terreur et de répression sciemment élaborée par Hitler et mise en œuvre dans toute l'Europe par ses hordes criminelles dont les Waffen S.S. étaient l'élite! Gare donc aux contrefacteurs et Basile de tout poil qui oseraient ne serait-ce que par insinuations nauséabondes émettre en sa présence un doute sur l'innocence des martyrs! Et pour ceux que tenteraient les démons de l'oubli ou de la négation il rappelle le « tableau » maintes fois recompté de l'hécatombe du 10 juin, il en martèle l'incroyable chiffre : six cent quarante-deux victimes! Hommes, femmes et deux cent cinquante enfants dont cinquante-cinq avaient moins de cinq ans! Les beaux « terroristes » en vérité! Voilà pourquoi il mènera ce procès jusqu'à son bout et qu'il ne cédera pas aux demandes d'ajournement *sine die* que suggèrent à longueur de colonnes les chantres insidieux d'une certaine presse ou qui s'accumulent sur son bureau sous forme de pétitions sournoisement comminatoires derrière leur bêlante générosité!... Si pardon il doit y avoir un jour, la justice passera, quoi qu'il advienne, avant le pardon!

Quant aux irréductibles théoriciens du nettoyage par le vide qui croient en aveugles à la panacée rédemptrice des exécutions pour l'exemple il leur rappelle au passage que la France n'est pas un pays totalitaire mais la patrie des Droits de l'homme et que les temps ne sont plus à la justice trop souvent expéditive de certains tribunaux populaires de 1945 qui frappaient si durement les merles faute d'avoir pu attraper les grives. Que l'on ne s'avise pas de crier « à mort! » dans ce prétoire tant qu'il occupera son fauteuil! Quitte à empiéter sur le fond il avertit les assoiffés de vengeance que les vingt et un prévenus qui dans quelques minutes s'assoiront sur ces bancs ne seront pas, en l'absence de leurs chefs, les boucs émissaires d'une mécanique de terreur dont ils n'étaient que les rouages subalternes et que le jugement rendu devra tenir compte pour chacun de la place et des responsabilités réelles qui étaient les siennes dans cette organisation criminelle; à charge en outre pour l'accusation, comme c'est la règle du droit commun français, d'apporter la preuve de la culpabilité!...

Reste qu'il va falloir maintenant le rouvrir cet effroyable dossier, en disséquer par le menu toute l'ignominie avec une froideur de légiste. Pour tous, plaignants et juges, qui vont devoir s'engager sur ce lent et nocturne chemin de douleur, Gauzin veut placer en point haut l'étoile du cœur et de la raison. Aux idéologues de l'ordre nazi qui ont empoisonné tant de jeunes cervelles en leur répétant que l'homme n'était pas un esprit mais un paquet de viande et de tripailles et que de ce fait les lois de la vie étaient sanglantes, uniquement sanglantes, il oppose de toute sa conviction d'humaniste et de chrétien la primauté du spirituel et de la conscience ! Après cela bien sûr, il peut se réinstaller dans ses bonnes joues, plisser l'œil et faire quelques rondeurs pour passer la parole aux inscrits ; ce qu'il a dit restera dit, il le sait.

Minuit dans l'hôtel qui dort, Vergnaud pique du nez sur ses notes. Lui reviennent encore les paroles du président ; c'est à peu près tout ce qu'il veut retenir de cette interminable première audience. Peut-être aussi le terne couplet de Bernier, cette drôle de voix d'église fluette et bouleversée dans un visage de fer, ses mains surtout, accrochées au pupitre comme pour les empêcher de démentir en gestes de doute le souci affiché d'aller débusquer la vérité où qu'elle se trouve et l'assurance qu'il donne aux représentants des familles que le ministère public en sa personne fera tout ce qui est en son pouvoir pour leur rendre bonne et complète justice... Mais après le ton mesuré de ces paroles droit sorties du cœur, que de trompes embouchées par les solistes de la grande chorale des robes noires pour les sonneries de condoléances, que de savantes égosillades, que d'yeux si vite mouillés qu'un plus naïf eût fini par croire qu'ils baignaient dans du vrai chagrin ! Vergnaud a les oreilles courbatues de grandiloquence. Il est vrai que la salle est bien trop petite pour absorber les envolées de pareils organes. Faute de profondeur pour se dissoudre les queues de périodes se cognent par ressac dans l'attaque des suivantes. De cette collision de sonorités naît une espèce de grondement anesthésique qui finit par alcooliser la tête ; dès les premières mesures on a l'impression que l'orateur s'exprime dans une langue préhistorique faite pour l'essentiel d'un grand brame modulé...

En ouverture voici Lienhardt, le bâtonnier de Strasbourg, et sa crinière léonine : basson au lyrisme pâteux qui regrette que la nature ne l'ait doté que de deux genoux pour pouvoir se traîner aux pieds de tous ces braves gens dans l'affliction. Sincère?... peut-être bien, mais que de roulements de grosse caisse pour dire simplement que sa fonction d'avocat ne l'empêche pas d'avoir de la peine! Puis c'est le nasal Vuillermet, courte dame-jeanne à la ventripotence nerveuse, sa voix de vinaigre, ses petits doigts blêmes et fuselés qui frétillent comme des poissons hors de l'eau. Lui, c'est du côté de l'âme que ça le démange, une espèce très prurigineuse d'âme, avec un A majuscule alambiqué comme une lettrine sous son immense chapeau circonflexe; si bien que, chaque fois qu'il ouvre la bouche comme un four sur le grand A du mot sacré, on le dirait chez le docteur en train de se faire examiner la gorge. Ensuite se dresse un blanc-bec au nom impossible qui frémit funèbrement de la crête pour se faire un peu voir; c'est l'occasion ou jamais. Et pour fermer le ban, un jeune baryton de la défense alsacienne qui achève l'auditoire en exprimant le regret qu'il n'y ait pas eu avant l'ouverture des débats une cérémonie propitiatoire au cours de laquelle la voix d'un tragique eût apostrophé Dieu en lui criant: *Parce Domine!* Car d'évidence, à Oradour, Dieu n'avait pas eu pitié des victimes, et s'il n'avait pas eu pitié c'est qu'il avait eu ses raisons, des raisons « top secret », des raisons divines!... Ce qui, du point de vue du baryton, devait inciter messieurs les juges militaires à avoir pour les accusés une certaine indulgence, compte tenu du fait qu'ils avaient été abandonnés à leurs instincts primitifs et soumis aux ordres de chefs sanguinaires. Laquelle indulgence pouvait fort bien aller jusqu'à la relaxe pure et simple lorsqu'il s'agissait de bourreaux occasionnels présents par contrainte sur les lieux du crime. Inutile de nommer les « douze d'Alsace », tout le monde avait compris.

Un roué, ce jeune baryton de Colmar! Subtil entortilleur de ficelles avec sa tête de bedaud! D'ailleurs Vergnaud a souligné son nom. Pas besoin d'être un vieux routier des petites astuces de procédure pour comprendre que, derrière le vibrant amphigouri de ce couplet où le bon Dieu en personne faisait un peu figure de complice de Kahn et Lammerding, s'amorçait déjà l'incident de disjonction. Trois heures d'horloge dont deux de plaidoiries sans un trou pendant lesquelles les grandes voix de la défense alsacienne – Lienhardt en tête, toujours à deux genoux devant les victimes d'Oradour – tenteraient en pure perte de démontrer qu'il était tout à la fois contre nature, indigne et préjudiciable à la cohésion de la mère patrie de faire asseoir côte à côte et juger selon les mêmes critères des anciens S.S. allemands et des nationaux français enrôlés de force!...

Encore une cigarette et une petite lampée de whisky pour se garder l'œil vivace. Vergnaud s'attelle à sa Remington. Ses doigts grêlent les touches avec une virtuosité d'aveugle :

– « C'est donc aujourd'hui lundi 12 janvier 1953 que vient de s'ouvrir devant le tribunal militaire de Bordeaux le procès de l'affaire dite d'Oradour-sur-Glane dont les faits remontent au 10 juin 1944. »

Lui aussi va devoir faire plus ou moins dans le requiem et saupoudrer sa copie d'adjectifs horrifiques et saignants; c'est le sujet qui veut ça... Pourtant s'il avait un droit de libre parole il mettrait en mots l'aigre rigolade que lui inspire le lever de rideau de cette tragédie...

Le revoilà dans la salle sur le coup de trois heures lorsque, après la grande parade des robes noires, le président peut enfin déclarer l'audience ouverte et ordonner au chef d'escorte de la gendarmerie de faire introduire les accusés de « l'affaire Kahn et autres ». Ce courant d'air frisquet qui circule dans le public après la surchauffe de l'attente! Ce oh! de dépit qui arrondit les bouches! Si le spectacle était payant, sûr qu'ils exigeraient de se faire rembourser! « Ça », les bourreaux d'Oradour?! Pas possible, on les a trompés sur la marchandise!... C'est que, même rhabillés de *Feldgrau*, bottés, casqués, peinturlurés pour la guerre et refanatisés comme aux pires moments, on voit bien qu'ils n'étaient que les ânes de la sinistre fable hitlérienne : ânes meurtriers, peut-être, mais ânes d'abord!... Et ce ne sont pas les interrogatoires d'identité qui pourront inverser ce vent de déception. Interchangeables et sans importance sous l'uniforme, ils l'étaient ou le sont encore dans le civil.

Et chacun de s'avancer à la barre avec ce même air de cancre au piquet pour décliner son infime pedigree, sa petite existence, son petit métier dans un arrière-patelin dont une fois sur deux le président écorche le nom. Schwaller, Ernst, était vacher dans son Hanovre, puis jardinier avant de devenir par on ne sait quelle acrobatie d'avancement adjudant S.S. au « Der Führer »; Boehm Heinrich était valet de ferme, tel autre était manœuvre, celui-là, apprenti charcutier et Olensheim, René, le rouge à la balafre :

– Employé aux écritures? tique le président.

– C'est mon père qui était employé aux écritures, corrige Olensheim d'une voix enrouée de confusion, moi je suis employé de commerce.

– C'est-à-dire? insiste Gauzin.

– Magasinier...

– Alors dites « magasinier », s'agace le président.

– Sur la paie c'est écrit employé de commerce...

Il a des yeux de chien fautif et la figure ébouillantée de timidité.

– Au moment des faits, déblaie Gauzin en dérapant sur la moitié des syllabes, vous étiez soldat Waffen S.S. affecté à la troisième compagnie, du premier bataillon, du régiment « Der Führer », de la division « Das Reich »... ?

– Oui, monsieur le Président.

– Veuillez vous asseoir et être attentif à la lecture des pièces de procédure.

Même refrain pour le suivant et réponse idem : « Oui Monsieur le », ou « *Jawohl Herr* », selon que le sujet est alsacien ou allemand.

Quelques bouffées de mégot et une dernière lichette de whisky avant d'attaquer la conclusion. Elle sera aussi propre et scolaire que le reste de la chronique. Des faits, rien que des faits vérifiables, dans leur petite sauce de pompeuse dignité et quelques citations : du mot à mot entre des guillemets prudents. Pas de variations fantaisistes, ce n'est pas le style de son journal et surtout pas d'émission intempestive de soufre personnel, cela risquerait de prendre à rebrousse-poil la bêlante opinion commune de son lectorat. Ce que lui ont dit sous le sceau du secret de Polichinelle ses grandes oreilles qui traînent depuis tant d'années dans les officines du pouvoir, Vergnaud le laissera dans la marge avec tous les sales petits fricots qui mijotent derrière les portes capitonnées des ministères. Il ne déformera pas la vérité, il mentira seulement par omission comme c'est la règle en France et partout ailleurs dès qu'il s'agit des cuisines de l'Etat. S'il osait écrire la vraie vérité, à savoir qu'un certain nombre de criminels de guerre nazis – et parmi eux sans doute Kahn et Lammerding – se trouvaient actuellement en zone d'occupation américaine, au service officieux des alliés, parce que la possible conflagration

Est-Ouest qui se fourbissait à coups de mégatonnes de part et d'autre du rideau de fer exigeait d'utiliser toutes les compétences, y compris celles des assassins, il serait aussitôt caviardé par sa rédaction ; qui sait même s'il n'y laisserait pas son casse-croûte de luxe ?... Il en frissonne, il en rigole, il en pleurerait. Il se contentera de dire avec un pleutre conditionnel qu'en l'absence des « vedettes » dont le processus d'extradition « serait » en cours, le tribunal devra se contenter de juger les « figurants » de la tragédie. Et pourtant Vergnaud n'a qu'une petite cinquantaine, il pourrait se refaire une liberté ; mais il a tiré sur la vie par tous les bouts, il ne se sent plus assez de moelle pour grimper sur une chaise et déniaiser les gogos. Il n'a pas envie de finir sous les ponts simplement pour avoir eu le courage d'écrire que la « raison d'Etat » n'a que faire des lois et de la morale et qu'elle n'est le plus souvent sous le lustre de ses objectifs impérieux et sublimes que le couvercle doré de l'immondice.

Ce soir, dans ce presque palace pour ayants droit, lui, l'ancien pauvre, miraculeusement passé entre les gouttes de la bêtise et des mauvais choix, il se sent aussi démuni que les santons muets d'Oradour, aussi misérable que les Cro-Magnon de « l'affaire Kahn et autres » ânonnant à la barre l'atroce et prodigieuse destinée des humbles qui ont attrapé la guerre comme une vérole.

IX

A quelques portes de là, dans le même couloir, Henri Lagarde n'a pas trouvé le sommeil. En cette veillée d'armes il écrit à Mathilde.

Ma chérie, quand tu recevras cette lettre j'aurai déjà fait mon entrée dans l'arène. De multiples raisons m'ont finalement décidé à rehausser la grisaille de ce bouquet d'assassins de deuxième classe par le clinquant de pacotille des galons de mon client. En l'absence des vrais donneurs d'ordres ce sera donc, je le crains, un simple sergent qui va devoir symboliser toute l'horreur du crime aux yeux de l'opinion publique. Je n'ai aucun goût morbide pour la défaite mais je crois qu'il faut quelquefois revêtir nos robes noires comme le sayon du pénitent. Je tenais aussi par ce geste à me désolidariser ouvertement de mes confrères de la défense alsacienne qui, plaidant comme attendu la fameuse « contrainte irrésistible », tenteront de faire oublier que sous la panoplie S.S. – fût-elle endossée de force – il y avait tout de même des êtres humains à part entière et qu'à Oradour pas un seul d'entre eux n'a eu le courage d'avoir pitié !...

Gauchir d'entrée le fond du débat en voulant faire un distinguo entre Alsaciens incorporés de force et nationaux allemands équivaut bel et bien à légaliser ce que je n'hésite pas à qualifier de mauvais coup ; car cela revient à dire que les uns sont présumés innocents parce qu'ils sont français, les autres présumés coupables parce qu'ils sont allemands. Comme si au plus bas de la hiérarchie militaire tous les conscrits du monde n'étaient pas d'une certaine façon des enrôlés de force ! Comme si, dans le cas d'une tuerie d'innocents, il y avait une quelconque différence entre un index français et un index allemand pressant la détente d'une mitrailleuse ! La seule vraie question que devra poser ce procès s'il ne veut pas se résumer à une scandaleuse parodie de justice est celle toujours brûlante de l'homme, non plus au sens humain mais au sens militaire, c'est-à-dire dès lors qu'on l'affuble d'un uniforme, qu'on pense et décide à sa place et que perdant son autonomie il n'est plus que la cible ou le projectile d'un jeu de massacre.

Je suis allé rendre une dernière visite à Lensdorf avant sa comparution. Nous avons eu, hors la petite cuisine pas très ragoûtante du système de défense, un échange âpre, serré et – je ne l'avouerais qu'à toi – fraternel, si terriblement fraternel ! En écoutant peiner cet homme sur les péripéties de son parcours sanglant, je retrouvais l'étrange nausée que me donne parfois la claire conscience d'être d'une même pâte que les assassins. Se sentir interchangeable avec un monstre quand on céderait si facilement à la tentation orgueilleuse de la sainteté, se savoir de même terre ensemencée à l'aveuglette par le destin et les conjonctures, quel vertige ! C'est peut-être là un signe de Dieu...

J'ai désormais la quasi-certitude que Lensdorf connaît le détail des abominations qui se sont produites dans l'église d'Oradour pour la simple raison qu'il a dû en être le « témoin actif »; mais cette vérité de grand guignol, ces secrets d'équarrisseur dont l'opinion publique est si gourmande, j'espère de toutes mes forces qu'il les emportera avec lui, car ce sont de ces choses tellement contre nature que le fait même de les mettre en mots risquerait de rajouter le sacrilège à l'irréversible. Ne crois pas surtout que je me laisse embobiner par ce bourreau mais j'ai un devoir de miséricorde pour cet être fruste et brutal livré tel quel, dans toute la cruauté naïve de son adolescence, aux mortelles séductions du national-socialisme, à la ciguë aryenne d'un grand Reich de mille ans peuplé de surhommes!...

Dans ce parloir beige et glacial, face à face avec cette hyène empâtée par huit ans de popote carcérale, ma pensée s'envolait malgré moi vers la maison de mon enfance où partout le livre arrêtait l'œil, où chaque titre doré sur sa tranche de cuir disait la victoire de l'imaginaire et de l'intelligence du cœur sur l'ordre carnassier de la nature, où les grandes utopies du partage et de la fraternité universelle coudoyaient l'arrogance des lumières. Héros et faillis, traîtres et belles personnes formaient la chaîne ininterrompue de l'espèce qui quête éperdument sa raison d'être et de mourir en se goinfrant de vice ou de prières. Avant même de m'être fricassé avec la vie pour de vrai, j'avais compris, par la grâce de ceux qui réinventent les banalités humaines avec des mots de poète, que dans le cachot inviolable de chaque petite personne il y avait, exactement comme dans le mien, des larmes et des couteaux, de la douleur et du plaisir, tout le bon et tout le mauvais à hue et à dia, jusqu'au bout de l'existence dans le champ clos des âmes... Quelle chance fabuleuse d'avoir appris à nager dans les livres avant de savoir nager dans la mer! Jamais sans doute je n'ai autant mesuré à quel point la loterie des berceaux était injuste! Peut-être l'occasion m'est-elle donnée aujourd'hui de rembourser mon destin en acceptant de défendre cet homme perdu; assassin bien sûr, infanticide je le crains, mais surtout par hasard, par ignardise et aussi – à quoi bon se cacher les yeux? – par essence, comme nous pourrions tous l'être dans des circonstances analogues si les contrepoisons de l'humanisme et du savoir ne venaient chloroformer en nous le monstre qui somnole. Sans la rencontre avec cette guerre, probable que ces bougres, Lensdorf compris, n'auraient rien commis de plus atroce que de faire fumer des crapauds, comme le font la plupart des petits gars de campagne sans pour autant être des sadiques et n'auraient connu de la violence que leurs batailles de coqs à la sortie des bals; et pour ce qui est des « pulsions criminelles » si sujettes à ergoteries fumeuses, au pis ils auraient fait quelques fioritures inconscientes en saignant le cochon parce que les bêtes qu'on égorge crient un peu comme des personnes...

Que te dire de cette première audience si ce n'est que j'en garderai un arrière-goût de honte et d'amertume. Ouverte dans le recueillement elle s'est, dès la demande de disjonction, enlisée dans du bien mauvais théâtre. Si tu avais pu voir les visages des membres de la délégation d'Oradour tandis que mes confrères alsaciens variaient avec une lourdeur indécente sur le calvaire de leur province! Pauvres gens que leur malheur obnubile comme une lampe dans l'œil et qui demandent justice sans savoir encore que la justice ne peut rien de plus pour eux que mettre officiellement le mot fin sur le cahier de leurs doléances... Te souviens-tu de l'Oradour neuf, si opiniâtrement laid, bord à bord avec cette taxidermie de ruines? C'est là qu'ils s'en retourneront dans quelques semaines ces braves gens, payés en monnaie de singe par un jugement en trompe l'œil. Ce chagrin qui leur a froissé ou épaté la figure, ils le retrouveront tel qu'ils l'avaient laissé, à peine attaqué par les sucs du temps, avec sa forme de bête fraîchement tuée et ils se remettront à le digérer, cru, comme digèrent les boas. Chacun pour soi, à l'heure des fatigues, aux faux plis que font les crépuscules sur la trajectoire des journées d'espérance, ils couveront cet horrible trésor de hantises, d'obsessions, toujours les mêmes : a-t-il beaucoup souffert mon petit chéri bien-aimé, a-t-il eu le temps de dire papa, maman avant d'avaler des flammes ou des balles et ma mie dans sa robe de juin, brûlée comme une Jeanne d'Arc, ma mie avec sa bouche pour les baisers...? Et jusqu'à l'extinction de leurs cervelles, ils verront d'horribles saynètes chaque fois qu'ils entendront fristouiller la graisse dans la poêle ou que se prélasseront sur la broche les gentils garennes qui ressemblent tant à des petits êtres confiants et endormis. Et toujours ils croiront reconnaître une silhouette familière dans les fumées domestiques comme on retrouve parfois des figures oubliées dans les nuages qui courent... Et pourtant pas un ne mourra avant l'heure qui lui a été distribuée; ils continueront à vivre, acharnés tout autant que les autres, les épargnés, les sans-histoire, stupéfaits à chaque réveil d'avoir survécu aux hallucinantes dégringolades des cauchemars, coupables aussi – pauvres d'eux! – dans un coin de cette survie, d'avoir continué malgré tout et d'être si souvent heureux...

J'en arrive à me demander si de Gaulle a bien mesuré ce qu'il faisait en décidant que l'on conserverait ces ruines en l'état. Qu'en sera-t-il lorsque le dernier témoin se sera éteint et qu'il n'y aura même plus une vieille larme de circonstance dans un œil qui a vu les choses? Ne fallait-il pas mieux appliquer à cette nécropole les lois universelles de la dissolution et laisser revenir sur une terre retournée l'herbe, les fleurs, le vent surtout, libre et facétieux dans ces belles collines, le vent comme une main qui lave, qui bénit...? A quoi bon finalement dorloter les charognes? Si vite elles n'ont plus ni jus ni odeur ni grimace qui rappelle un sourire...

La nuit de Bordeaux est flasque comme une robe vide que le vent aigre soulève sur du rien. Je suis ce soir ce que je suis toujours quand tes doigts ne crochent pas dans les miens pour avancer vers quelque chose, craintif, dérisoire, pas tout à fait sûr d'être ce que je suis au moment du monde où nous sommes, illégitime et ballotté par les coïncidences qui m'ont déposé là un jour et me reprendront un autre jour à leur convenance... Je défends un assassin, pourvu qu'il demande pardon, pourvu!...

X

C'est un type à bonne gueule le gendarme, un de ces poussifs recuits qui transpirent à propos de tout et de rien. Sous le képi il a une calvitie électrique perlée de petites gouttes. Il tient Lensdorf par sa chaînette comme un montreur tient son ours avant de l'amener en piste.

Ils sont bien paisibles tous les deux, bien relâchés sur la banquette, la tête dans le petit nuage bleu de leurs gauloises. On dirait des pêcheurs à la ligne qui trempent du fil sans illusion, juste pour faire avancer la pendule...

De l'autre côté de la porte la salle d'audience ronronne comme une classe d'enfants sages. Quelquefois des bribes se faufilent, jargonneuses, presque sans inflexion, portées par la voix de mêlécass d'un greffier : « Vu l'arrêt de renvoi de la chambre des mises en date du tant..., attendu que Lensdorf Joseph est poursuivi du chef d'avoir à Oradour-sur-Glane, le 10 juin 1944, en tout cas depuis temps non prescrit, donné volontairement la mort à... » Un radiateur gargouille humainement, des lambris se plaignent. Ça sent le moisi des vieux livres, la poussière et la sueur tournée des gens qui passent avec leur inquiétude sous les bras... Revoici la voix, plus musicale après une petite toux d'éclaircissement : « ... d'être personnellement coauteur ou complice d'un crime de guerre ou d'un crime connexe... » La voix se rebrouille, revient en fausset dans un sursaut avec tout un lot de saletés et les articles du code qui les sanctionnent.

Au début Lensdorf et le poussif n'ont rien trouvé à se dire ; ils se sont choisi chacun une perspective champêtre sur le papier desquamé du mur d'en face et ils se sont absentés en eux-mêmes comme le font ceux dont le gros de l'existence consiste à stationner entre deux portes en attendant qu'on les appelle. Et puis la conversation s'est embrasée d'un coup pour une histoire de chaussures. Tout a commencé par des picots insidieux à l'endroit où le renfort du soulier frotte contre la jointure du talon, des petites chatouilles térébrantes, une espèce de cuisson avec des élancements et Lensdorf s'est dit qu'à tous les coups c'était une ampoule en gestation. Il s'est maudit en allemand d'avoir opté pour ses souliers neufs ; des bons souliers pourtant, en vrai cuir de vache, mais pratiquement jamais portés et pour cause. Il a fini par s'en ouvrir au poussif qui s'est tout de suite montré connaisseur en petites misères de pied stagnant et autres macérations douloureuses chez le prisonnier ou le fonctionnaire en vase clos. Œils-de-perdrix, durillons, callosités, il est intarissable et savant comme un homme de l'art. C'est que, pour le soldat, un pied bien chaussé vaut presque mieux qu'un bon fusil. En campagne, c'est la marche en avant souple et silencieuse ou la préservation des abattis dans la célérité de la retraite ; en temps de paix, c'est une station aisée pour les heures de guérite et cérémonies diverses. De l'avis autorisé du poussif un fantassin qui souffrait des pieds perdait un tant pour cent non négligeable de ses capacités combattantes ; qui sait même combien de braves s'étaient fait allumer pire que des lapins rien qu'à cause d'un cor au petit orteil !... Les voilà maintenant qui exaltent les vertus comparées du godillot à tige de l'armée française et de la botte allemande. De la Drôle de Guerre faite à reculons aux bourbiers glacés de la Neva, chacun de narrer sa petite anecdote podologique en prêchant pour sa paroisse ; dans le feu de l'échange le tutoiement est venu, confraternel entre vétérans... Mais de l'autre côté de la porte on approche des conclusions. De sentir l'écurie on dirait que la voix du greffier se désenroue. Les phrases arrivent en clair : « Par ces motifs, patati, patata, ordonne la jonction des procédures suivies dans l'affaire Kahn et dans l'affaire Lensdorf et dit qu'il sera statué, etc., etc. » Un gendarme entrouvre la porte, fait signe.

– Ça va être à nous, dit le poussif tout dégrisé.

Il y aurait encore tant à développer sur la chaussure et le militaire ! Il se lève, il geint, il coiffe le képi, rajuste le baudrier ; Lensdorf tortille son nœud de cravate avec des gestes de « monsieur ».

– Un conseil d'ancien, dit encore le poussif haletant, ce soir en rentrant, tu les bourres en force avec du journal humide pour assouplir l'empeigne, tu gagneras une demi-pointure...

– Si c'est pour souffrir le martyr, fait Lensdorf, demain je remettrai les vieilles, tant pis si ça plaît pas...

Deux cents paires d'yeux franchement hostiles l'épluchent en détail lorsqu'il franchit le seuil du prétoire à la remorque de son gendarme. Rien pourtant dans l'allure ou le comportement de ce type sans âge ne correspond à l'imagerie du bourreau S.S. dont la plupart des quotidiens du jour déclinent les titres et qualités. Pas plus d'« acier » dans l'œil que d'« or » dans les cheveux. Il n'y a que les chaussures qui reluisent chez Lensdorf; le reste est marron-beige : le poil, l'habit, l'aura. Un non-averti de son passif militaro-criminel dirait que la présentation d'ensemble évoque plutôt un marchand d'appareils ménagers ou de conserves de tradition; la risette commerciale en moins. Le complet grège à fines rayures n'est certes pas du dernier cri mais le tombé est honorable. Le début de bedaine qui tend le veston confère même au personnage la bonne assiette de ces gens sérieux et gris dont on se dit de prime abord qu'ils ont tout l'air de connaître leur affaire. La chemise sable, la cravate caca d'oie s'harmonisent on ne peut mieux avec la teinte uniforme d'un de ces visages sans relief qui s'effacent de la mémoire à la seconde où on cesse de les regarder. La coiffure au cordeau, la mèche contrainte à l'eau sucrée, rajoutent encore à ce petit côté chef de rayon; bref, c'est un homme à porter la blouse, à déambuler les mains dans le dos avec un crayon sur l'oreillc.

La seule énigme de ce paysage exemplaire de platitude pourrait venir du regard : des fenêtres murées sur une façade. On se demande ce qui peut bien se cacher derrière; on n'ose pas trop aller y voir...

Une chose en tout cas est flagrante pour les habitués des cours de justice : voilà un prévenu qui n'a pas plus l'intention de séduire que de faire pitié. A l'inverse d'ailleurs de ses coaccusés qu'on dirait piqués au derrière chaque fois qu'on les interpelle, il s'est levé sans hâte excessive à l'injonction du président.

– Vous vous appelez Lensdorf, Joseph. Vous avez actuellement vingt-neuf ans. Vous êtes célibataire. Au moment des faits vous aviez vingt ans. Vous êtes né le 20 juillet 1923 à Bischwiller. Vous êtes national français.

– C'est exact.

Pas de frais inutiles pour cette réponse télégraphique. Le timbre est morne sous le voile du tabagisme.

– Dans la vie civile, poursuit Gauzin qui semble s'être mis au diapason de l'interrogé, vous exerciez la profession de manœuvre. Au moment des faits vous étiez engagé volontaire dans les Waffen S.S. et sergent S.S. affecté à la troisième compagnie du premier bataillon du régiment « Der Führer » de la division « Das Reich ».

– C'est juste, monsieur le Président.

– Depuis quand êtes-vous détenu?

– Depuis le 15 février 1946.

– Pas de condamnation antérieure aux faits de la prévention?

– Pas de condamnation, monsieur le Président, répond Lensdorf sur une seule note.

Une même pellicule de glace nappe les questions et les réponses. Le silence est d'une telle densité que le moindre toussotement y fait figure de vacarme. Phénomène plutôt rare : on perçoit même entre les phrases les sourdes mitraillades du sténotype comme d'un clavier muet où montent et descendent de savants arpèges.

– Le 8 décembre 1946, reprend Gauzin qui n'a toujours pas affronté le regard de Lensdorf, vous faisiez l'objet d'un ordre d'informer du général commandant la quatrième région militaire, visant des faits de trahison et d'intelligences avec l'ennemi. C'est bien cela?

– Oui, monsieur le Président.

– Le 21 janvier 1947, vous étiez l'objet d'un nouvel ordre d'informer visant cette fois des faits d'assassinat, de pillage, d'incendie volontaire et d'actes de barbarie...

Lagarde s'en est ressouvenu parce qu'il a regardé sa montre. C'était fin novembre d'il y a deux ans, sensiblement à la même heure. Déjà le soir avalait les restes d'un jour clandestin qui n'avait même pas eu la politesse de bâcler un semblant de crépuscule. De passage à Bordeaux pour une autre affaire, il en avait profité pour rencontrer Lensdorf et tenter avec lui de trouver une issue à la procédure « fantasmagorique » – le président venait à la seconde de lâcher l'épithète – qui lui valait de moisir en préventive depuis 1946 dans l'attente d'une impossible mise en état de son dossier. Enferrés dans l'embrouillamini des « ordres d'informer » et autres « arrêts de renvoi » dont le greffier donnait présentement lecture ils n'avaient guère eu le loisir d'échanger quoi que ce soit touchant au fond du sujet. Ils s'étaient étourdis de paperasse. Deux heures avaient passé comme rien dans la fumée de cigarette. Et voilà qu'au moment de partir, alors qu'il s'apprêtait à tambouriner à la porte pour rappeler le gardien, Lagarde avait surpris Lensdorf posé en déséquilibre avec des airs de dormeur debout. Le morfil d'un couteau de lumière sale le tranchait par son milieu dans le sens de la hauteur. Côté clair il y avait le gros bonhomme somnolent sous son empilement de tricots, de l'autre, là où l'ombre précoce gagnait à la manière d'une tache d'encre, la découpe sommaire d'une silhouette déjà toute caillée par la nuit...

Une question lui était alors venue. Une de ces questions si secrètement ourdies par le subconscient qu'on est bien le premier gêné quand elle vous tombe de la bouche.

– Vous croyez en Dieu, Lensdorf ?

Frais émoulu sur un dossier dont il ne connaissait que l'architecture, travaillé jusqu'à l'obsession par cette affaire qui dépassait largement en horreur le seuil conventionnel de l'imaginable, Lagarde n'avait pas encore pris le recul nécessaire à la dissection des mécanismes criminogènes qui avaient pu faire de cet homme apparemment « sain d'esprit » le plus abject des bourreaux.

En lui soufflant cette question essentielle son instinct venait en quelque sorte d'ouvrir la phase préliminaire de sa quête : si Lensdorf croyait en Dieu c'est qu'en principe on le lui avait appris dans l'enfance. Du même coup on avait dû aussi, au nom de la morale chrétienne, lui tracer une frontière, ne fût-ce que théorique, entre le « bien » et le « mal ». S.S. ou pas, à Oradour, il lui en restait fatalement quelques vagues notions, enfouies sans doute comme d'une langue maternelle qu'on a cessé de parler, mais suffisantes pour agir au moins sur les réflexes et dévier le canon d'une mitraillette braquée sur des gosses... Dans le cas contraire la seule motivation de ses actes était le zèle aveugle mis par la bête de guerre nazie à l'exécution de l'ordre reçu... sans préjudice de quelque « tare » souterraine exhumée par les circonstances...

Or Lensdorf n'avait répondu ni oui ni non. Après quelques clappements de bouche pour amorcer les mots il avait fini par dire qu'il n'y croyait « plus tellement »; il avait lâché ça avec le côté ombre de sa figure, là où pendait son coin de dégoût, cette paresse à espérer.

– Est-ce que je dois comprendre que vous y avez cru? avait relancé Lagarde.

– J'ai été élevé dans la religion protestante, j'ai suivi le catéchisme et question instruction religieuse j'accrochais comme il faut... D'un autre côté, en 1942, c'est vrai que j'ai abjuré solennellement devant un major S.S., avec serment et tout le tralala, pour devenir *Gottglaübig*...

– C'est-à-dire?

– Mot à mot : croyant en Dieu. Si vous préférez adepte de la nouvelle religion hitlérienne. Je ne saurais pas trop vous expliquer, j'ai jamais compris au juste en quoi ça consistait. Disons que, dans mon cas, c'était surtout affaire de grimper plus vite à l'échelle...

Pacte naïf du fayot subalterne qui vend son âme au diable, sans même se douter que c'est le diable, pour la carotte d'un petit galon. C'est ce qu'il était en train d'avouer avec des biais en forme d'excuses... Mais sur le chapitre de la foi proprement dite il en était toujours à se dandiner entre un oui peut-être et un non catégorique...

L'ombre maintenant lui attaquait le côté clair de la figure. Encore un bout de réflexion, quelques petits jets de vapeur par les narines, puis :

– Si j'étais resté civil, probable que j'aurais continué dans les pratiques religieuses, Noël et autres... Tant qu'on est en paix il n'y a pas besoin de trop se creuser la cervelle pour croire à quelque chose... Des fois même on a l'impression que Dieu, il est là au milieu des gens à faire le pion ou l'inspecteur... mais dès qu'on a un peu touché à la guerre...

La queue de phrase s'était dissoute avec un restant de fumée qui lui stagnait devant la bouche. Le reste était venu sans relance dans le prolongement d'un raclement de gorge.

– Mon père me racontait qu'en 1914 on trouvait un peu de tout dans le portefeuille des morts. Pas seulement la photo de la femme et des chiots, mais des bondieuseries en veux-tu, en voilà... Allemands, Français ou autres, c'était du pareil au même, ils avaient tous saint machin ou sainte celle-là à qui recommander leur peau... Et on voyait bien qu'avant de sortir de la tranchée, la plupart des gars avaient fait des petites manigances avec l'image pieuse... Souvent, me disait mon père, il y avait des traces de doigts avec de la bouillasse, de la graisse à fusil, des fois du sang... même qu'en général à l'endroit où ils embrassaient l'image c'était tout poissé de salive... En attendant, bon Dieu ou pas, le gars il s'était fait avoir parce que c'était son heure et qu'il était moins dégourdi que les copains... De toute façon, qu'on crie *Gott mit uns* ou *Heil Hitler*, à la guerre c'est le plus fort et le plus méchant qui gagne, il n'y a pas à tortiller... pareil chez les bêtes...

Toute sa figure était mangée par la nuit rance. Derrière des tas de murs un accordéon s'essayait à des laïtou bavarois et le chœur des hommes en cage faisait de son mieux pour l'aider en poussant la chanson... Peu importe les phrases qui avaient chevillé la fin de leur dialogue ; ce dont Lagarde était sûr c'est que Lensdorf avait dit qu'« à la guerre Dieu ne faisait rien d'autre que prendre des paris et compter la recette »... Il était sûr aussi de l'avoir entendu dire en manière de conclusion qu'à Oradour comme ailleurs Dieu avait lâché tout le monde, aussi bien les moutons que les loups...

Illisible dans le parloir d'il y a deux ans, il se résumait à sa voix terne. Comme tout de suite.

XI

« Et maintenant messieurs, tout et vite », a fait claquer le président en ouverture d'audience. A coup sûr ce n'est pas vaine menace. Le ton n'a rien de gracieux. L'œil est noir sur la chorale piapiatante des défenseurs alsaciens qui, une fois de plus, la veille, étaient parvenus à faire s'enliser le débat dans un bourbier d'incidents pinailleux, stériles, hors sujet.

Mais aujourd'hui, plus question de pantoufler dans le confort de la procédure, de jeter aux yeux du tribunal la poudre des figures de rhétorique, de faire des virevoltes dilatoires avec les incohérences du dossier. En hors-d'œuvre à cette audience du « tout et vite », Gauzin ordonne que lecture soit faite de l'acte d'accusation. Et dès lors c'est une autre musique qui se joue. Ligne après ligne l'horreur se propage avec l'incendie. A peine si le greffier prend quelquefois le temps d'avaler une gorgée d'eau entre deux bordées de crimes. Il lui faudra une heure pleine pour dévider la liste des forfaits et qu'enfin la nuit pavoisée de flammes tombe sur l'Oradour anéanti, martyrisé...

Il suffit de suivre à mesure sur le plan directeur pour avoir une idée précise du déroulement technique d'un massacre prémédité, rondement exécuté avec son petit supplément d'ignominie, cette touche de « *Nacht und Nebel* » qui authentifie la signature. Après une phase toute militaire de bouclage et d'investissement, c'est l'abattoir sans distinction jusqu'au dernier cri dans la dernière gorge, puis c'est la mise à feu par de vrais incendiaires avec des produits adéquats qui liquéfieront le bronze, le verre, qui feront des gens et des objets d'atroces caricatures, qui malaxeront intimement la peau et l'étoffe, qui embrouilleront toutes les pistes au point de faire trébucher même le chagrin sur des reliefs méconnaissables... On ne saura jamais si on pleure son mort ou celui du voisin, on prendra les os pour des bâtons et ce n'est le plus souvent qu'à l'odeur et à la réunion des mouches que l'on sera sûr qu'il s'agit bien d'une personne, non d'une chose !...

Cinquante-deux seulement parmi les victimes pourront être identifiées sans erreur et bénéficieront de ce fait d'un acte de décès en bonne et due forme ; les autres, portées disparues faute de mieux, ne seront que charade : à qui ce bras, cette main toute seule qui a l'air de mendier, ce petit pied déchaussé, à qui cette galette roustie qui fut un visage, à qui ce buste ébranché, ce mirage d'homme pulvérulent où le doigt s'enfonce, où la sueur et les larmes font des trous comme la pluie dans le sable ?...

Il n'en peut plus le greffier quand arrivent les bilans : « Maisons d'habitation, cent vingt-trois, granges, quarante, hangars, cinquante-huit, magasins, vingt-deux... » Sa voix déraille, on dirait qu'il va se mettre à crier, le raide petit monsieur. Il a deux pastilles rouges aux pommettes, des yeux rouges qui foudroient le vide chaque fois qu'il lève le nez de son papier. Il tremble des doigts en ouvrant le martyrologe : « Le nombre total des victimes dont le décès a été officiellement reconnu s'élève à six cent quarante-deux, un jugement déclaratif rendu le 10 juillet 1945 par le tribunal de Rochechouart... »

– Un instant, monsieur le Greffier, le coupe Gauzin.

Il était d'un bloc dans sa robe ; sa voix est sortie d'une pierre.

– Accusés, levez-vous !

C'est fait dans la seconde, tous ensemble comme une troupe.

– Monsieur le Chef d'escorte de la gendarmerie, veuillez commander le garde-à-vous !

Claquent les talons et les mains sur les coutures. C'est maintenant le tribunal qui se lève, puis Gauzin à contretemps qui fait un geste d'empereur et le greffier relance la machine pour égrener les noms, les six cent quarante-deux avec la mention : « Mort pour la France ! » Il y en a qui reviennent dix fois, douze fois, plus même ! Il en bégaie, il se trompe dans les prénoms, il saute des lignes, il reprend au-dessus ; quelquefois il redécline toute la dynastie, il se sent obligé par respect pour les morts. Une heure et demie plus tard, c'en est presque fini du pensum, il est arrivé à la lettre V.

La dernière de la liste c'est une dénommée Miozzo, née Zoccarato Lucia, en juillet 1904 dans un patelin d'Italie qui ne dit rien à personne si ce n'est qu'il a un nom de sérénade : Campodesaico !... Toute une histoire : un rêve de pauvre, l'exil au pays de cocagne, un bout de bonheur, un bout de vie... Terminus dans l'église d'Oradour le 10 juin 1944. « Morte pour la France ! »...

Pour ceux qui ont l'oreille musicale, des Miozzo il en est déjà passé sept, rien que des jeunes, sûrement les enfants de Lucia, tous... Le petit dernier était d'octobre 1941, il n'avait pas encore attrapé ses quatre ans.

C'est pitié de voir Schwaller transpirer de la sorte ! On se demande d'où il peut bien tirer tout ce liquide qui lui ravine la figure. Au train où il s'écoule il faudra l'évacuer du prétoire avec des seaux!

Pour la énième fois il a chassé d'un petit coup de griffe d'animal la goutte de sueur qui revient obstinément lui pendre au bout du nez puis il a rectifié la position : échine roide, menton haut, à la prussienne, son œil louchon sur la goutte suivante qui se prépare entre les sourcils.

Premier sur la liste des interrogatoires de fond, plus ancien dans le grade le plus élevé, Gauzin semble bien décidé à le soigner selon son rang. Deux heures déjà qu'il le fouaille, le tabasse de questions, les mêmes, dans tous les sens, sur tous les tons, cinglantes comme des gifles. Schwaller sue mais ne rompt pas. Il s'accroche à sa version, il ne veut pas en démordre. Il n'était rien, il ne commandait rien, il n'avait rien fait, il n'avait pas tiré une seule cartouche, il n'avait même pas d'allumettes dans sa poche pour incendier les édifices... Au départ de Saint-Junien on lui avait ménagé une petite place entre deux caisses dans un véhicule de la première section et on l'avait emmené à Oradour, c'était indéniable; mais comme un pauvre chien désœuvré, autant dire par charité... et lui, naïf, il avait pris ça au début pour une promenade digestive... Evidemment il n'avait pas tardé à comprendre qu'il se passait des choses affreuses, mais comment lui, le déchu, l'indésirable, l'éternel surnuméraire, aurait-il pu arrêter seul ce massacre?!... Son existence d'ailleurs dans cette maudite troisième compagnie n'était qu'un tissu de calamités : Kahn, cette émanation de l'enfer, était toujours à lui chercher des noises, à l'humilier devant la troupe, à le poursuivre de petites chicaneries blessantes, jusqu'à le menacer du conseil de guerre, sans motif, par pure malignité... Bref, il se contentait d'émarger en fin de mois et d'envoyer les sous à sa chère femme pour élever leur petite fille, c'était sa seule façon de faire la guerre... Oh qu'il s'en voulait d'avoir quitté la Luftwaffe pour gagner trois ronds de plus à la S.S.!

Et son avocat de voleter des manches, de vibrer de la glotte :

– Monsieur le Président, il ne peut tout de même pas se charger de crimes qu'il n'a pas commis sous le prétexte qu'il portait des galons d'adjudant! Tout ce qu'il a vu – et Dieu sait! –, il nous l'a dit sans rien omettre! Il y a des accents de vérité qui ne trompent pas!

– Eh bien, qu'il recommence! s'exclame Gauzin avec une mordante allégresse, parce que personne n'est convaincu, moi le premier!

Trois enjambées qui évoquent dangereusement le pas de l'oie ramènent Schwaller au pied de l'estrade. On lui passe la baguette. Il désigne un périmètre plutôt vague, tout en haut du plan, à la sortie sud-ouest du village. A quelque chose près c'est là que le plus saugrenu des hasards l'avait conduit à la traîne d'un groupe de la première section, celui du sergent Maurer... Il était posté à la lisière d'une prairie, en bordure de haie – sur le chapitre de l'environnement champêtre il était catégorique –, tantôt debout, parfois même assis quand il ne se trouvait pas dans l'œil du chef. Il était resté là un temps indéterminé...

– A quoi faire, je n'ai toujours pas compris? le pique la voix dure de Gauzin.

– *Ich... ich...*

Il s'embrouille. Il finit par grommeler une poignée de syllabes. L'interprète hésite, traduit avec une nuance d'excuse :

– « Je faisais des allées et venues »...

– Comment cela, des « allées et venues »?!

– *Kommen und gehen*, monsieur le Président, cela signifie « allées et venues »...

– Vous étiez donc là en touriste!

Des gloussements frisent la salle ; Gauzin laisse courir, il fait du théâtre à grosses ficelles, c'est peut-être la seule façon de confondre un obstiné pleurnichard du calibre de Schwaller. Il le repique avant l'extinction des rires :

– Ensuite ?

Alerté par un silence suspect et las de se tourner les pouces, le Feldwebel s'était finalement décidé à aller se baguenauder dans le village, affaire de se rendre un peu compte de ce qui se mijotait intra-muros. Coupant au plus commode, il avait suivi une venelle qui tombait pile dans la grand-rue. Il s'applique, il tire un petit bout de langue, il sue, la pointe de la baguette d'osier crisse sur le plan... s'arrête. De cet endroit discrètement panoramique il avait aperçu un groupe de la première section, douze hommes avec mitrailleuses et fusils, en position de tir face à la porte ouverte d'une grange – il désigne la remise Beaulieu qui fait l'angle de la place du champ de foire. C'est alors que ce diable de capitaine Kahn avait tiré en l'air avec son pistolet-mitrailleur et qu'aussitôt le sous-lieutenant Barth avait commandé le feu !... Ce n'est qu'après la terrible et roulante fusillade qu'il avait pris sur lui d'aller jeter un petit coup d'œil à l'intérieur de la grange... Horrifiant spectacle : une vingtaine de cadavres sens dessus dessous et deux soldats qui les « rangeaient »... !

– Qu'est-ce donc qu'il entend par « qui les rangeaient », bondit Gauzin.

Aller-retour entre Schwaller et l'interprète. Ils n'arrivent pas à se mettre d'accord sur le sens du verbe « ranger » ; ils en trouvent un autre encore plus énigmatique. Traduction :

– Les deux soldats étaient, semble-t-il, penchés sur les cadavres et s'en « occupaient »... ?

Brusque coup de rogne du président :

– A quoi bon ces artifices de style! Autant dire qu'ils achevaient les blessés, c'est plus direct!... Poursuivez!

« Très bouleversé par cette incompréhensible fusillade dont il avait été le témoin aussi impuissant que fortuit », le néanmoins adjudant S.S. Ernst Schwaller était vite remonté dans sa prairie pour y méditer dans une solitude propice sur les cruautés de la guerre en faisant moult *Kommen und gehen*... Plus tard, constatant avec stupeur que tout le village était la proie des flammes, il avait prestement quitté sa retraite champêtre, de peur qu'on l'oublie. Parvenu devant l'église qui elle aussi n'était qu'un brasier ronflant, cette guigne qui semblait l'avoir pris pour cible l'avait mis une fois de plus nez à nez avec son tortionnaire principal: le capitaine Kahn!... Certes le diabolique Otto ne l'avait pas frappé mais il l'avait injurié grossièrement pour une affaire de soi-disant tenue incorrecte. Paraît-il que c'était sa marotte la tenue, au capitaine Kahn!... Retraitant en catastrophe, Schwaller avait filé au plus court vers l'emplacement des véhicules. Dans sa fuite il s'était brièvement abouché avec l'Unterscharführer Grill – un féroce celui-là – qui l'avait informé de la présence de femmes et d'enfants dans l'église... Pantelant, ébranlé, il avait poursuivi en direction des voitures. Et ne voilà-t-il pas qu'en arrivant, le sort acharné lui met encore dans les pattes un autre de ses tourmenteurs? Le fringant sous-lieutenant Barth qui, après l'avoir à son tour assaisonné d'injures, l'avait envoyé se poster sur un arbre, un arbre fruitier...

Gauzin atterré lève les sourcils.

– Pour quoi faire?!...

– Il n'a pas précisé, *Herr President,* répond Schwaller en français.

Dans l'assistance on pouffe derrière les mains. En

d'autres lieux on applaudirait le président pour sa belle prestation. Il n'empêche que c'est l'adjudant qui vient d'emporter la manche. Avec sa sueur et son œil qui louche, mine de rien, le sinistre « pantalon » a scellé les premières pierres d'un mur. Celui du silence.

XII

Il lui avait pourtant expliqué en long en large dans sa lettre qu'il perdrait la moitié de ses moyens s'il la savait derrière son dos quand il passerait en jugement! Mais elle est encore plus bourrique que son Joseph, maman Lensdorf. Elle a fait le déplacement. Elle n'a pas pu s'empêcher.

Elle avait beau tourner et retourner toute l'histoire, elle continuait à n'y rien mordre. L'engrenage des circonstances qui en bout de chaîne produisent des maudits, ça restait pour sa comprenette encore plus sorcier que le mouvement des pendules...

On le présumait tellement coupable, son Joseph, qu'il devait bien y avoir un fond de vrai dans tout ça... Mais les saletés de la guerre ce n'était pas de la compétence des mamans, c'étaient des histoires d'hommes. D'ailleurs elle n'avait pas fait le voyage pour lui demander des comptes. Fût-il même encore plus assassin que ne l'écrivaient les journaux, il serait toujours pour elle le beau petit mâle qu'elle avait usiné pièce à pièce au plus intime de son ventre avant de s'en délivrer dans des affres mémorables. Et jusqu'à son dernier souffle elle resterait l'indéfectible, l'aveugle amoureuse de ce fils unique qui en venant au monde l'avait si douloureusement besognée...

Elle a bien serré son fichu pour contenir ses mentons. Elle a poudré ses joues. Elle a presque des airs de jeunesse. Mais là, dans ce parloir qui sonne pire qu'un tambour, devant ce bonhomme penaud et froid qui lui a dit « bonjour maman » sans mettre quoi que ce soit de plus que les mots, elle a oublié de faire la belle, elle est redevenue vieille, d'un coup.

Ils se sont assis de part et d'autre du mince comptoir qui tranche la pièce dans le sens de la longueur. Leurs bouts de doigts se sont un peu reniflés à travers les mailles étroites du croisillon de métal. Ça leur a tenu lieu d'effusions.

Elle avait préparé des formules d'encouragement, des petites histoires de chez eux pour le faire penser à autre chose, des contes à endormir les enfants malades. Au premier claquement de serrure tout lui est sorti de la tête.

Elle demande, parce qu'ils ne peuvent pas rester indéfiniment à faire les carpes :

– Comment vas-tu mon garçon ?

– J'ai pas à me plaindre, répond une voix dont elle reconnaît à peine la musique.

Et file le sablier... C'est qu'il n'a jamais été bien causant son Joseph. Il doit tenir ça de Joseph père, un forcené du mutisme. Ils ont l'un comme l'autre de ces silences obtus qui sentent la bière et que rien ne peut casser, même pas les yeux de chien triste d'une maman qui constate les dégâts : la mauvaise graisse couleur de saindoux qui a tartiné la figure de son grand chéri, les doigts cirés de nicotine, les crins tout racornis de ne plus avoir été dépeignés par le vent qu'il fait dehors... et ce regard, mon Dieu ! ce regard au fond d'un cul-de-sac qui attend qu'elle s'en aille!... Dans quel repli de ce flasque bibendum pouvait bien se cacher l'invincible de 1942, son beau guerrier, celui qui, retour de bataille avec sa croix de fer, avait botté la porte et lancé « c'est moi, la mère! » d'une voix à casser les assiettes?... Elle était en tablier de tous les jours à écosser des pois, il l'avait empoignée comme une fille, il l'avait embrassée sur la bouche, il riait le bandit! Il avait encore toutes ses dents.

Vite, il faut qu'elle parle, autrement elle va pleurer.

– Le colis que je t'ai déposé au greffe... je t'ai mis des tas de bonnes choses. La saucisse faudra pas trop attendre, elle est un peu sèche cette année...

Même pas merci, juste un avorton de sourire. La joie en lui a dû tourner au vinaigre avec le reste. Il aimait ça pourtant, la saucisse, il s'en serait fait péter à une certaine époque!...

– A part ça, quoi de neuf au pays, questionne la voix derrière le croisillon.

– Rien de plus...

– La frangine?

– Elle fréquente... un type des chemins de fer. Je pense que c'est pour la bonne cause... elle va nous coiffer sainte Catherine...

– Et le père?

– Il continue... il fatigue... à force...

Satanées larmes qui lui débordent des yeux! Elle n'a pas pu se retenir. C'est aussi humiliant que de l'incontinence. Elle ne trouve pas les mots pour demander pardon. Elle bredouille en français :

– Te savoir enfermé depuis toutes ces années, comprends-tu...

Il répond en allemand :

– Si Hitler avait gagné la guerre, c'est moi qui les ferais danser...

Et par là-dessus, une espèce de chasse-mouche

avec le dos de la main : le geste de s'en foutre pour ainsi dire. Si ça se trouve, il ne tient même plus à la vie !... Elle le voit déjà devant le peloton, un bandeau sur les yeux. Elle a la gorge dans une tenaille ; elle va sûrement repleurer un coup... Le gardien entre à point pour faire diversion. Il annonce :

– Plus que dix minutes, Joseph...

– *Danke* Michel...

Il est bien aimable ce Michel qui a cligné de l'œil à son Joseph. Lui aussi, il a l'air de s'en foutre. Décidément tout le monde se fout de tout ici, c'est un lieu pour ça... De quart d'heure en quart d'heure on s'achemine vers le poteau, à l'économie, en se faisant du lard... Dehors, c'est pas pareil, il y a de l'espace pour les noyades, on peut toujours faire des moulinets de bras et appeler à l'aide, des fois il y a quelqu'un qui s'arrête... Ici, on s'envase pouce à pouce comme des bateaux échoués. En principe on ne doit rien sentir. C'est prévu par le règlement.

Elle renifle jusqu'au fond, elle avale du salé, tout un contingent de larmes ; ça l'a un tantinet requinquée de comprendre la mécanique. Elle va cueillir au fond de son cabas un ouvrage de tricot soigneusement empaqueté dans un torchon avec les yeux des grosses aiguilles qui affleurent. Elle se confond, elle fait sa coquette : elle aimerait tant pour une fois qu'on s'intéresse à son histoire !... Plus de trois mois qu'elle y est sur ce maudit tricot à cause de sa vue qui baisse, de ses rhumatismes aux doigts : les lessives, la pâtée aux cochons, mille et mille choses, ce froid mouillé qu'il fait chez eux ! Tout exprès pour les punir, dirait-on.

– Je n'ai plus vingt ans, que veux-tu...

Pas de démenti. Il a dû voir les cheveux jaune d'œuf sous le fichu. C'était rien que pour lui cette teinture couleur « poussin » mais elle est bien trop fraîche, elle n'a pas eu le temps de s'oxyder ; c'est vrai que ça fait un peu Mardi gras... Il a l'œil, la rosse, quand il s'agit de sa mère et dans ce domaine il est très à cheval, pire qu'un prétendant!... Déjà avant guerre, quand elle avait encore ses formes, fallait voir comme il te la ramassait si elle s'avisait de sortir en négligé, et teigneux avec ça! Elle ripait sans demander son reste, elle allait mettre sa belle robe. Quel bonheur!...

Elle déballe le trésor : un ras-du-cou, marron chiné à grosses côtes. Il y avait le même en devanture à côté de la gare, à des prix!...

– C'est encore ce qui te va le mieux au teint, le marron... T'aimais bien le marron, je me rappelle... Il te tiendra chaud en tout cas, c'est de la laine des Alpes...

Elle avait pris les mesures sur Joseph père qui était sensiblement de même gabarit mais en comparant à l'œil avec la carrure du fils, là voilà qui se prend à douter.

– Manquerait plus qu'il te soit trop juste... Tu ne te serais pas un peu étoffé de la poitrine?

– Penses-tu!

Une risette, enfin! Mais allez donc savoir avec ces yeux de mort si c'est du lard ou du cochon?... Elle a bien raison de se méfier maman Lensdorf parce que la seconde qui suit, il lui envoie en allemand :

– Je veux pas te voir aux audiences.

– *Warum mein Gott* ?!

Elle est sûre d'avoir pensé en français et c'est *warum* qui lui est sorti!... Faut dire qu'on les avait fait changer si souvent de casaque dans leur foutue province depuis Napoléon III qu'il y avait de quoi s'y perdre dans tous ces baragouins!... A ne plus savoir même en quelle langue on avait le droit de rêver!... Elle aurait bien dû prendre modèle sur Joseph père. Il ne se posait pas tant de questions lui. Il avait beau être bleu, blanc, rouge pour l'état civil, il gardait la tripe germanique et c'était pas à son âge qu'on le ferait changer de religion. Pour preuve, en privé il ne causait que l'allemand ou quasi. A la rigueur le dialecte avec les voisins et quelques mots de français par-ci par-là – uniquement des gros mots – quand il avait son plumet, pour raconter ses histoires de derrière. Mais une fois tournée la clé dans la serrure, c'était rien qu'en allemand : les affaires, les comptes, l'éducation des gosses, enfin tout ce qui réclamait un brin de cervelle... Même aux bêtes, il ne leur causait qu'allemand : elles obéissaient mieux semble-t-il... En fait Joseph père, comme beaucoup de conscrits de sa génération élevés à la queue des vaches, il était pour ainsi dire « national entre deux chaises ». La plupart du temps c'est les papiers qui avaient tranché à leur place. Le cœur, à force de faire la navette, il ne savait plus où se poser... Pareil pour la langue et les traditions.

Né dix ans avant le siècle sur la rive anciennement française du Rhin, allemand par décret, élevé à la trique prussienne, héros de la Grande Guerre dans l'armée du Kronprinz, couvert de médailles et de blessures, en 1918 on l'avait repeint en tricolore sans lui demander son avis... Il n'empêche qu'après quatre ans de fricassée sanglante avec le coq gaulois il lui gardait un chien de sa chienne à sa soi-disant mère patrie. D'autant que c'était un rancunier Joseph père, pas seulement à cause de son œil perdu en Argonne, mais de certaines autres calamités intimes encore plus infirmantes pour lesquelles la France avait refusé de le pensionner en tant qu'ancien combattant. Résultat : en 1940, dès qu'il avait compris que Pétain lâcherait l'Alsace, il avait repostulé pour la nationalité allemande. Pour une fois qu'on le laissait choisir, il la tenait sa revanche! Vu qu'il était notoirement antibolchevique et sympathisant nazi – acharné même –, les autorités lui avaient aussitôt déroulé le tapis rouge. Fallait voir d'ailleurs à quelle vitesse il s'était fait son trou chez les S.A. ! C'était quelqu'un, Joseph père, au temps du *Gauleiter* ! Quand il passait dans la rue avec Joseph fils en uniforme S.S., on ôtait les casquettes ! Ils étaient respectés à l'époque... Aujourd'hui c'est tout juste si on ne venait pas leur casser les carreaux ! Sans compter que cette affaire d'Oradour ne faisait qu'envenimer les choses avec toutes les cochonneries qu'on racontait sur son garçon...

– Figure-toi que, samedi au marché, il y a le merdeux au René Hertzel qui m'a traitée de vendue, de sale Boche, de je ne sais quoi... Des horreurs ! Je te l'ai calotté d'importance, crois-moi... Il m'a donné des coups de pied dans les chevilles avec ses galoches, des coups de pied, tu te rends compte ! Et ses salauds de parents qui l'excitaient, qui disaient qu'on aurait bien dû me tondre à la Libération... Misère !

Mais ça aussi on dirait que ça lui glisse sur les plumes à son Joseph ! Il n'a qu'une idée avec ses yeux où il y a rien dedans : qu'elle lui débarrasse le plancher ! *Raus* la vieille qui a reçu des coups de pied à cause de son fils l'assassin !... Il serait capable de mourir sans dire au revoir à sa maman tellement il en était arrivé à se foutre de tout et de tout le monde !...

– J'ai quand même pas fait douze heures de train pour me ronger les sangs dans un hôtel en attendant qu'ils te condamnent à je ne sais quoi !...

De pourquoi en parce que elle a fini par se chauffer au rouge. Elle glapit à voix basse :

– Dis tout de suite que t'as honte de ta mère pendant que tu y es !

– Va donc pas chercher midi à quatorze heures, répond la voix morne et râpeuse de Joseph fils, mais si je t'entends renifler derrière moi, j'aurai moins de force pour me défendre... Il n'y a pas de quoi se monter la tête...

Et revoilà sa risette d'hypocrite sur le gras de la joue... Sacrée ficelle! Déjà tout gamin il avait la manière, le petit salaud... Quand il avait fauté et qu'elle levait la main pour la mornifle, il venait se frotter le museau entre ses cuisses, il laissait de la morve sur sa jupe exprès pour faire croire au repentir... A la fin c'est elle qui regrettait son mouvement d'humeur. Salaud chéri, elle lui avait toujours tout pardonné. Oradour aussi, elle était prête à donner son absolution... La guerre, c'est bien connu, on n'y va pas pour s'envoyer des fleurs! Il n'y avait pas de raison non plus qu'ils se fassent tirer dans le dos par les communistes! Les femmes et les gosses c'était certainement accidentel : une explosion ou quelque chose...? D'après Joseph père, le carnage à l'église c'était un coup des terroristes... Des genres de bombes à feu qu'ils auraient entreposées dans le clocher; une panique par là-dessus, les gens qui se piétinent et ça dégringole... C'est un ancien de la « Das Reich » avec qui ils étaient en relation épistolaire qui leur avait fourni l'explication; il tenait le renseignement d'un haut placé qui connaissait le fin mot, un ancien général S.S., tout ce qu'il y a de glorieux... Et puis quoi qu'il en soit, son Joseph, en juin 1944, avec les Américains qui venaient d'envahir la France, il avait mieux à faire que de s'amuser à zigouiller des femmes et des gosses! De toute façon, c'était pas dans ses manières habituelles de s'attaquer à plus faible...

– C'est quand même pas toi qui aurais tué des femmes à Oradour...?

– Des bêtises! proteste mollement la voix de l'autre côté du croisillon.

– D'après le journal on t'aurait vu tirer aussi sur des pauvres femmes...?

– C'est ces pourritures d'Alsaciens qui racontent ça parce qu'ils ont pas d'honneur, fait placidement la voix.

Elle devrait passer à autre chose bien sûr, mais elle a ce morceau de plomb dans la gorge...

– Paraît-il qu'il n'y aurait pas que des compatriotes à nous à t'avoir vu entrer dans l'église avec ta mitraillette... Remarque, ce que je t'en dis...

Il secoue la tête, un coup à droite, un coup à gauche, c'est tout. Il ne prend même pas la peine de l'entortiller avec une histoire. C'est bien la preuve qu'il n'a rien à se reprocher. S'il était un tant soit peu coupable il inventerait un conte à dormir debout et elle goberait ça comme le reste : elle ne demandait qu'à être convaincue la maman. Il suffisait de pas grand-chose.

Elle pleurniche, elle se tortille, elle fait des manières...

– Tu vas encore dire que je suis une vraie sangsue mais... jure-le-moi que t'as pas tué de femmes à Oradour !

– J'ai pas besoin de jurer ! s'agace un peu la voix morne.

– Jure-le quand même... rien qu'une petite fois... pour me faire plaisir !...

– Allez, je te le jure, déblaie le fils avec un ricanement, t'es contente ?

– Jure-le sur ma tête et que je sois morte dans les cinq minutes si c'est pas la vérité !

Ne dirait-on pas que quelque chose d'amer le travaille, une saleté qu'il va peut-être lui vomir dans les mains ? Pauvre grand, tant de fois lavé et torché, dont elle aimait jusqu'aux puanteurs... Pauvre grand avec ses crimes, qui n'avait même plus le goût du mensonge !

Tout ce qu'il trouve à répondre pour se défiler c'est qu'il ne faut pas jurer sur la tête de sa mère :

paraît-il que ça porterait malheur !... Le malheur, allons donc !... il était tant de fois passé et repassé ! Il n'avait plus rien à lui vendre. C'était un meuble dans sa vie.

Revoilà Michel le gardien avec son clin d'œil.

– Terminé Joseph.

Pas d'au revoir dans les formes, juste leurs bouts de doigts qui se bâclent une petite tendresse de part et d'autre de la résille d'acier. Après c'est un dos qui roule... la porte qui fait son bruit d'arme. Il ne s'est même pas retourné, le salaud.

XIII

Le doute n'était pas, loin s'en faut, inscrit au menu ordinaire des états d'âme de Charles Vuillermet. Pour ce juriste aiguisé au point d'avoir perdu le gros de ses scrupules avec sa naïveté, c'était une sensation d'un tel exotisme qu'il en oubliait d'une fois sur l'autre l'aigre saveur...

Or voilà qu'après huit jours de débats, engagés pourtant au plus proche de ses vœux, il commençait à ressentir un désagréable petit prurit d'inquiétude.

Forte de l'étai de la mère province qui n'en finissait pas de crier à l'outrage, sonner ses tocsins et mettre ses drapeaux en berne, la défense alsacienne en la personne de ses talentueux solistes s'était assoupie dans la certitude mathématique qu'après une empoignade à la virulence toute formelle étalée sur un laps de temps raisonnable de manière à préserver l'honneur de la magistrature, le tribunal ne pourrait que céder à la demande de disjonction. Ainsi coupée en deux tranches inégales – douze Alsaciens contre huit Allemands dont deux agents de liaison motocyclistes pourvus d'indémontables alibis – la grande affaire d'Oradour ne tarderait pas à retourner en boitillant dans sa vitrine. Dès lors que l'instance n'était plus contradictoire, les enfants d'Alsace devenaient injugeables; du moins moralement. On ne manquait pas d'arguties ni de petites ficelles pour faire coïncider la lettre et la morale aux yeux d'une opinion publique fluctuante, trembleuse. Qui pouvait nier en effet que le bien-aimé morceau de patrie lâchement abandonné par son cher gâteux de Maréchal avait été germanisé, nazifié par la terreur et soumis aux mille maux de l'imperium hitlérien? Sans outrepasser la décence en présentant ces sinistres braves types comme de francs martyrs, force était tout de même de reconnaître qu'ils avaient été parmi les premières victimes françaises du nazisme; et plus encore peut-être que les autres puisque des maîtres diaboliques en avaient fait leurs hommes de main... Or a-t-on vu un Etat de droit condamner des victimes, fussent-ils assassins malgré eux?... Insoluble et douloureux statut du Kapo, tel deviendrait celui des douze. Après une ronflante admonestation pompeusement servie à la sauce cornélienne le tribunal ne pourrait qu'abandonner les poursuites. Renvoyés dans leurs foyers ils y retrouveraient femmes, enfants et qui sait, peut-être des remords... N'était-ce pas au bout du compte la plus terrible des punitions?...

Quant aux nationaux allemands, réduits à une poignée d'unités tout ce qu'il y a de subalternes, ils se verraient distribuer au faciès plus ou moins dix années de quelque chose partiellement couvertes par leur détention préventive. Pour Schwaller on salerait un peu la note : galons d'adjudant obligent. On lui collerait perpétuité ou approchant. Ne resterait plus que Lensdorf, le pelé de la fable, le galeux. Comme on le dit de l'argent, il avait du crime à l'ombre et une belle silhouette de gibier de potence. Il était solvable. Il réglerait l'addition.

Après quelques semaines d'honnête mélo judiciaire on tirerait un trait définitif sur cette encombrante affaire de massacre. Demi-four ou demi-succès ? Exégètes à vos commentaires et que l'analyste le plus chinois tranche le dilemme !...

Seulement voilà, Vuillermet et ses confrères avaient eu beau déployer l'éloquence parnassienne des grandes causes, le tribunal, faisant digue derrière son petit colonel, n'en avait pas moins décidé de passer outre, avec en lot de consolation la promesse fumeuse de disjoindre éventuellement le jugement final. Plus rien désormais ne différenciait les accusés si ce n'est leur situation géographique sur les bancs : Allemands côté cour, les Français au jardin. Statutairement inégaux sous l'uniforme des Waffen S.S. mais unis dans le crime, ils redevenaient devant leurs juges « malfaiteurs associés » !... Il est vrai que la chambre des mises en accusation avait fort habilement tricoté son piège. Les oreilles rompues au vernaculaire de prétoire avaient compris dès la lecture des actes nominatifs que les douze n'étaient pas seulement renvoyés devant une juridiction militaire aux termes de la loi de septembre 1948 qui les responsabilisait collectivement ; tous, y compris les plus constants des malgré-nous, s'étaient vu accrocher à titre individuel les grelots de certains articles du code pénal qu'il n'est jamais bon de porter en sautoir lorsque l'on se retrouve en posture d'accusé. Les 295 et 296 par exemple, qui couvraient des « homicides volontaires » quels qu'aient pu être au demeurant la nature ou l'instrument du geste criminel. Le 297, encore plus encombrant, qui rajoutait aux précédents des circonstances aggravantes de préméditation ; les termes de l'article étant sur ce chapitre on ne peut plus éloquents : « Dessein formé avant l'action d'attenter à la personne, que la victime soit ou non déterminée, dépende ou non de quelque circonstance ou condition » !... Sans préjudice des 303, 304 qui alourdissaient dangereusement la charge par la concomitance des crimes avec d'autres crimes et l'emploi de tortures ou actes de barbarie ayant précédé, accompagné ou suivi les faits. « L'incendie volontaire de la propriété d'autrui » qui trouve son siège dans l'article 434 avec son petit alinéa relatif à la mort consécutive audit incendie ajoutait sa note de rouge feu à ce bouquet déjà très saignant. Véniel au regard du reste, l'article 221 du code de justice militaire qui sanctionne « les pillages commis par des militaires en bande avec armes ou à force ouverte » n'était là, somme toute, que pour terminer la feuille.

Le plus embêtant c'est que ces gros balourds s'étaient pour ainsi dire accroché d'eux-mêmes ces casseroles infamantes. Se laissant endormir par les termes discriminatoires de l'ordonnance d'août 1944 qui ne poursuivait pour crimes de guerre que les nationaux ennemis, ils avaient eu l'extrême maladresse de ne pas tourner leur langue avant de déballer la vérité : l'entière ou presque, la vraie en tout cas. Non seulement les choses vues mais les choses faites; à la réserve près de leur action dans l'église réduite à la manutention des fagots ou autres matières inflammables. Dans leur volonté de rendre encore plus diaboliques si besoin était leurs maîtres sanguinaires, certains même, tels le petit maçon et le garde champêtre, s'étaient laissés aller à détailler avec l'inconséquence des braves cœurs leur portion individuelle de la tuerie collective!... Précis, recoupés, assermentés, réitérés sans modification notable, ces témoignages courageux pour l'époque attendaient depuis 1945 sagement couchés dans une triple épaisseur de procès-verbaux. Un retour de manivelle de la législation ayant inversé les étiquettes, un témoignage, en la circonstance présente, n'était ni plus ni moins qu'un aveu. Drôle de paradoxe que de voir « les douze » presque plus coupables après huit jours de débats que leurs anciens camarades allemands ! A ces derniers que pouvait-on reprocher d'autre que d'avoir accompli sous l'uniforme de leur pays des actes contraires aux « lois et coutumes de la guerre » ? Encore avaient-ils eu la prudence de n'avouer que ce qui était avouable et susceptible de vérification. En fusillant dans les granges des hommes présumés « terroristes » ils n'avaient fait que leur devoir après tout ! A les entendre, le reste s'était « traité » à l'échelon supérieur car pas un évidemment ne reconnaissait s'être approché de l'église ; à peine si par-ci par-là ils avaient mis le feu aux rideaux de quelque bicoque : « avec des allumettes, *Herr President* », uniquement avec des allumettes que les chefs leur avaient distribuées sur place, à cet effet ! Devant des militaires payés pour connaître le poids des servitudes, leur meilleur système de défense consistait à ne pas en avoir du tout. Qu'avaient-ils besoin de se justifier ou même d'exprimer des regrets ? Soldats allemands dans l'armée allemande, pourrait-on décemment les accuser d'avoir obéi comme des machines aux ordres d'une hiérarchie dont ils n'avaient pas lieu de remettre en cause la légitimité ? En les taxant d'« intentions criminelles », on se trompait d'étage. Ils pouvaient faire de paisibles siestes sur leurs bancs et rester de bois quand la pique des questions leur cherchait la conscience ; le pitre Schwaller avait le dos large et l'amnésie rigolote : c'est lui qui paierait les frais de cette monstrueuse indifférence.

Le cas des Alsaciens était nettement plus saumâtre car on ne leur reprochait pas seulement d'avoir agi « avec connaissance », fût-ce sous la contrainte, mais surtout d'avoir laissé faire... Quelles que puissent être par la suite les excuses invoquées, atténuantes ou absolutoires, leur innommable lâcheté n'en resterait pas moins innommable... et les vertus détersives du plus éclatant des non-lieux ne suffiraient pas à enlever la tache. Même légalement reconquise, leur liberté continuerait à puer la mort.

Ce matin du 20 janvier, après avoir répondu en pète-sec au bonjour à peine poli de l'adjudant Brochon, il a trouvé dans le parloir son client posé comme une valise, l'index en maraude au fond de la narine, l'œil insondablement vide... Alors l'idée, la grande, a soudainement jailli entraînée par un mot! Le mot, bien entendu, Vuillermet l'a ravalé – c'était « imbécile » – mais l'idée a aussitôt commencé à décrire de savantes arabesques. Dans une bouche d'or telle que la sienne, la bêtise, fastueusement déclinée, pouvait devenir un authentique chef-d'œuvre de musique oratoire, un modèle pour les impétrants. Il la tenait sa plaidoirie, elle lui ronronnait dans le thorax! Le moment venu elle sortirait les griffes! Bondissante dans sa forme, inouïe par son contenu, elle bousculerait les artifices poussiéreux de la robe ordinaire, elle entrerait dans la postérité comme les fresques de Lascaux!... C'était, quoi qu'il en soit, la seule chance du petit maçon de s'en retourner au pays avec un casier vierge et une conscience à peu près essorée.

C'est qu'à y bien réfléchir la « contrainte » n'était tout au plus que le fond de sauce d'un argumentaire. Affouillée jusqu'à saturation dès les premières audiences elle sentait déjà sa seconde main. Même toilettée par les témoins de la défense, endimanchée par des organes aux accents neufs, elle n'aurait jamais cet éclat primesautier, cette fraîcheur des bottes de dernière minute qui emportent la cause. Aux cérémonieux bassons du barreau de Strasbourg qui approchaient de la retraite le soin de resservir cette fadasse resucée, cette soupe de pauvre! Le menu du roi, le seul digne d'un cuisinier de son talent, c'était la Bêtise. La Bêtise dans tous les états de sa majesté! Polychrome, alchimique dans ses mystérieux dosages, mi-imbécillité, mi-crétinerie, indestructible et tentaculaire comme le chiendent, multiforme et si souvent de père en fils, hélas, il la servirait suffisamment copieuse pour que chacun puisse y retrouver par intime résonance le petit arrière-goût acide d'un manque personnel. Qui en effet n'était pas plus ou moins hermétiquement bouché dans un quelconque domaine? Que l'omniscient ose jeter la pierre à ces pauvres minus!... Du général exécuté « largo » il reviendrait au particulier par le biais d'un de ces coups de rogne qui aurait sur la somnolence postprandiale des juges les vertus d'un bain glacé. Il avait l'éloquence soupe-au-lait. Métaphorisant à l'envi, il hallucinerait l'auditoire. Il ferait peur. La bêtise du petit maçon, tout ensemble congénitale, éducative, circonstancielle et reptilienne éclabousserait les Grippeminaud du tribunal si odieusement confits dans leurs certitudes d'hominiens évolués. Dégradés sur le front même de leurs médiocres intelligences, il se chargerait de les ramener en quelques périodes bien senties à l'obscurité de leurs origines; redevenus pithécanthropes, le front bas charrué de gros plis, l'œil saignant de n'y rien comprendre, ils se verraient bientôt tout couverts de poils, terrorisés, féroces, la massue au poing dans un monde hostile. Atomique ou à coups de gourdin – même réglementée par des conventions hypocrites –, la guerre, messieurs, ne sera jamais qu'un éternel retour à la préhistoire!

Et s'il percevait encore quelque réticence dans le rang des galonnés, il mouillerait Dieu en personne – ça ne lui coûtait guère que les mots puisqu'il n'y croyait pas plus qu'à l'égalité de ses créatures –, Dieu, distribuant les cartes selon des règles qui échappaient à la sagacité des humbles mortels. Aux uns, l'étincelle, aux autres, la couche ! A celui-ci « qui ne s'est donné que la peine de naître » : une existence fluviale, un beau cursus avec décoration à la clé, un monde en paix ou la réforme. A celui-là, sorti du ruisseau : la guigne héréditaire, l'expédient, les déboires en chaîne, le rata des bagnes, la conscription, la première ligne, le couteau de nettoyeur de tranchées, la « rosalie » dentelée pour mieux découdre la viande d'en face, sa vie rendue à la sauvette, le vin, le crime, le rien ! Pourquoi donc eux et pas nous autres, au nom de quelle divine planification ? Aurait-on le culot d'aggraver encore l'iniquité céleste par le poids des sanctions humaines ?!

Après cette incursion terrifiante dans la nuit originelle et les cuisines du Tout-Puissant, il disséquerait le cas de cet homme si minuscule qu'il en arriverait à regretter d'être venu au monde. Il démontrerait comment, né imbécile dans un nid grouillant d'imbéciles – dix enfants, messieurs les juges, un père valet de ferme, la danse devant le buffet ! –, nazifié dès la sortie de l'école primaire, devenu le crachoir d'une doctrine simplifiée à l'usage des crétins, il avait rapidement glissé, sans même s'en rendre compte, vers une condition très proche de celle de l'animal. « Celui qui se refuse à lutter dans ce monde où la loi est une lutte incessante ne mérite pas de vivre ! » Voilà, messieurs, un exemple des aphorismes délétères tirés de *Mein Kampf* comme d'une fiole de poison que l'on insufflait à longueur de discours aux cervelles simplettes de la Hitler Jugend ! Ajoutez-y le « Sang et Honneur » gravé sur le poignard, l'omniprésence de leur mauvais ange tutélaire, le Führer, en images, en slogans, en éructations, monarque aryen, seul maître après Dieu d'un monde voué à l'esclavage, et vous verrez déjà se dessiner l'ébauche du futur Waffen S.S. Une fois endossé l'uniforme, il suffisait de baigner le catéchumène dans la répugnante atmosphère de camaraderie qui règne chez ceux que ne fédèrent que l'idéal de la force, de le rompre d'exercices jusqu'au coma, de lui donner en alternance le fouet et le sucre et vous pouviez l'envoyer à Oradour pour son grand baptême du sang! Aux chevaliers de cet ordre maudit on faisait, en guise d'adoubement, arracher les yeux d'un chat; les valets d'épée assassineraient des croquants : ce serait leur petite messe noire avant la fournaise du Cotentin, une « ordalie » à l'usage des imbéciles. Après cela, messieurs, *viva la muerte!*

C.Q.F.D. En principe, avec de tels arguments, il devait empocher au moins l'indulgence... L'acquittement, c'était moins sûr. Dans le domaine de la fibre populaire, Vuillermet se savait un peu juste. Certes, il avait fait des humbles son fonds de commerce privilégié. Il en vendait à longueur d'assises. Il les vendait bien. Mais il n'avait guère avec ce type de clientèle que des accointances de dossier et cette promiscuité de confessionnal que lui offraient les visites au parloir. Jamais il n'avait eu sur la langue ce goût rance et tenace de la panade qui finit par déclencher les furieux, ce fiel des éternels battus qui appelle le sang, n'importe lequel : le sien ou celui des autres. Son grand air de la Bêtise ne pouvait donner son plein rendement de circonstances atténuantes qu'à la condition expresse d'être semé dans un terroir préalablement enrichi par la fumure d'une émotion authentique. Et c'est là que le petit maçon entrait en piste. Son rôle ne consistait pas à se défendre mais uniquement à chauffer la salle. Interrogé sur le fond, il devrait, dès sa déclaration préliminaire, réussir autant que possible à humecter les yeux des juges. De la qualité émolliente de ces premières mesures dépendait toute la suite. Seul le niveau du larmier pouvait emporter l'acquittement... car il ne lui suffisait pas de faire l'oiseau savant et de débiter son petit couplet en se regardant les chaussures; il lui faudrait aussi trouver ce jaillissement modeste et savoureux des artistes spontanés, être en quelque sorte un facteur Cheval de la contrition!... A vue de ses airs de bûche le souffle du génie ne l'avait pas décoiffé.

Vuillermet l'entreprend moderato avec une voix de docteur :

– Cette déclaration préliminaire, vous y avez un peu réfléchi?

Pferham cherche la réponse aux quatre coins, ne la trouve pas. Il finit par avouer que « question idées, il serait plutôt à court »...!

– Ils vont bien dire quelque chose vos camarades?

– D'après ce qu'ils causent entre eux, ils compteraient s'excuser...

Vuillermet hausse tout ce qui peut se hausser, épaules, sourcils et déjà le nez le chatouille. La colère n'est pas loin.

– S'excuser! On s'excuse quand on marche sur les pieds de quelqu'un par inadvertance... Si par malheur, comme c'est votre cas, on a massacré des braves gens, on se fait tout petit, on se met à genoux et on bat sa coulpe!

Et comme il continue à hausser en faisant toute la variété buccale des bruits de l'agacement, Pferham s'empresse de proposer ce qui lui vient : il demandera pardon, voilà! A qui précisément, il ne sait pas trop, mais il demandera pardon : président, juges, survivants, à la France, au bon Dieu s'il le faut; pardon en général!

Cette fois Vuillermet s'embrase. La bêtise, passe

encore lorsqu'elle n'est que théorique, mais en chair et en os, à distance de bras, dans ce parloir qui sent la soupe d'hôpital, ça s'apparente à une agression.

– Essayez donc de faire marcher votre cervelle, une fois n'est pas coutume ! Si vous demandez pardon, cela veut dire que vous êtes coupable et si vous reconnaissez vous-même votre culpabilité, j'aurai l'air malin, moi, d'arriver derrière, le bec enfariné et de plaider non coupable !

La semonce a touché la cible. Le petit maçon se mord la lèvre : il est en passe de comprendre, il entrevoit. Son regard s'allume un tantinet. Aussitôt Vuillermet se décroche la voix du nez. Il se fait docte, hypnotiseur :

– Article 64, mon p'tit Pferham : « contrainte irrésistible » ! Enfoncez-vous cela dans le crâne comme la table de multiplication ! Méthode Coué : je suis, j'ai toujours été, je resterai un article 64 ! Un article 64 regrette ; à l'extrême rigueur il a honte – beau sentiment à ne manipuler qu'avec d'infinies précautions –, mais dès lors qu'il demande pardon il cesse d'être un article 64 !

Ce sont les lobes paysans de la cervelle de Pferham qui semblent avoir été le mieux ravivés par la démonstration de son conseil. Pour preuve, le voilà qui se lance dans un commentaire :

– D'un certain côté, c'est vrai que je regrette d'avoir appartenu à cette bande d'assassins... Autrement, à l'heure qu'il est, je serais chez moi à pas m'en faire...

Et Vuillermet de se dilater. Il était hérissé comme un chat morose, maintenant il fait patte et voix de velours.

– On la tient presque cette clé des cœurs, mon p'tit Pferham... Vous regrettez d'avoir appartenu à cette bande d'assassins... Magnifique, mais encore un peu léger... Le clou est dans le bois, tapons, tapons !

La métaphore perturbe le petit maçon : il y a certainement quelque chose de pas franc du col dans cette histoire de clou... La machine se regrippe ; ça se voit à la fuite des yeux. Vuillermet rameute du grave, du chaud, du roucoulant ; le même ton que pour apaiser son cheval quand il prend peur à cause d'une feuille qui vole.

– Et qu'est-ce donc qu'elle a fait cette bande d'assassins ?

– Du mal à des pauvres gens... des pauvres familles... ?

– Bravo... et qu'est-ce qu'elles avaient de particulier ces pauvres familles ?

L'effort est intense. Le front se plisse. Les yeux convergent. Il veut la trouver tout seul la spécificité des pauvres familles.

– Elles... elles étaient françaises... ?

– Elles étaient d'abord « innocentes », distille Vuillermet. C'étaient des « innocents » que nous regrettons d'avoir assassinés malgré nous à Oradour, ne l'oublions pas.

Il lui a écrit la phrase en gros bâtons sur une feuille de carnet : « Je regrette d'avoir appartenu à cette bande d'assassins, qui a fait du mal, etc. » Après avoir répété à haute voix une bonne dizaine de fois Pferham peut enfin aller au bout du compliment sans loucher sur la feuille ; il n'y a que le mot « innocent » qui fait encore pièce rapportée. Ça n'a rien d'exaltant bien sûr, c'est laborieux, incolore et poussif comme un premier jet... mais il faut tenir compte de cette fibrillation statique qui électrise les prétoires, du cérémonial toujours impressionnant des audiences, de l'effrayante solitude du prévenu à la barre comme d'un ténor qui s'apprête à sortir *a cappella* la note dont dépendent les fleurs ou les tomates; l'accent aussi qui peut aider à faire avaler le petit côté « récitation »... et, sait-on jamais : l'éclair de grâce, l'instant unique !... Allez donc deviner quel trésor se cache peut-être sous cette opacité ?

Après cela ils ont hâtivement parlé boutique. En quelques phrases ils ont glissé sur le cas Lensdorf. C'est dit : Ecklinger s'est mis d'accord avec Neubach et ainsi de suite pour harmoniser une version commune. Définitive. Ils ont cuisiné ça proprement de bouche à oreille entre deux soupes. Lensdorf avait bien mitraillé des femmes en leur présence devant l'épicerie Mercier et lancé des grenades à main dans l'église. Tout le monde l'avait vu. Et ceux qui ne l'avaient pas vu de leurs yeux se l'étaient fait raconter par des camarades à eux qui étaient prêts à jurer qu'ils l'avaient vu ! Ce retour collectif de mémoire semblait avoir balayé le cas de conscience. Désormais ce serait haro sur le sergent félon qui, à Valence-d'Agen, les faisait ramper jusqu'à épuisement dans la bouillasse avec tout leur barda !

En ce qui concerne la fusillade du garage Desourteaux, inutile de s'étendre, la version en avait été suffisamment polie et repolie pour avoir l'éclat du vrai : trois cartouches tirées au jugé – plutôt au-dessus – et transport de matières combustibles. Rien de pendable.

– Quant à l'église, mon p'tit Pferham, pas de fioritures, nous avons posé notre fagot sur un tas de fagots, nous avons vaguement perçu des gémissements, sur quoi nous sommes immédiatement ressortis pour ne pas en entendre davantage.

– Je ne dis pas ce que j'ai vu alors ?...

La question a cueilli Vuillermet au moment pile où il s'extrayait de sa chaise. Il se rassoit dans le mouvement.

– Qu'est-ce que vous avez donc vu de si extraordinaire ?! Vous ne m'en avez jamais parlé...

– C'est-à-dire que j'ai surtout entendu ce que j'ai déclaré en 1945 : des genres de cris... tout ça quoi... Mais sous le tas de fagots il y avait...

Il s'embrouille et sa figure inerte avec tant d'acharnement se badigeonne malgré lui de choses qui tambourinent aux portes de sa bouche... des choses pour lesquelles il faudrait inventer un langage, l'espéranto de l'horreur brute; pas de mots, non, mais des grimaces de sourd-muet, des craquements de mâture humaine qui se disloque, des sifflets de nerfs qu'on déchire, des puanteurs forcenées comme en exhalent ceux qui n'ont plus que la souffrance pour grappiller encore quelques instants de vie...

– Dites-le, mon p'tit Pferham, dites-le donc!

– Il y avait... il y avait...

Mais qu'il le crache une bonne fois, bon Dieu! Qu'il se fourre les doigts au fond de la gorge et qu'il se vide le ventre! Mais comment le mettre sur les rails, avec quelles images et quelle légende sous ces images? Vuillermet n'avait aucune expérience tactile de la mort dite « violente »; quelques photos de police, répugnantes mais en noir et blanc, et le simulacre des reconstitutions avec des assassins bien sages qui font semblant de tuer des gendarmes qui font semblant d'être tués... Même dans le domaine de la mort dite « naturelle » il était quasiment néophyte. Sa mère, il ne l'avait pas regardée mourir, il n'avait pas eu le courage, il l'avait seulement entendue de l'autre côté d'une porte, entre deux rendez-vous... C'était la forge d'une agonie dans un couloir vert, un trou dans le cœur, des remords de loin en loin... Sa mère d'ailleurs, ce n'était pas quelqu'un à se faire trucider dans une église de cambrousse; d'abord, elle vouvoyait tout le monde, ses enfants y compris. Les Allemands étaient très sensibles à l'éducation, ils avaient des consignes. On ne massacre pas comme du bétail des gens qui voussoient, on les traite avec déférence, on les met à part... Idem pour son épouse. Qu'est-ce qu'elle serait allée faire dans l'église d'Oradour avec son allure, sa croupe sanglée dans des tailleurs chics, son dégoût natif des petites gens, sa voix de pintade, sa sécheresse pour commander les bonnes? Elle qui avait le mouchoir sur les lèvres au moindre effluve intempestif... elle aurait fait tache au milieu de ces ruraux. De toute façon elle avait une sainte horreur de la foule, elle n'aurait pas suivi le rassemblement... Ses fils alors? Ils avaient dix et treize ans, en principe on les aurait mis dans l'église avec les gosses. Mais ils étaient tellement britanniques de manières, tellement persuadés d'être ce qu'ils étaient, déjà morgueux comme des élus de droit divin : ça les rendait immortels... Qui donc alors?

– Qu'est-ce que vous avez vu sous le tas de fagots, dites-le-moi, vous verrez, ça vous fera le plus grand bien!

– Il y avait... il y avait...

La seule personne que Vuillermet pouvait raisonnablement installer sous ce tas de fagots sans que cela dépare c'était une femme de charges qui servait chez ses parents dans les années vingt. Feu sa mère l'appelait Marie. Toutes les bonnes de l'époque s'appelaient Marie, c'était plus simple. Son vrai prénom c'était Clarisse. Elle avait le calibre paysan, quelque chose de « limousin » dans l'ampleur des formes. Comme la plupart des adolescents issus de la bonne bourgeoisie Vuillermet avait eu le tripotage ancillaire et l'œil aux trous de serrure. A force de ruses il avait fini par surprendre Clarisse-Marie dans son simple appareil. Le visage n'était guère avenant : une pomme sans âge, talée comme les mains; mais, passé le col de la blouse, commençait un territoire de chairs généreuses, lisses, marmoréennes comme certaines pièces magistrales de charcuterie telles qu'on en expose chez les traiteurs au moment de Noël et d'une blancheur, d'une blancheur!... C'est de Clarisse qu'il devrait parler au petit maçon pour le remettre sur la voie. C'était sans aucun doute une femme de ce modèle qu'il avait entrevue sous les fagots... A demi dénudée déjà suite à la bousculade, souillée par l'approche de la mort, puante, sens dessus dessous, empêtrée dans un tas de gosses moribonds, incapable de bouger à cause de la rafale qui lui avait cassé les jambes mais avec toute sa capacité de douleur et de cris... Clarisse, un jour, s'était ébouillantée avec de l'huile, elle était devenue de la couleur des noyés et il y avait eu sortant d'elle une odeur inoubliable... La Clarisse de l'église d'Oradour avait dû supplier le petit soldat aux yeux si bleus, probable même qu'elle s'était accrochée à sa jambe... Comment imaginer qu'un petit soldat si jeune, aux yeux si bleus va vous rôtir vivante comme une sorcière! Mais le petit soldat l'avait repoussée à coups de botte parce qu'il était moins qu'un chien de meute à ce moment-là... et il avait eu le temps de voir la chair si blanche se caraméliser et de la pomme aux cheveux brûlés sortait... sortait quoi donc? Un hurlement? Non... ce ne sont pas des hurlements qui sortent des gens qu'on assassine de cette façon... A quoi donc cela peut-il bien ressembler ce bruit que fait la vie qui s'en va des personnes par toutes les embouchures?...

– Dites-le, Pferham, dites-le-moi, à moi tout seul?

– C'est si loin... si loin... Je me rappelle plus.

Dans leur propriété de Sologne il y avait un homme à tout faire, très fort, très placide, travailleur comme un âne, lui aussi avec des yeux si bleus, si bêtes. Un jour en nettoyant les communs il avait découvert dans le tiroir d'une vieille table un nid de souriceaux, une dizaine ensemble, au moins, tout petits, roses encore, presque sans poils. C'était septembre, on brûlait des herbes. Le brave homme aux yeux bleus avait jeté les souriceaux dans le feu d'herbe et le feu d'herbe qui sentait si bon s'était mis à sentir très mauvais... et les souriceaux avaient crié comme des petits enfants...

Bientôt midi à la prison. Revoilà de la musique de l'autre côté du mur sous le tintamarre des gamelles. Un sirop d'orchestre qui fait flon-flon-flon avec beaucoup d'entrain. Danser... danser... n'importe où, n'importe quand, sur n'importe quoi pour oublier l'horreur des choses. Danser sur les Clarisse qui fondent en hurlant dans l'église d'Oradour, sur des petites souris qui pleurent dans un feu d'herbe...!

XIV

Pour Bindler aussi ça remonte à Mathusalem; presque dix ans, pensez donc! Comment pourrait-il se rappeler ce genre de détails? Dieu sait pourtant qu'il se donne un mal de chien pour rameuter ses souvenirs! Il voudrait tellement pouvoir concourir, ne serait-ce que petitement, à l'éclosion de la Vérité! Tout ce qu'il peut dire en sa qualité de grouillot du crime c'est qu'au « Der Führer » l'ordinaire était généralement copieux. Même en pleine bataille de Normandie la roulante avait fait des prouesses... Maintenant pour ce qui est d'Oradour il n'avait pas cru remarquer, le lendemain ou les jours suivants, de changement notable dans la qualité des rations. Viande de bœuf, cochon de lait, vin fin, volaille, pâtisseries? Il ne lui semblait pas avoir reconnu dans sa gamelle ou son quart le goût des merveilles alimentaires précitées... Pas plus d'ailleurs qu'il ne voyait ce à quoi monsieur le Président voulait faire allusion le concernant lorsqu'il évoquait des bijoux, valeurs et autres billets de banque dérobés dans les maisons... Lui, en tout cas, il n'avait rien eu de semblable dans sa poche, parole de brave type!

Il a des yeux d'une rondeur apeurée. Il pousse de la langue à chaque sifflante. Il fait montre d'une bonne volonté titanesque. Il ne prononce pas les mots, il les débarde avec des han de portefaix. De son métier il est employé dans une scierie. Malgré sa diction encombrée il tient à ce que sa parole soit, à l'image de sa conscience, « de pain blanc »; tout comme son regret d'avoir été obligé de vider sur des civils innocents le chargeur de son « mousqueton long K. 98 ».

– Cinq cartouches, monsieur le Président, à la remise Beaulieu, c'est exact... On devait tirer au signal. C'étaient les ordres.

Il n'avait visé ni en haut ni en bas, mais plutôt au centre, au jugé pour ainsi dire.

– Dans la région du cœur, monsieur le Président, c'est à peu près cela.

Bien sûr il aurait pu manquer volontairement la cible – l'idée d'ailleurs l'avait fortement démangé. D'un autre côté, si tout le monde avait cédé à la même pulsion instinctive, les civils ne seraient pas morts; d'une manière ou d'une autre il aurait fallu recommencer l'exécution; pour ces pauvres gens c'était presque pire que d'être liquidés au premier essai... Achever des blessés? Jamais au grand jamais! C'étaient les chefs de groupe qui s'étaient chargés de cette immonde besogne – tout particulièrement les sergents Lensdorf et Maurer : des brutes! Lui, il avait uniquement fait la chaîne avec les « matières inflammables »...

– Des fagots de boulanger, monsieur le Président.

Pour ce qui est du reste, l'église, la mise à feu des immeubles, les « cartons » isolés sur le gibier de passage, voilà qu'il se sent à nouveau lâché par ses souvenirs. Déjà, au moment de sa déclaration préliminaire il avait montré des symptômes alarmants de constipation mémorielle. Son avocat avait eu beau lui souffler, il était resté sec et sourd au fond de son trou noir. De sa bouche en quête d'oxygène était d'abord sorti un menu glouglou de bouteille qui se vide ; il avait fini par articuler : « Je regrette de... » Une petite rafale de « de » avait suivi. Puis, plus rien : la machine s'était regrippée pour le compte. « D'avoir été mêlé à une affaire si émouvante », lui criait-on à voix basse depuis les bancs de la défense. Pour un peu toute la salle se serait mise à reprendre en chœur.

– Si j'entends bien, avait fini par trancher le président avec le sucre glace de l'ironie, vous regrettez d'avoir été mêlé à une affaire si émouvante ?

– *Ja.*

Trois quarts d'heure plus tard il en est encore à regretter « de ne pouvoir apporter davantage de précisions » en faisant des gestes d'apôtre avec ses avant-bras qu'il plie et déplie en cadence à chaque nouvelle émission de regrets. Mais Gauzin commence à en avoir par-dessus les oreilles. Il interrompt vertement le sémaphore.

– Est-ce que vous regrettez au moins ce que vous avez fait ? !

Bindler se fige, les ailes entrouvertes, entre deux signaux. Il avale de l'air, il s'étrangle, on ne lui voit plus que le blanc des yeux. Il fait exactement la tête de quelqu'un qui vient de boire une énorme tasse. Vite, une bouée ! Elle lui arrive en la personne du bâtonnier Lienhardt, infatigable saint-bernard. Depuis la fin de non-recevoir opposée à la demande de disjonction, il s'est octroyé sur le tribunal une sorte de pouvoir discrétionnaire. Il n'attend pas d'y être invité pour prendre la parole ; il la confisque à l'arraché dans la bouche même de l'intervenant, quel qu'il soit. Il n'est pas le seul à avoir une Légion d'honneur épinglée sur sa robe, mais la sienne paraît d'un modèle plus gros, plus rouge ; il a une façon de la faire ballotter au rythme de sa pesante éloquence, qui en impose à ses contradicteurs. Lorsqu'il s'adresse à Gauzin qui est à peu près dans ses âges, on dirait toujours qu'il rabroue un vieil enfant obstiné et gâteux.

– Pour ce qui est de Bindler, monsieur le Président, il est constant qu'il était incorporé de force.

– Je ne remets pas cela en cause, monsieur le Bâtonnier, mais l'incorporation de force n'interdit pas que je sache d'avoir des sentiments et d'éprouver des émotions!

Lienhardt fait aussitôt donner les orphéons lugubres de sa voix pour rappeler à bon entendeur que Bindler n'avait que dix-sept ans et trois petits mois au moment des faits. Sous-entendu : si on continuait à asticoter ce pauvre jeune homme, quelque défenseur un peu regardant pourrait bien mettre dans les roues de la justice en marche le bâton de l'article 90 sur la minorité pénale. Ça sentait la cassation, gare!... Gauzin s'amadoue, il est saturé d'incidents.

– Je sais lire une fiche d'état civil, monsieur le Batônnier. Aujourd'hui il a vingt-six ans, il est marié, père de famille, il me semble donc tout à fait capable d'envisager rétrospectivement l'horreur d'un tel massacre!

Mais le bâtonnier à la grosse Légion d'honneur n'est pas de ceux qui se font river le clou par la courte vue d'un argument de simple arithmétique.

– N'oublions jamais, monsieur le Président, que ce sont des humbles, peu familiarisés de par leur culture et leur mode de vie avec l'expression orale des sentiments!

Gauzin arme une riposte mais c'est Lienhardt qui frappe le premier. Imparable, atterrant, il ne plaide pas, il exorcise!

– J'ajoute, et c'est à la cote 5 de son dossier – il brandit le feuillet comme un crucifix! –, qu'il y a dans le cas particulier de Bindler une lourde hérédité alcoolique : sa grand-mère est morte folle!

Une folle! Qui oserait renchérir après cela? On a des mécanismes de la déraison une connaissance si mince qu'on imagine le pire, forcément. La mystérieuse graine de la grand-mère dans son incohérente marelle « aurait » sauté une génération et « serait » venue polliniser par mégarde la matière grise du petit Fernand. Bindler s'appelle Fernand. Ajoutons à cette tare impalpable l'alcoolisme invétéré du père et du grand-père, l'indigence intellectuelle du milieu ambiant, les coups de matraque de la propagande hitlérienne et allez donc prévoir les ravages de cette décoction empoisonnée dans la cervelle adolescente du récipiendaire?...

– Retournez vous asseoir, exhale Gauzin en même temps qu'un soupir qui fait un gros plop dans le micro.

A force de s'user les dents sur des hommes en bois il a fini par y laisser un peu de sa combativité.

Après le petit-fils de l'aliénée, c'est au tour de Schlesser, le presque albinos aux yeux roses, de passer son examen d'amnésie partielle. C'est un interminable désossé avec des pouces énormes détachés de ses mains comme des freins de bicyclette. Il a une physionomie remarquablement épatée qui évoque le poisson-lune.

A la question rituelle du président, « Avez-vous quelque chose à nous déclarer de façon générale concernant les faits qui vous sont reprochés? », l'interpellé surprend son monde en répondant qu'il préfère ne rien dire tant il aurait à dire. Ce sur quoi son avocat se lève pour expliquer avec une rondeur frémissante que la famille Schlesser, bien connue pour son attachement à la France, avait subi de telles misères de la part des nazis qu'il serait tout à la fois superflu et de mauvais goût de venir exprimer des regrets en présence de braves gens eux-mêmes victimes dudit nazisme.

En ce qui concerne maintenant cette terrible affaire d'Oradour, Schlesser s'engage à faire tout son possible pour éclairer le tribunal... A ceci près qu'il craint bien que son apport ne soit maigre vu qu'il n'était que pourvoyeur dans le peloton de la remise Beaulieu ; en d'autres termes, « mécanicien-nourricier » d'une mitrailleuse tout aussi fragile que goulue – pensez donc : pas loin de mille coups-minute ! –, son rôle consistant exclusivement à maintenir d'équerre la bande de cartouches durant les tirs de manière qu'il n'y ait pas d'anicroche dans le fonctionnement de cette baratte de mort. Ce qui se passait à l'extrémité de la bouche à feu était de la seule compétence de son premier tireur. Jamais il ne mettait l'œil au viseur ni l'index sous le pontet ; ce n'était pas dans ses attributions. Lui, il n'était pas bourreau en titre, juste un arpète, nuance ! Sans compter qu'après chaque utilisation il devait faire une petite remise en état de la machine à tuer : époussetage, écouvillonnage, une goutte de lubrifiant dans l'âme du canon et les mâchoires de culasse, etc., etc. Pas question donc de s'accorder ne serait-ce qu'un moment de flânerie pour aller un peu aider les camarades à incendier l'église ou autres saletés du même genre dont il n'était accusé qu'à titre « collectif » aux termes de la loi de 1948 ; re-nuance !

Après l'avoir vainement tourné et retourné pendant plus d'une demi-heure, Gauzin finit par baisser les bras. Insensible à la cuisson, l'albinos n'a pas une rougeur. L'examen de son existence en début d'interrogatoire n'a rien révélé de mirobolant qui puisse mettre le tribunal sur la voie d'une quelconque tendance à la criminalité. Dans le civil Schlesser Alfred est ajusteur-tourneur – qui sait si ce n'est pas le fait d'avoir bichonné une mitrailleuse qui lui aurait donné ce goût des métaux? Quoi qu'il en soit, les diverses attestations qui fleurissent sa personne privée sont unanimement louangeuses : ouvrier modèle, bon mari, bon père, bon citoyen, un exemple! Et « l'excuse atténuante » de minorité pénale au moment des faits au cas où l'on continuerait à lui chercher des poux dans la tête.

– Vous pouvez vous asseoir...

La conscience du roux balafré Olensheim apparaît encore plus imberbe que celle de ses prédécesseurs. La raison en est simple : du fait de son appartenance à la troisième section, dite « section des mitrailleuses lourdes », dont la prétendue mission était d'assurer la « protection » extérieure de l'opération en cours, il n'avait à aucun moment pénétré dans le village. Demeuré en contrebas de la Glane, derrière un rideau de végétation, il avait entendu le grabuge et vaguement deviné de quoi il retournait, mais de loin, de beaucoup trop loin pour pouvoir préciser au tribunal qui faisait « quoi » et « comment ». Le peu qu'il savait de cet affreux massacre d'innocents, il l'avait appris le soir à Nieul – notamment les horreurs commises par les sous-officiers Lensdorf et autres – et ça l'avait passablement secoué; tellement d'ailleurs qu'un mois et demi plus tard, en Normandie, l'onde de choc de cette secousse l'avait par une poussée irrésistible conduit jusqu'aux lignes anglo-américaines puis dans les rangs des F.F.L. où il avait décroché une médaille. Comment lui, un moins que rien, enrôlé de force dans les Waffen S.S., aurait-il pu soupçonner en désertant le 28 juillet 1944 que les armées du Reich avaient déjà un genou à terre?...

Mais cette fois Gauzin se rebiffe, il en a par-dessus la tête de se faire amuser par ces blancs agneaux.

– Expliquez-nous donc alors comment il se fait qu'Ecklinger qui appartenait à la deuxième section, groupe Staegher, notoirement responsable de l'exécution du chai Denis, ait affirmé, le 22 novembre 1945, que vous étiez tireur de mitrailleuse légère dans son groupe ?

Pas un battement de cil, pas un frémissement sur le visage grêlé d'Olensheim, pas trace d'une griffure d'inquiétude ; sa voix de rogomme coule à plat pour réaffirmer à la syllabe près qu'il avait toujours appartenu à la troisième section et qu'à aucun moment il n'était monté dans le village. Contre-interrogé, le gros garde champêtre impute la légèreté de sa déclaration de 1945 à une similitude troublante de gabarit entre le roux balafré ici présent et un autre rouquin qui officiait dans le groupe du redouté Staegher ; un contumax, dont il semble que le nom lui restera définitivement au bout de la langue.

A l'entendre il y avait à la troisième compagnie une telle concentration de sosies et de poil de carotte qu'il était quelquefois plus difficile de les différencier que les porcelets d'une même truie.

C'est une pâte d'homme, cet Ecklinger, bourrelé de scrupules qu'il transbahute cahin-caha tout au long des audiences. Chaque fois qu'on l'interpelle, il croche dans les phrases en désespéré ; empoté par ses doutes, il fait des embardées de mots mi-français, mi-dialecte, il ne cesse de hocher pour se maintenir en pression, il en arrive à se gronder tout seul ; quand il a épuisé les excuses, il essaie de sourire avec ses quelques dents. La Vérité l'obsède et sans répit lui triture la conscience. Le problème c'est que la Vérité est chez ce gros père une maîtresse fantasque qui le fait littéralement tourner en bourrique. Déjà pour Schwaller il avait eu un accès de revirement. De l'écarlate il avait tourné au violet puis au bleu. Il faut dire qu'en novembre 1945 il s'était laissé aller dans l'enthousiasme de son impunité à déclarer la main sur le cœur avoir vu Schwaller mitrailler des femmes et des gosses dans l'église en feu. Inculpé à son tour en octobre 1948 il avait connu les premiers pincements du soupçon ; sa Vérité chérie n'était-elle pas en train de le faire tout bonnement « cocu » ?... Et si ce n'était pas Ernst Schwaller qu'il avait vu dans l'église, si c'était un autre « méchant », un vrai ?! Aujourd'hui, en 1953, il était en mesure de reconnaître publiquement son infortune : le tireur dans l'église, c'était Topfer, le *Schwein*, adjudant et contumax. Un sosie, comme pour Olensheim.

Gauzin en reperd de son mordant. Encore un plop dans le micro et son amertume à la cantonade :

– Je crois que ce n'est pas la peine d'insister, dit-il, nous perdrions notre temps.

Au coup de marteau de suspension il est dix-huit heures quarante-cinq. On est mardi. Cette semaine ne finira donc jamais !...

Les audiences défilent, routinières dans le cérémonial, assommantes par le contenu. Un malintentionné dirait qu'elles sont composées d'un intense trafic de paperasse et d'un tas de mots qui ne font que remuer la poussière. L'autisme borné des prévenus a pris des allures de conjuration. D'heure en heure les réponses s'affadissent, se mécanisent. Chez les Allemands elles deviennent franchement télégraphiques. Ils en oublieraient presque la politesse. Où sont donc passées les charmantes petites bourdes du début, les lambeaux d'aveux qui blanchissaient les voix, ces platées de déférence, ce trac bredouillant qu'on pouvait prendre pour une fleur d'émotion ?... Jusqu'aux visages qui se sont mis du complot. Rien désormais ne semble pouvoir s'y accrocher tant ils sont huilés d'indifférence. Les regards se résument à des binoculaires plus ou moins bleus, des rideaux tirés devant l'absence des cœurs. Fusillades, crémation de personnes encore vivantes, même la mort des gosses, dérapent sur le verglas des figures et reviennent en boomerang dans la bouche du président avec les postillons de ses coups de rogne.

Il s'enrage de voir la sécheresse de ces yeux abêtis qui font le Yo-Yo entre le vide et le plancher! Il en pleurerait s'il n'était pas obligé de garder sa tête de « Justice »!

Il vient d'interroger d'affilée Graesmuller l'épais qui, paraît-il, ne comprend que le dialecte et Neubach avec ses airs câlins, sa voix de garçonnet qui mue, sa croix de guerre F.F.L. sur son costume d'Al Capone. Neubach, l'entremetteur, convaincu, preuves à l'appui, d'avoir harmonisé l'amnésie de la petite famille « malgré-nous » lors d'une certaine confrontation générale de septembre 1948 dans un commissariat de Strasbourg. Pour celui-là Gauzin a sorti sa plus belle palette. Tour à tour imprécateur, limier, vieille ficelle, il a battu, coupé, recoupé ses questions, il a prêché le faux, lancé pour l'étourdir d'aberrantes hypothèses, il s'est monté et démonté des colères, il lui a mis et remis le nez dans sa crotte sanglante, il a digressé sur tout ce qui était « gammé » : Gestapo, Milice, Hitler, « dieu des crimes »! A la fin il l'a presque supplié au nom de l'humanité de se comporter en homme pour une fois!... Il s'est enroué pour des prunes.

Maladroits perroquets, « l'épais » et le « câlin » n'ont fait que répéter sans en démordre le petit bout de tuerie qui leur incombe officiellement. Tels des chevaux munis d'œillères, ils n'avaient rien pu voir sur les côtés. Otto Kahn leur avait cinglé la croupe en criant « Hue cocotte! » et ils avaient criblé des hommes aux mains nues à raison de mille coups-minute ; puis ils les avaient recouverts de fagots et ils avaient mis le feu. « Avec des allumettes. » C'étaient les ordres.

A six heures, ce jeudi, Gauzin n'est plus président de quoi que ce soit dans sa robe ; il n'est qu'un vieux bonhomme éreinté, battu, désenchanté, qui ne croit plus à rien de rien. Un vieux bonhomme à la voix de fausset, qui se met à braire :

– C'est à désespérer de l'espèce humaine !

XV

Lensdorf n'a pas besoin de se retourner pour savoir que tout au fond, derrière la forêt mouvante des curieux, il y a une dame un peu forte avec, en guise de chapeau, une espèce de tartelette à paradis, grotesque sur ses cheveux jaune d'œuf; sa maman Lensdorf, bien sûr, plus têtue qu'un ange gardien, qui lui téléphone tout ce qu'elle peut avec ses gros yeux qui tombent. Pas seulement ce restant d'espoir qui ne veut pas décrocher d'elle, mais aussi la réassurance farouche qu'au plus secret de cet amour de bête qui la rendait aveugle et sourde, il y aurait toujours pour lui, rien que pour lui, un dernier port où l'homme perdu redeviendrait une promesse, où son destin, même accompli, resterait à la porte avec ses crimes.

Depuis que les Alsaciens ont décidé de tout lui mettre sur le dos, c'est de plus en plus souvent maintenant que le nom de son grand chéri est accolé à des choses à vous dresser le poil. Chaque fois le cœur de maman Lensdorf se déboussole; elle se sent partir... L'autre soir quand cette larve de Bindler s'est mise à débiter son histoire de fusillés qui soidisant hurlaient encore dans les flammes, elle a été obligée de sortir pour prendre un peu d'eau de mélisse sur un bout de sucre. Mais le plus souvent c'est comme la douleur exquise d'une fêlure, ça lâche aussi vite que ça mord, ça ne lui laisse que des sueurs profuses. Il faut dire que son Joseph, c'est rare qu'il perde sa salive à répliquer à ce genre de sornettes; en général il laisse courir ou alors, d'un mot, il mouche le cafteur et le président est bien obligé d'en rabattre. Quand c'est trop gros, il ne répond même pas, il rigole en dedans. Le nouveau refrain c'est de l'accuser d'avoir achevé les blessés en faisant ci ou ça. Encore heureux qu'il avait achevé les blessés! Ça valait mieux que de les brûler à moitié vifs! Dans l'état où ils devaient être tous ces pauvres diables après la mitraille c'était un geste d'humanité que d'abréger leurs souffrances. Quitte à tuer le monde, autant le faire proprement. La raison des fusillades? Comme s'il pouvait la deviner mieux que les copains! Il ne s'appelait pas Lammerding, son Joseph, il n'avait que trois ans d'active. Dans l'armée c'est chacun sa place : il y a ceux qui savent pourquoi il faut tuer tel ou tel et puis il y a ceux qui les tuent. Le travail à son Joseph avec ce qu'il avait sur les manches c'était pas de comprendre le quoi du qu'est-ce, c'était de faire ce qu'on lui disait de faire... Et ce grand dépendeur d'andouilles de Schlesser qui vient dire qu'on l'avait vu monter sur le tas de cadavres, les retourner à coups de botte et les arroser à la mitraillette! Quand les gens sont fusillés en groupe ils ne font pas de manières pour tomber, ils tombent où ils se trouvent, les uns sur les autres... Et si on veut savoir un peu ce qu'il en est, à moins d'être fakir, il faut bien monter sur le tas! De toute façon, ils ont beau déblatérer à qui mieux mieux, il fallait quelqu'un pour le faire le sale boulot, même si c'était pas très ragoûtant! Ah! Il peut en verser des larmes de crocodile, ce gros baveux de garde champêtre! Avec un foireux de son espèce ils auraient eu le temps de souffrir les pauvres bougres!... Une charogne cet homme-là avec ses airs bon Dieu sans confession et les autres, pareil, tous des Judas! Il n'avait pas eu tort, son Joseph, de leur en faire voir des vertes et des pas mûres à l'instruction. Sans compter que c'était peut-être grâce au dressage qu'ils avaient réussi à sauver leurs saletés de peaux. Ils devraient lui allumer des cierges au lieu de lui cracher dessus!...

Revoilà ses jambes en laine et son sang qui fait des tours morts... Ça va sûrement passer: il lui semble que son Joseph vient de lui décocher une petite œillade gentille par-dessus la tête des gendarmes; c'était peut-être pour la rassurer... En attendant, dès qu'il tient le crachoir, on voit tout de suite que, ses chevrons, il ne les a pas gagnés en faisant la danse du ventre; il a une âme de chef, il n'y a pas à tortiller! La meilleure preuve c'est que le vendredi en début d'audience, quand il y a eu la présentation des armes allemandes, faut voir comme il vous a enveloppé les réponses : mieux que s'il lisait le manuel! Ils étaient tous comme deux ronds de flan. Il y a même un photographe qui lui a fait la moitié d'un rouleau sous tous les angles pendant qu'il était dans sa conférence. Et pourtant normalement c'est interdit. Pas comme ce moitié-idiot de Schwaller – soit il a un trou à la place du cerveau, soit il le fait exprès, c'est à se demander. Son Joseph, lui, il ne tourne pas cent ans autour du pot, c'est sans bavure. Des mitrailleuses légères il y en avait deux par groupe – des « 42 », pas des « 34 » – cadence de tir: en théorie mille deux cents coups en pratique sept cent vingt coups. Les hommes avaient le mousqueton long, les pourvoyeurs, un pistolet en plus des colliers de cartouches et pour l'Unterscharführer c'était la mitraillette Schmeisser avec six chargeurs. Quand il l'a prise en main pour montrer au tribunal ça a fait circuler des frissons. Tout le monde a bouclé son bec, même le président ; Dieu sait pourtant qu'il n'est pas avare de sa langue, cet homme-là. Il est devenu bizarre son Joseph, il a retrouvé ses creux aux joues et son œil de chasseur à vous faire rentrer sous terre... Maman Lensdorf l'a trouvé beau comme le diable. Elle s'est dit qu'avec un machin pareil on ne devait pas pouvoir s'empêcher de faire des vilaines choses... Elle a entendu l'affreuse mornifle des giclées de plombs qui frappent les oiseaux, elle a revu des bêtes mal tuées dans la gueule du chien et Joseph père le goulot en bouche ; elle a repensé au bœuf, chez Meyer, qui ne voulait pas mourir, qui beuglait, qui tapait du sabot... Elle a craché un peu de bile dans son mouchoir.

Ça s'est passé dès qu'on a parlé des grenades parce que, dans ce domaine, elle n'a guère de références. Et puis, posée bêtement sur une table, ça n'a pas l'air bien dangereux, une grenade : on dirait une boîte de conserve ou un genre de coloquinte. D'ailleurs son Joseph ne s'est pas étendu. Il a juste dit qu'il y en avait de deux sortes : les « à manche » et les « à main ». Il a précisé qu'avec celles qui avaient des manches, des fois ils bricolaient des sortes de boules explosives pour faire sauter les barbelés. Il a expliqué sommairement l'astuce. Le président a profité de l'occasion pour remettre sur le tapis cette histoire de mines antichars qu'ils auraient, paraît-il, utilisées dans l'église. On dirait que ça l'obsède cette énigme des pétards. Rien de plus normal que son Joseph ait donné sa langue au chat puisqu'il n'y était pas dans l'église ! Il n'a pu que redire ce qu'il avait déjà dit : les affaires d'explosifs et de produits incendiaires, ça se traitait exclusivement à l'échelon des chefs d'unité. Il avait beau être dans les papiers du capitaine Kahn il y a certainement des secrets militaires qu'on lui cachait en raison de son grade. Une fois n'est pas coutume, cet imbécile d'adjudant qui louche s'est montré à la hauteur : il a confirmé sur toute la ligne. Du coup ils ont resservi les grenades. Quand le président a questionné cette empeigne de Graesmuller pour savoir un peu le modèle utilisé à Oradour, c'est tout juste s'il n'a pas eu l'air de dire qu'il n'en avait jamais vu d'aussi près ! Encore un qui fait l'âne pour avoir du son ! Il a fallu que ce soit son Joseph qui rétablisse la vérité : évidemment qu'ils avaient emporté des grenades à Oradour ! Chaque fois qu'on les envoyait au casse-pipe, on leur en distribuait une poignée à chacun au cas où ils auraient dû se sortir d'une embuscade. Les opérations militaires à cette époque, c'était pas un défilé d'opérette. Les communistes, ils ne se le peignaient pas en rouge sur la figure quand ils préparaient des attentats. Est-ce qu'ils pouvaient deviner qu'ils allaient tomber sur une population tout ce qu'il y a de paisible ? D'un certain côté valait mieux prévenir que guérir. S'ils n'avaient pas fait un exemple ils ne seraient jamais arrivés jusqu'en Normandie avec toute la racaille maquisarde qui pullulait dans le coin : des loqueteux, des bandits pour ainsi dire ! Sans compter que Dickman, il était devenu mauvais depuis que les terroristes lui avaient enlevé son alter ego, Herr Major Kaempf – bel homme, beau soldat : Joseph lui avait montré une photo dédicacée. Allez donc savoir après comment ça dégénère, ce genre d'opération punitive, quand tout le monde est sur les dents ? Un civil qui fait l'intéressant, un mot plus haut que l'autre, un jeunot qui prend la mouche, une rafale qui part à l'aveuglette... Le temps qu'on s'explique entre gens de bonne volonté, ça en fait des innocents qui ne se relèveront pas ! D'ailleurs il le disait bien l'ancien de la Waffen S.S. avec qui ils étaient en relation épistolaire : Oradour, c'était un accident, un accident regrettable. A quoi bon faire un tel foin pour un dérapage?... Et puis quoi qu'il en soit ce n'était pas son Joseph qui avait pu tuer six cent quarante-deux personnes à lui tout seul avec une malheureuse mitraillette!...

Dimanche, elle profiterait de la visite pour lui apporter le tricot marron. Elle avait lâché les emmanchures : ça lui donnerait un peu plus d'aisance dans les mouvements. Quand il était sur le front de l'Est et qu'il venait en permission, la première chose qu'il faisait en arrivant c'était d'envoyer valser l'uniforme, de mettre un bleu et d'enfiler un vieux tricot marron chiné, pareil, avec des trous à y passer la main!... A table il n'en finissait pas de raconter ses histoires de bataille contre les Popov: Oh! Pas de quoi vous dresser les cheveux sur la tête, juste les anecdotes un peu croustillantes pour égayer l'atmosphère. Par exemple il disait que les macchabées – les civils principalement qui étaient toujours à s'enfuir comme des lapins –, on les trouvait dans des postures invraisemblables, des vrais acrobates! Des fois il se couchait par terre pour montrer à sa petite sœur comment les cadavres ils arrivaient à se contorsionner, mieux que des bonshommes en caoutchouc. Elle se tirbouchonnait la gamine, fallait voir, elle en pissait dans sa culotte! A cet âge-là on ne se rend pas encore bien compte. Maman Lensdorf aussi elle se tenait les côtes; c'était plus fort qu'elle.

Il n'y a que Joseph père qui ne rigolait pas. Dès qu'on parlait des Slaves ou des partisans il se montait comme une sauce. Il était nazi dans la moelle, dix fois plus que son fils. Il disait que tout ce qu'on trouvait de l'autre côté du Danube, c'était rien que de la « pouillerie judéo-bolchevique », des « sous-hommes » et qu'on en finirait jamais de « dératiser ».

Pour Joseph fils, le Juif c'était pas spécialement sa bête noire. D'accord pour s'en débarrasser puisque le Führer en avait donné la consigne et qu'il avait fait serment de fidélité; à condition de pouvoir les tuer en rase campagne. Il avait besoin d'espace, son Joseph, il se rongeait entre quatre murs. D'ailleurs il disait toujours que ces collègues S.S. qui étaient affectés aux camps d'extermination, c'étaient des soldats de perlimpinpin, des employés d'abattoir, autant dire des planqués. A force de travailler en vase clos dans la puanteur, ils devenaient aigris, ils perdaient leurs vertus guerrières... A propos de Juifs, un soir son Joseph avait raconté qu'après l'opération « châtiment », aux environs de Prague, en traversant un faubourg entièrement ratiboisé, il avait vu une belle maison ouverte en deux par une torpille de Stucka et, en plein milieu, un vieux pépère avec la grande barbe blanche et le chapeau noir – sûrement un Juif – installé sur le trône, le pantalon aux chevilles avec tout son sang à ses pieds, comme un tapis; on avait dû l'oublier aux cabinets, ou alors il s'était endormi... Elle s'était mise à pleurer, à pleurer, des litres, des litres! Elle qui était sûre à l'époque d'avoir enfanté un « surhomme » elle n'avait pas pu s'empêcher de pleurer sur le vieux « sous-homme » avec tout son sang à ses pieds comme un tapis. C'était trop loin bien sûr pour avoir encore du chagrin, mais elle y pensait souvent à ce vieux « sous-homme ». Quelquefois même il venait lui rendre une petite visite dans ses rêves. Il avait remis son pantalon, sa barbe était blanche à faire cligner des yeux et il trônait, tout menu, sur un nuage de sang. C'était le grand-père de tous les morts, de tous les justes, une espèce de Jésus, très vieux, incorrigible rédempteur, qui se serait réincarné sur le tard dans la peau d'un « *Untermensch* » pour essayer quand même de racheter l'ignominie des hommes et qui serait mort aux cabinets... Parce que, au bout du compte, ils n'avaient guère avancé, les hommes, depuis sa première visite; ils étaient tellement salauds les uns avec les autres, tellement! Bien plus féroces que les plus féroces des bêtes malgré leurs sourires et leurs intelligences. Ils se trouvaient toujours une bonne raison d'aller assassiner le voisin. Comme son Joseph.

Lorsque, après dix journées de débats voués presque exclusivement à la réinstruction du dossier, le garde champêtre se présente à la barre pour répondre à son tour sur le fond, la grande affaire dite « d'Oradour-sur-Glane » semble avoir perdu l'essentiel de son lustre affectif.

Considéré à l'échelle de cette alcôve surchauffée qui fait office de prétoire, le martyr des six cent quarante-deux innocents se réduit à un partiel de stratégie théorique symbolisé par un plan bien léché et de jolis petits tampons de couleur savamment répartis autour des lieux de supplices. Tout au plus Gauzin sera-t-il parvenu à rapporter la preuve formelle de la préméditation. Pour ce qui est de la vérité du cœur, autant dire qu'il est bredouille.

Quant à « la bande d'assassins » à laquelle la plupart des accusés regrettent si amèrement d'avoir appartenu, ce n'est, en termes d'arrêt de renvoi, qu'une compagnie d'environ cent trente hommes subdivisée en sections et groupes de combat comme n'importe quelle autre. Sans parler de l'habituel morcellement des tâches subalternes inhérentes à toute formation hiérarchisée; ce qui, en l'absence des têtes pensantes, rend totalement empirique une approche globale de la tuerie. Chaque groupe n'ayant en principe à rendre compte que de la cible qu'on lui désigne, il n'est pas censé savoir où, quand, comment et sur qui doit tirer le goupe voisin. Si l'on ajoute à cela les rétentions en tout genre, les pannes de vocabulaire, l'éloignement des faits, les arrangements diplomatiques et autres sournoises combines ourdies par la défense, rien de surprenant à ce que, ce 24 janvier 1953, l'émotion soit à son étiage. A peine si le dégoût commence à modifier la tournure de certaines bouches. A force d'entendre rabâcher, dans les mêmes termes, les mêmes histoires de fusillades et de crémation, on finit par percevoir de vagues relents de chair grillée; mais les lourdes rafales de procédure en dissipent les effluves et les clichés restent brumeux, évanescents, comme la mémoire défraîchie des accusés.

Avec le gros garde champêtre l'abomination des faits commence à devenir chose tangible. Cette liaison houleuse qu'il entretient avec sa chère Vérité en a fait une sorte de « Docteur ès contritions ». Son compliment préliminaire d'ailleurs fait nettement moins patronage que le répète-Jacquot des autres malgré-nous. Il faut dire qu'il a quarante ans sonnés et le physique du « regret » : deux cents bonnes livres de vigueur entrelardée, une belle toise, le poil gris des douleurs morales qui se somatisent, le mufle apoplectique du « boire pour oublier », la voix de contrebasson du crieur municipal qui braille des Avis et la spontanéité rugueuse de ceux que les gens de théâtre qualifient de « vraie nature ». Sa honte, il a dû en roder les accents dans toutes les buvettes du canton. Il a le point de suspension gémissant, ce phrasé villageois qui fleure l'authentique et de ces sonorités d'olifant frottées d'âme qui vous assoient le silence mieux qu'une injonction. A quoi bon regretter d'avoir appartenu à « la bande d'assassins » puisque c'était à son cœur et corps défendant? Lui, « il a honte d'avoir été à Oradour »! Il a vu tellement d'horreurs ce jour-là qu'il en a perdu la tranquillité de toute sa vie et chaque fois qu'il y repense il entend encore les cris de ces pauvres malheureux... !

Certes, il charge un tantinet et la « honte » qui lui sort par les yeux est un peu spiritueuse, mais il a au moins le mérite de donner à voir, à entendre et à sentir. Dans ces débats empesés par tant de politesses et de bla-bla convenus voici enfin de la vraie poudre, du vrai sang, du feu qui brûle, pas seulement le petit tampon orange du groupe « tel » en position devant la grange « machin ». Avec le garde champêtre d'Altkirch, le massacre d'Oradour cesse d'être une manière d'hypothèse d'école. Finie la rhétorique de la présomption, ce sont bien cent trente S.S. en armes qui ont assassiné en quelques heures et de quelle façon six cent quarante-deux civils désarmés dont environ cinq cents femmes et enfants.

Au moment des faits Ecklinger Raymond n'avait pas dix-sept ans et une poignée de mois comme la plupart de ses coaccusés; il en avait trente et déjà derrière lui une expérience militaire valeureuse puisqu'il avait obtenu – fait suffisamment rare pour mériter d'être souligné – une croix de guerre 39-40. Enrôlé de force dans les Waffen S.S. en dépit d'une passion indestructible pour la France attestée par le maire d'Altkirch, il avait suivi comme une bête de somme les traces sanglantes du régiment « Der Führer » sans jamais ruer dans les brancards. A Oradour il ne pouvait invoquer le bouleversement névrotique qu'engendre le baptême du feu, pas plus que l'inconséquence boutonneuse de la jeunesse; il était parfaitement conscient d'accomplir des ignominies. Au reste il ne cherche pas le moins du monde à atténuer les charges; au contraire, il clame son immondice, il s'en barbouille, il s'y vautre. Et Lienhardt, l'inévitable, soutient quelquefois par une belle gesticulation de chef d'orchestre l'exemplaire « lâcheté » dont ce brave homme a le « courage » de faire l'aveu.

« Oui, monsieur le Président, brame-t-il de sa voix de tambour de ville, le sergent Staegher nous avait donné l'ordre de rabattre les gens sur la place du champ de foire sans distinction d'âge ou de sexe et le cas échéant de liquider à domicile ceux qui n'avaient pas leur mobilité : malades, vieillards, infirmes, etc. Oui j'ai vidé la totalité de mon chargeur sur la vingtaine de civils du chai Denis, oui, j'ai posé des matières combustibles sur des agonisants, oui, j'ai ensuite porté de la paille dans l'église, par trois fois, monsieur le Président, par trois fois! Oui, j'ai tout vu, tout entendu, tout compris et j'ai fait quand même! »

Dans le registre du *Kyrie eleison* il coiffe tous les autres sur le poteau. D'ailleurs l'effet est immédiat sur le tribunal. Vergnaud n'est pas le seul à noter à quel point les juges militaires semblent brusquement émoustillés par ce battage de coulpe. Ils ne s'étaient guère signalés depuis le début du procès; à peine s'ils avaient écarquillé des yeux connaisseurs lors de la présentation des armes allemandes. Figurines muettes et décorées, on les croyait découpés dans du carton kaki et les voilà qui bougent, qui babillent, qui penchent de rudes visages compatissants vers la brebis égarée! Que disent leurs regards si ce n'est : « Bienvenue à toi, le fils prodigue, qui as préféré l'obéissance aveugle à ton devoir d'être humain, tu peux rentrer la tête haute dans le sein de notre mère la société, elle aura toujours besoin d'homme de ta trempe pour faire ses guerres et sa police! »

Une fois réussie l'épreuve de contrition, le reste n'est que formalité. Il suffit au garde champêtre de répéter mot pour mot les accusations portées en 1945 contre l'Unterscharführer Lensdorf, de confirmer le meurtre des deux femmes devant l'épicerie Mercier, de dire que le dénommé l'a même personnellement menacé de mort lorsqu'il a essayé d'empêcher ce nouveau forfait, de confirmer dans un bêlement de procureur qu'il a bien vu ledit sauvage entrer dans l'église et faire feu de toutes ses armes et voilà une belle conscience d'assassin qui a presque retrouvé l'éclat du neuf.

Ce 24 janvier à dix-huit heures trente, Ecklinger le brave homme a son acquittement dans la poche.

XVI

La voici enfin sa bouleversante jeune femme dont la beauté hésite déjà au bord de l'entre-deux âges. Mathilde, avec son regard d'eau verte que plisse la myopie. Mathilde, plus pimpante qu'une gravure sur son trente et un de Parisienne, mais tout de suite aguicheuse et si tendrement malhabile dans son effeuillage conjugal. Dix jours qu'ils n'ont pas enfoui le nez dans les cheveux de l'autre, c'est plus long qu'un voyage d'Ulysse! Vite, avant que les baisers ne prennent le dessus, il leur faut parcourir le chapitre des gosses : Maurice et Anne, onze ans, neuf ans. Ils les trouvent très réussis, leurs petits Lagarde. Infatigablement ils se hâtent vers l'avenir, ils sont printaniers : le soir en boutures, à l'aube entr'éclos comme des fleurs d'avril. Coiffés par la chance, têtes « bien faites », nourries de belles choses, ils sont tombés au bon moment de ce côté-ci du monde où l'on sait soigner la peste, où l'on fait son possible pour oublier la guerre; ils sont sauvés jusqu'à nouvel ordre.

Mathilde et Henri se sont réinventés en aveugles. C'est inusable, surprenant, c'est même un peu divin ce remodelage d'un corps par l'amour, ce souffle de vie que l'on se redonne bouche contre bouche.

S'ils avaient eu du temps, ils auraient volontiers repris de cette morphine des caresses qui fait que les amoureux ne se soucient pas de l'heure dangereuse qui les attend; mais plus forte que le délice des retrouvailles il y a l'affaire d'Oradour, son urgence obsédante. Demain ce serait au tour de Lensdorf de s'expliquer sur le fond. A tout seigneur, tout honneur, c'est lui qui tirerait le bouquet final de ce pitoyable feu d'artifice. Que sa prestation soit faite d'aveux tronqués ou de demi-mensonges, son sort était couru d'avance. Après le scandaleux déballage de bêtise et d'irresponsabilité auquel on venait d'assister, le tribunal ne pourrait faire moins que d'inscrire, ne fût-ce que symboliquement, le nom d'un assassin en titre dans la colonne du châtiment suprême. Lagarde était sans illusion sur ce point. L'honnêteté l'obligeait même à reconnaître qu'il en était arrivé à la souhaiter de toutes ses forces cette peine capitale. Au regard de la monstruosité des faits et de l'attitude des accusés, utiliser des tortillons juridiques pour sauver la peau d'un tel criminel relevait presque de la « complicité par aide et assistance ». Au-delà des quelques simagrées oratoires susceptibles après jugement de leur obtenir une grâce présidentielle, un devoir s'imposait à lui, autrement impérieux et sacré : celui de restituer aux victimes un peu de cette dignité qu'ils avaient perdue au fil des débats. Qu'à défaut d'être dédommagés par des certitudes, ils puissent au moins souffrir proprement! Chaque rétractation de vérité, chaque petite pièce volontairement dérobée au puzzle de l'horreur, chaque renvoi de charge dans le camp de la jeunesse ou de la contrainte, chaque débarras de conscience sur un contumax aussi galonné qu'inextradable n'était qu'un crachat sur la douleur. En plaidant la culpabilité d'un monstre qui n'avait d'autre excuse justificative que d'être un pion chevronné dans la horde, en réclamant pour lui non l'indulgence du tribunal mais l'arbitrage de Dieu, il rendrait à ces gens en deuil quelques miettes de leur honneur bafoué par tant d'insultante amnésie, il offrirait aux « âmes dolentes » des torturés ce pouvoir discrétionnaire qu'ils ont de pardonner à leurs bourreaux.

Tout cela, bien entendu, dans l'hypothèse où l'assassin Lensdorf consentirait à se jeter aux pieds de ses victimes pour implorer le pardon... ? A l'échelle d'une doctrine aussi horrifiante que celle du nazisme, la corde ou le peloton pour tel séide impénitent du bas de l'échelle équivalait à déplacer de la poussière avec un plumeau sous prétexte de faire acte d'hygiène. Pour peu que le condamné se comporte héroïquement sur l'échafaud, sa mort avait pour seul effet d'entretenir cette mythologie criminelle d'une « race supérieure » et de conforter dans leur idéologie mortifère les surgeons de l'ordre hitlérien. S'agissant d'un bourreau S.S., le châtiment n'était dissuasif que dans la mesure où le sujet reconnaissait spontanément qu'il avait fait des ignominies, qu'il les avait faites pour du vent et qu'il n'y aurait pour lui et ses semblables d'autre rachat possible que la damnation.

Entre le « fameux procès » annoncé à grands roulements et la honte d'un fiasco ne restaient plus désormais que l'Unterscharführer Joseph Lensdorf et ce petit avocat presque inconnu qui aurait tant voulu lui rendre une conscience.

Et justement voilà que Mathilde le regarde cet époux bien-aimé qui sait lui redire des merveilles et inventer pour leurs enfants des machines à décrocher la lune ; elle le trouve si fragile dans l'abandon de sa nudité, lui aussi presque au bout de sa jeunesse, usé déjà aux coins des yeux et de la bouche par les amertumes de la lucidité, perplexe au bord de son avenir. Elle sent les choses, Mathilde, elle s'inquiète.

– On dirait que tu es en train de perdre ta foi en l'homme ?...

Elle a lancé ça tout doucement avec sa jolie voix d'amoureuse, un peu râpée. Il s'est défendu, affaire de dire, mais la seconde suivante il n'a pu s'empêcher d'ajouter :

– Toute cette laideur, mon Dieu, si tu savais !... Je me croyais mieux armé, beaucoup plus fort que je ne le suis mais on ne passe pas impunément la porte de certains enfers... Je me demande si j'aurai le courage de terminer la visite... je voudrais tellement pouvoir la garder encore ma petite poignée d'illusions !

Ce disant il lui a tendu quelques feuillets d'un geste automatique : ses notes d'audience. Il s'était pourtant juré de la ménager, mais c'est déjà trop tard, elle a commencé à lire et tout de suite la joie lui est tombée du visage, elle s'est remise à vieillir, sa Mathilde.

Aujourd'hui c'était au tour du petit maçon de faire ses grimaces. Indécrottable parmi les indécrottables, il avait dévidé bien gentiment son petit couplet préliminaire ; il s'était même frotté subrepticement les yeux pour faire croire à la rougeur des larmes. Ça n'avait convaincu personne. Il était à peindre, avec son costume de bal, sa cravate champagne et ses petites socquettes de coureur cycliste. Avec celui-là au moins on avait une certitude : on pouvait le presser jusqu'à la Pentecôte, on n'en tirerait pas une goutte de jus. Dans le genre « malgré-nous » c'était une effigie, un drapeau ! Sa leçon, il l'avait si parfaitement apprise qu'il pouvait la réciter dans tous les sens. Pas besoin de lui souffler les réponses puisqu'il les donnait dans la foulée immédiate des questions; quelquefois même, il lui arrivait de mordre sur le point d'interrogation. Derrière l'outrageante crétinerie de son attitude Lagarde avait reconnu la patte du cornac Vuillermet. Son débit était tellement égal, son œil tellement vide en racontant toutes ces saletés qu'on l'eût dit en état d'hypnose. A peine s'il s'était un peu remonté pour charger comme il se doit son chef de groupe, le sergent Lensdorf. Il avait eu pour confirmer le meurtre des deux femmes sur la place de l'église quelques menus jappements de roquet; comparés au brame vengeur du garde champêtre, c'était du deuxième choix.

Et brusquement, alors que son interrogatoire semblait fini, Gauzin s'était ravisé.

– Veuillez rappeler au tribunal ce que vous a dit le S.S. Pakowski que vous avez rencontré en sortant de l'église?

La réponse était tombée aussi incolore qu'une déclinaison d'état civil.

– Il m'a dit qu'il venait de tuer une femme et un bébé dans les W.-C. du presbytère.

– Ne vous a-t-il pas précisé de quelle façon il avait tué cette femme et cet enfant?

– Il m'a dit qu'il avait abattu la femme d'une rafale de mitraillette.

– Et l'enfant?

– En lui écrasant la tête contre le mur.

Mathilde est devenue grise. Elle a ouvert tout grand la bouche pour libérer un cri. Il lui est resté au fond de la gorge comme une rumeur. Faute de mieux elle a pleuré, une heure entière, en mordant son poing fermé, toute nue, petite, inconsolable. Et Henri s'en est voulu de ne pas avoir su lui inventer une histoire de citrouille et de carrosse pour lui rendre la paix. S'il n'avait pas pu lui trouver des mots c'est parce qu'à ce degré de l'horreur il n'en existe pas.

Et pourtant il n'y avait pas besoin d'être un spécialiste du chiffre pour décoder la nature humaine. C'étaient des hiéroglyphes à gros symboles. Il suffisait de s'écouter penser quand on pensait en douce. En fouinant un peu dans le vrac des comportements ordinaires on trouvait juste de quoi se bâtir une digue contre les marées de morte-eau : des bouffées de grandeur par-ci par-là, de l'héroïsme au détail, de la vanité à la tonne, des plumes de paon, quelques images possibles de Dieu entre deux frayeurs et deux égoïsmes, des échantillons-réclames de sainteté, le « bien » à coups de pied aux fesses, beaucoup de petites mochetés à condition de ne pas se faire prendre, des vertus sociales arrachées dc haute lutte aux instincts primitifs et des petits vices amusants pour se donner du chien; sans préjudice d'un certain nombre de bombes inertes qui dormaient sur les hauts-fonds en attendant un détonateur et des circonstances... Mais si l'on osait soulever le couvercle pour aller visiter les arrière-boutiques de l'âme, c'était bien la matière brute de l'innommable que l'on découvrait, à l'état d'embryon : le meurtre, le viol, le saccage, la haine, toutes les fantasmagories sanglantes et excrémentielles, toutes les envies de forcer, d'asservir, de profaner, tous les sacrilèges!... Mais « ça », un enfant dans ses langes, sa tête fracassée contre un mur, un enfant encore aquatique, avec ces yeux qu'ils ont sous leurs taies couleur d'aigue-marine, ces yeux amphibies qui voient le monde flou et bariolé comme à travers des ailes de papillon et ce génie de la pureté qui est leur lot provisoire sous le pariétal encore mollet du crâne... le fracasser contre un mur?!... Non, « ça », ce n'était pas au fond du gouffre des hommes, ça ne pouvait pas y être. « Ça », c'était la nuit.

XVII

A force de torchonner des comptes rendus pasteurisés dont la rigueur objective n'était ni plus ni moins qu'une forme torpide de déballonnade intellectuelle, Vergnaud commençait à se sentir la conscience un peu barbouillée. Quitte à s'aliéner certaines institutions intouchables en défrisant la bienséance commune, il ne pouvait plus se contenter de pisser à la feuille des chroniques strictement factuelles, de disserter avec cuistrerie sur les ambiguïtés de la loi de 1948 pour masquer son désengagement, ou de surajouter son indignation questionneuse aux meuglements de ses confrères. Le crédit même dont il jouissait auprès de son lectorat lui imposait désormais de mettre son grain de sel et d'apporter quelques éléments de réponse susceptibles de le mouiller personnellement. Et tant pis pour le retour de bâton. Quand on est en mesure de se faire des ennemis, autant les choisir.

Roulant avec les pierres, il s'était laissé aller comme la plupart des commentateurs à dénoncer avec virulence la « passivité » des accusés. Il l'avait qualifiée d'« outrageante », « scandaleuse » et autres épithètes vitriolées. Mais ce simple constat des faits n'apportait pas l'ombre d'un indice. A la veille de l'audition des premiers rescapés du massacre il était urgent de reconnaître que cette page exemplaire de la sanglante épopée hitlérienne ne serait jamais une réplique miniature de la grandissime cérémonie expiatoire de Nuremberg; qu'elle n'en aurait pas, faute de vedettes à l'affiche, les vertus cathartiques. On pouvait s'amuser à déguiser le gros garde champêtre en Reichmarschall Goering, lui coller, comme à l'ogre précité, des lunettes de star; on pouvait aussi mettre à l'adjudant Louchon la défroque de Kaltenbrunner, puisqu'il en avait un peu la tête de blatte, et à tel autre baliveau moustachu à faciès d'Ersatzführer l'uniforme de Keitel, ce procès de l'hitlérisme se réduirait à l'étude entomologique d'une vingtaine de bouseux qui s'étaient fortuitement colletés avec l'Histoire. Même le redoutable sergent félon sur lequel se rassemblait l'essentiel de la vindicte n'était somme toute qu'un fayot enragé comme il en fleurit dans la plupart des corps d'élite.

Vergnaud avait gardé fichés dans un coin de ses tripes les fervents prolégomènes de Gauzin : « N'oublions pas, malgré l'horreur des faits commis, qu'il y a toujours un homme derrière un accusé, car après tout, nous aussi, nous sommes des hommes! » Avertissement ô combien louable qui avait le mérite de donner au débat sa vraie dimension; à ceci près qu'il générait du même coup un quiproquo sur « l'intitulé » des prévenus. A qui, en effet, demandait-on de rendre des comptes dans ce procès : à « l'homme humain », compagnon des autres, passager provisoire du globe terrestre, ou au tueur en uniforme? Alsaciens ou Allemands, étaient-ils capables, neuf ans après, de s'identifier encore aux S.S. d'Oradour? Mis à part Lensdorf et peut-être Schwaller, il y a beau temps qu'ils s'étaient dédoublés. Dans le flou d'un lointain révolu, un presque adolescent, méconnaissable sous sa panoplie de guerrier, participait sur ordre à une tuerie d'innocents. Avec une prudence et une cautèle toutes paysannes, ils racontaient les méfaits de ce « quelqu'un » dont ils partageaient le visage et l'identité mais qui vivotait à l'intérieur d'eux-mêmes à la troisième personne. Dans le gruyère de leur mémoire, ce n'était pas « je », c'était « il ». Quant à les taxer d'insensibilité, ce n'était pas non plus tout à fait juste. A preuve, dès que l'on évoquait quoi que ce soit touchant à leur actualité affective, ils affichaient à la seconde une sensiblerie culcul-pralinarde, horripilante, mais spontanée; les malheurs de l'Alsace par exemple tant rebattus par leurs conseils déclenchaient chaque fois comme par automatisme des hochements pénétrés, des brumes de regard, des soupirs violonés qui ne devaient rien à la comédie et attestaient, qu'on le veuille ou non, qu'un vrai cœur d'homme leur battait dans la poitrine. Il n'y a guère que lorsqu'il s'agissait du massacre en question que leurs yeux redevenaient totalement secs et bovins. C'était bien le signe irréfutable qu'il y avait « dédoublement ». S'ils étaient restés collés à la peau du S.S. d'Oradour, probable que le contrecoup de cette abomination les aurait fait basculer dans une forme quelconque de « folie ». Or pas un ne donnait le moindre signe de démence; ils étaient même terriblement raisonnables dans leur bêtise... Et ce brave président qui désespérait de l'espèce humaine! Il se trompait simplement de rayon. En tant que personnes civiles ils appartenaient bien à « l'espèce humaine ». Plus encore, ils en étaient le parangon de base, docile, grégaire, d'une sociabilité à toute épreuve. Aucun d'entre eux n'avait jamais mis un pied dans les bordures : leurs casiers étaient aussi limpides que leurs vies. Inutile donc de régler sur le dos de ces bougres des comptes personnels avec « l'espèce humaine »; c'était lui chercher une mauvaise querelle. En leur qualité de massacreurs on ne pouvait les trouver qu'à la rubrique : « baïonnettes aveugles ».

Aussi dur à digérer que cela soit, il fallait bien convenir après trois semaines de procès que l'on ne jugeait à Bordeaux ni des tordus ni des sadiques, ni des voyous, ni même des Nazis, mais des soldats. Et pas seulement le Waffen S.S., membre actif d'une organisation déclarée criminelle aux assises de Nuremberg, mais l'éternel Soldat dans son acception étymologique : celui qui est à la solde, celui qui sert parce qu'il est en âge et en état de servir. Et cela, quels que soient son mode de recrutement et sa patrie d'embauche.

A ce point de sa démonstration, Vergnaud commençait à bousculer sérieusement les interdits. Car un examen sans concession de cette drôle de « baïonnette » que l'on met au service d'une cause guerrière, juste ou injuste peu importe, obligeait à conclure que son mode universel de fonctionnement n'était rien d'autre que la discipline. Or, que de tours et de détours lorsque l'on abordait ce chapitre au cours des débats ! On y avait de ces chastetés de vocabulaire, de ces prétéritions qui sentaient la chasuble, de ces pudibonderies de rosières ! On y était précieux et ridicule comme chez Molière : un chat, dans ce prétoire, s'appelait un mistigri. Jusqu'au président qui s'était mis à en parler comme d'une chose obscène. A l'entendre, elle n'était contraignante que dans l'armée allemande ; évoquant le système disciplinaire d'outre-Rhin, il ne disait jamais « discipline » tout court, il disait « discipline-de-fer », en un seul mot. Chez les S.S., comme il se doit, elle devenait « d'acier ». Bref, il n'y avait pas de matière assez dure pour définir cette manie typiquement germanique. Ailleurs – en France notamment – cela devenait une servitude quasi poétique, une sorte d'ascèse librement consentie, un délassement altruiste, une ablution mentale, mieux : une élégance ! Comme si la discipline n'était pas tout à la fois la clé de voûte et le pilier porteur de l'édifice militaire ! Allez donc retourner la pyramide pour voir un peu à quoi cela ressemble, un système hiérarchisé que l'on met cul par-dessus tête ! Combien en seraient-ils restés de ces braves « poilus » des deux camps embourbés dans l'absurdité sanglante des tranchées de la Somme si des ganaches jusqu'au-boutistes ne les avaient envoyés à coups de discipline s'entr'égorger par paquets de cent mille ?!

Le postulat ainsi posé, Vergnaud ne pouvait que le mener à son terme. Son expérience militaire était restreinte certes, mais suffisante pour s'être fait une idée exhaustive des engrenages disciplinaires. Miraculeusement affligé de pieds plats, il avait été versé dans l'intendance et n'avait pas eu de ce fait à connaître les affres du « libre arbitre ». Rares sont les choix cornéliens qui se présentent aux bureaucrates de l'arrière. On y connaît la féodalité tatillonne et combinarde du fourrier, on y annote des états récapitulatifs, on recompte des chaussettes et des boutons de guêtre, on détourne, on carambouille à la petite semaine, on y cultive l'ennui et la cirrhose, mais jamais on n'a l'occasion de mettre la crosse en l'air. On n'en est pas moins bercé par la petite ritournelle que l'on serine à toutes les jeunes recrues en guise de conditionnement préalable : « La discipline faisant la force principale des armées, etc., etc., il convient que tout supérieur obtienne de ses subordonnés une obéissance entière et une soumission de tous les instants, que les ordres soient exécutés littéralement, sans hésitation ni murmure. L'autorité qui les donne en est responsable et la réclamation n'est permise à l'inférieur que lorsqu'il a obéi. »

Préceptes dangereux, pervers, susceptibles, en cas de conflit armé, de couvrir tout aussi bien l'héroïsme le plus pur que les débordements criminels.

Et Vergnaud se remet à pianoter d'une main allègre sur le clavier de sa Remington :

« A quoi bon se cacher derrière des euphémismes de cagot? Que ce procès de subalternes soit au moins l'occasion de reconnaître certaines vérités et de les énoncer crûment. A l'échelon du troufion de base, la discipline s'apparente à un mode de corruption qui peut produire sur des neurones encore malléables les mêmes effets que la drogue ou l'alcool. On ne demande jamais au soldat en campagne de comprendre mais d'exécuter. Le cas échéant, on le soûle à la gnôle et on lui met des gendarmes en guise de parados.

« Les origines latines du verbe exécuter offrent une vaste palette de sens qui permet de l'employer à toutes les sauces et de lui préserver son ambiguïté. Inutile donc de se perdre dans un débat sémantique. On exécute une fresque, un concerto, un chantier, un ordre et pareillement un otage. Une des expressions récurrentes du langage militaire, c'est : Exécution ! Alors, " exécutant " ou " exécuteur " ? Cette infime et terrible nuance qui fait bien souvent des criminels de guerre ne dépend pas du simple soldat mais de l'autorité qui le coiffe et de l'Etat dont il est devenu le gladiateur. Doit-on déduire de cette première constatation que l'armée se méfie de l'intelligence? Non pas, ce serait lui faire injure. A la condition, toutefois, qu'elle reste confinée aux étages supérieurs. En ce qui concerne ses " baïonnettes humaines ", elle préfère au raisonneur la matière jeune et brute d'un moitié-analphabète qu'elle pourra enfermer dans l'étau de sa discipline et conduire par un savant dosage de carotte, de bâton et d'exercices adéquats jusqu'à ce point où la " baïonnette " n'agit plus que par réflexes conditionnés. L'action guerrière s'accommode mal du doute et de la réflexion. On peut certes douter et mourir en brave ; il est beaucoup plus difficile d'assassiner, même au nom de la Patrie.

« Et la Conscience alors, joyau de la nature humaine ? La Conscience a besoin d'un minimum de solitude et d'intimité pour faire ses choix. Elle déteste le bruit du canon. La vie en groupe, l'abrutissement collectif, l'uniforme, la dépersonnalisation physique, la lobotomie par l'épuisement, la bille à zéro, la haine entretenue de l'ennemi, la trouille aussi qui est pour la bête de guerre une manière de second uniforme ont tôt fait de ramener la Conscience à sa portion physiologique congrue : manger, dormir, survivre à n'importe quel prix. Tout le système d'ailleurs s'emploie à faire de cette quantité impalpable et si fragile une peau de chagrin.

« A force de confronter l'apprenti soldat à l'insoluble quadrature des corvées absurdes, comme par exemple de devoir, sous peine de sanction, balayer une chambre qu'il vient de balayer soigneusement la minute précédente, l'armée en fait par étapes un outil craintif, efficace, à son entière dévotion. Ainsi, quelle que soit par la suite la nature de l'ordre reçu – fût-ce une insulte au bon sens ou à la morale –, le Soldat ne se demandera plus : " pourquoi dois-je faire cela ? ", mais " comment vais-je le faire ? ".

« Honteuse caricature, s'exclameront les feuilles de chêne ! Allons donc ! Il suffit de relire l'Histoire entre les lignes, d'oser remplir les blancs de l'héroïsme officiel en exhumant tous les Oradour commis de tout temps par toutes les armées du monde pour voir qu'il s'agit bien d'une vérité : indicible peut-être, à coup sûr inadmissible, mais universelle. Qui tire sur quoi, qui tue qui, dans ce foutoir sanglant qu'est toujours la guerre? A qui cette rafale " instinctive " qui grêle une femme et son gosse, à qui cette bombe aveugle qu'un stratège destinait à la gare de triage et qui souffle l'école avec ses écoliers? A qui ce phosphore terroriste qui va rôtir les grabataires d'un hôpital? A un " homme humain "? Non, à des soldats anonymes.

« Dans le cas particulier des S.S. la question ne vaut même pas qu'on en débatte puisqu'elle se réduit à une simple addition. Analphabétisme, plus fanatisme, plus obéissance aveugle, le tout au service d'un des plus grands fous criminels de l'Histoire, lui-même relayé par une multitude d'autres criminels qui venaient de se faire la main avec un génocide, égale sans erreur possible : Oradour-sur-Glane, 10 juin 1944. »

Et Vergnaud de conclure avec des accents de tribune :

« Fasse que ce procès, à défaut de pouvoir rééquilibrer la balance, nous conforte dans l'idée que les premiers grands crimes, les seuls peut-être, sont ceux que l'on commet contre la Paix, contre l'Homme au nom de la race, contre le droit à la différence et contre la liberté de penser. Tous les autres, volontaires ou " accidentels ", n'en sont que la conséquence et les modalités d'application. »

Quel foin, quel concert de casseroles si, pour une fois, sa rédaction avait le courage de ne pas trop rogner les ailes de son morceau de bravoure! On crierait anathème sur Vergnaud le rouge! Eh bien oui, ce soir il était rouge! On ne peut pas toujours être beige comme le conformisme. Rouge, couleur de la révolte et des chemises trouées, rouge contre l'ignorance qui est la mère de tous les vices, rouge couleur d'espoir comme le soleil quand il se lève et montre le poing à la nuit qui recule, rouge comme l'intelligence quand elle s'insurge contre l'obscurantisme. Il était rouge pour Hugo, pour Jaurès assassiné, pour Manouchian sur son affiche, pour Desnos « qui partit de Compiègne », rouge pour les nègres des cales, rouge avec le Christ et Spartacus, rouge avec les « youpins », les « cocos », les « manouches », les « pédés », les cerveaux, les hommes-contre, les gentils, massacrés par millions dans les camps de Hitler, rouge avec les âmes métissées du Paradis, rouge pour tous ceux que l'on brûle quand ils osent prétendre que la Terre est ronde, rouge avec la Vérité quand elle dit non à l'Ordre et à la Discipline qui châtrent la Conscience et qu'elle s'avance nue, scandaleuse, vers la lumière! Rouge, ce soir, comme *Le Feu* de Barbusse... Ah! ce livre, le Livre, tant de fois relu, pleuré-avec, dormi-tout-contre, inconsolable dénonciation de l'absurde, ces pages brunies par la veilleuse, guillochées comme la joue d'un aïeul, et dessus, toutes ses empreintes à lui, petit bonhomme qui voulait comprendre, savoir, partager! La crasse de ses dix doigts dans les marges, comme l'anthropométrie des regrets sur une vitre quand on regarde s'éloigner quelqu'un qui n'en reviendra pas... Et le marteau prophétique des phrases, salutaire migraine, qui disaient que la guerre développe chez les hommes « tous les mauvais instincts sans en excepter un seul : la méchanceté jusqu'au sadisme, l'égoïsme jusqu'à la férocité, le besoin de jouir jusqu'à la folie ».

Et de ceux-là, les vingt et une bourriques malchanceuses de « l'affaire Kahn et consorts », qu'en avait-elle fait, la guerre? Des méchants-méchants, des moins que rien, des « autres » tout court? Pouvait-on encore leur donner l'appellation de « prochains »?... Depuis trois semaines qu'il se promenait en rond dans le paysage de ces figures sans mystère, il n'avait toujours pas trouvé la sortie. Dieu sait pourtant si ces petites arènes sanglantes que sont les prétoires facilitent une approche intuitive des êtres. On s'y fait plus vite des accointances qu'au comptoir d'un bistrot, pour la bonne raison qu'on connaît d'entrée l'état civil et le curriculum de ceux qu'on y rencontre. Ces hommes lui étaient devenus familiers et réciproquement. Leurs regards s'accrochaient sans la moindre réserve. Tout juste maintenant s'ils ne s'adressaient pas des clins d'œil pour se signifier qu'on était serré pis que des sardines et qu'il régnait ici une touffeur de serre. Beaux comme des sous neufs dans les débuts, ils étaient de plus en plus défraîchis, la cravate de travers, l'épi en aigrette, la barbe varlopée à la va-vite. Bref, ils avaient repris leurs têtes et leur contenance des jours ouvrables. Ils se grattaient, ils se dérouillaient les jambes, ils toussaient, ils éternuaient, ils se mouchaient en faisant des bruits de saxophone ; aux deux tiers de l'après-midi ils commençaient à regarder la montre avec l'air de dire qu'il y avait encore au moins deux heures à tirer. A chaque suspension-pipi, c'étaient des bla-bla gentiment potaches, des presque rigolades ; pour un peu ils n'auraient pas attendu d'être dehors pour se faire des niches. Avec leurs gendarmes aussi on sentait que c'était copain-copain. Il y avait désormais quelque chose d'agricole dans le rituel des menottes : on les attelait pour sortir, on les dételait une fois rentrés, ils se réinstallaient à leur place comme dans des stalles d'écurie et, paisiblement, ils se remettaient à mastiquer une petite ration de massacre.

Sur le coup de cinq heures il y avait un changement notable dans l'attitude des hommes mariés. Un sillon obtus entre les sourcils, une certaine obnubilation dans le regard indiquaient sans erreur qu'ils s'absentaient dans leurs préoccupations domestiques. En pensée, ils rentraient à la maison puisque c'était l'heure de rentrer. Ils reprenaient les choses en main comme à chaque retour du boulot. Ils n'étaient plus tel ou tel massacreur de « l'affaire dite d'Oradour-sur-Glane », ils redevenaient le chef de famille qui tranche ses conflits domestiques, qui se demande comment il va boucler la fin du mois, qui fait quand même le fier devant sa femme, qui essaie de consoler son gosse d'une absence qui peut durer dix ans, quinze ans, plus peut-être... Et dans ces moments-là, Vergnaud se sentait malgré lui le compagnon de chaîne de ces incontestables assassins.

Bien sûr, il y avait les deux cent cinquante petits martyrs que le président ne cessait de leur remettre sous le nez en les adjurant de verser au moins quelques larmes; mais où donc aller les puiser, ces foutues larmes?... A l'exception de trois quatre buses irrémédiables qui restaient prises dans les glaces d'une indifférence absolue, s'ils avaient trouvé en eux de quoi s'apitoyer, sûr qu'ils auraient pleuré à tordre le mouchoir, ne fût-ce que pour faire plaisir à Gauzin, qui était si brave homme finalement, et à leurs avocats qui s'échinaient à essayer de les faire passer eux aussi pour des martyrs. Seulement voilà, ils avaient beau se racler la cervelle jusqu'à la trame, ils ne trouvaient pas la moindre ressemblance entre les petites victimes d'Oradour et leurs enfants à eux. Leurs petits, c'étaient les fruits précieux d'un accouplement avec la jolie pondeuse qu'ils s'étaient choisie, des petits qu'ils avaient langés, les prunelles de leurs yeux, des en chair et en os, avec des maladies infantiles, des mauvaises notes à l'école, des câlins du soir, des prières au bon Jésus, des fessées, des jouets, des friandises; des petits qu'ils élevaient dans les principes, qu'ils calottaient s'ils ne finissaient pas leur soupe, des petits qui deviendraient forcément

« quelqu'un »... Tandis que les enfants d'Oradour, ils n'avaient plus d'avenir, même plus figure humaine dans la mémoire de leurs mamans puisqu'on avait tué aussi les mamans... Pour le principe ils ne demandaient qu'à les regretter, ces petits-là; mais entre l'idée et la crue des sanglots il y avait une telle distance d'imaginaire que leurs caboches en friche étaient incapables de la franchir. Pour eux, ces enfants n'existaient pas puisque dans leur tête et leur cœur ils n'avaient pas plus de nom que de matérialité. C'étaient des petits « historiques » qu'ils avaient contribué à massacrer et brûler, dans le temps, quand ils étaient déguisés en S.S... et encore, uniquement parce qu'ils en avaient reçu l'ordre; autrement, ils ne les auraient même pas regardés, ces petits-là, parole d'homme! Ils n'avaient aucune raison personnelle de leur en vouloir à ces petits-là. Pris à la pièce, aujourd'hui, probable qu'ils se seraient tous foutus à l'eau pour sauver un gosse, n'importe quel gosse... Insoluble.

Allez, tiens, une bonne lampée de quelque chose qui fait son poids de degrés pour avoir le courage d'aller encore en visiter un bout de ce drôle de pays. Mais cette fois ce ne sont plus seulement les bourriques de « l'affaire Kahn et autres » qu'il va mettre en scène, c'est lui, Vergnaud l'oracle, dont la France entière absorbe dévotement les chroniques. Chacun son tour d'avoir le fusil à l'épaule; oh! juste une petite fois, en douce, pour voir... Ça resterait entre lui et lui. Dix-sept ans, un bac littéraire dans la poche, Rimbaud toujours au coin des lèvres avec sa bohème et sa fronde; des idées de Justice, de grandeur, des idées « fatales » comme des pin-up sur papier glacé, un immense amour théorique pour une humanité sans frontières : à s'en aller prêcher sur la montagne! Mais, la guerre, l'uniforme S.S. comme ça, par hasard, juin 1944, le monde en feu, sur la pancarte : Oradour... Déjà en position devant le garage Desourteaux? Comme les choses vont vite dans ces moments-là! S'arrêter, réfléchir... mais il y a ce casque d'acier, la sueur, Hitler qui lui a lavé le cerveau, qui lui a brûlé ses livres... Où est-elle donc sa tête pleine de belles choses? Tout à l'heure en fouillant une bicoque, il s'est surpris dans une glace, il a failli ne pas se reconnaître, pour un peu il se serait tiré dessus tellement il s'est fait peur! Réfléchir, réfléchir! Mais voilà cette charogne de Kahn avec ses bottes qui claquent comme des gifles, il tuerait sa mère, il se tuerait lui-même s'il ne trouvait plus personne à tuer! Et l'autre galeux de Lensdorf dans son dos, toujours à vous mordre les chevilles, un vrai chien de troupeau! Réfléchir, réfléchir... Préparez-vous! Toutes les culasses ensemble avec leur bruit de mâchoire. La sienne aussi?... Réfléchir, mais ça monte en joue mieux qu'un violon, cette saloperie de Mauser, c'est étudié pour... Allez donc l'empêcher après ça de sortir sa musique de mort, c'est si fragile une détente quand on a le doigt dessus et qu'on vous hurle dans la tête! *Feuer!*... Réfléchir! *Feuer!* Une mornifle dans l'épaule, sa main gauche, cette putain, qui réarme!... Kahn qui hurle, Lensdorf qui hurle, toutes ces armes qui n'en finissent pas d'aboyer, cette fumée, ce boucan, ce boucan! Réfléchir...

Son père qui avait été blessé au Chemin des Dames en 1917 lui avait toujours raconté qu'on ne sentait pratiquement rien quand on ramassait un pruneau. C'était un peu comme une bourrade, énorme, mais indolore. Le bonhomme tombait sur son cul et presque à tous les coups il disait

« merde ! », pareil que s'il venait de faire une tache sur sa chemise du dimanche. Merde, dans sa langue maternelle... Et aussitôt après il commençait à mourir.

Un fusillé dans le garage Desourteaux a dit merde lui aussi, Vergnaud l'a bien entendu celui-là, il l'avait au bout du canon... Réfléchir... Tant qu'on y est, qu'est-ce donc qu'on remet à Dieu quand on se présente au portier de l'éther : le bon, l'entre-deux ? Est-ce qu'on essaie encore de faire le singe, de ne montrer que le côté rutilant de la marchandise et de cacher le mauvais dans le double fond de la musette ?... Non. On lui rend simplement la condition humaine. On lui dit : fais-en ce que tu veux, c'est trop lourd, moi je suis fatigué.

XVIII

Lundi, quatorze heures trente. Lensdorf n'a pas demandé pardon. Lagarde s'est cogné doucement les yeux contre le regard navré de sa Mathilde qui lui télégraphiait, en même temps qu'un tas d'autres choses beaucoup plus intimes, qu'il devrait coûte que coûte continuer à croire aux miracles et persévérer dans sa foi en l'Homme.

Il lui a réexpédié tout ce qu'il a pu par-dessus la haie des gendarmes, son amour, sa tristesse avec l'excipient d'un sourire, puis il a remis sa tête humaine derrière son masque d'avocat pour avaler dignement la ciguë de cette terrible déception.

A force d'insistance, de ruse, de prêchi-prêcha, il avait fini par soutirer à Lensdorf l'accord sur parole qu'il s'acquitterait lui aussi de la petite formalité du compliment préliminaire. Mais en le voyant s'avancer à la barre aussi tranquillement qu'en promenade et déclarer pour tout potage, d'une voix injurieuse tant elle était laquée de politesse, qu'il « regrettait d'avoir participé à cette opération », point final, Lagarde a connu le réveil en fanfare de celui qui reçoit un seau d'eau froide en plein visage. Il était en train de réaliser qu'il n'avait rien compris à cet homme, qu'il s'était trompé de long en large, du début à la fin. Lensdorf n'était pas, comme la plupart de ses coaccusés, un « occasionnel » de l'horreur. Sa conduite sauvage à Oradour ne résultait pas d'une conjonction hasardeuse de maléfices; les circonstances du forfait n'étaient le concernant ni plus ni moins que le contexte historique d'une anecdote. Chez lui, le crime s'était pris dans la pâte jusqu'à constituer un alliage indéfaisable. Pour chaque particule de chair, de fibre, de sympathie, de convivialité – car Lensdorf avait, comme on dit, le « bon contact » et toutes les apparences d'un être humain selon les normes –, il y avait désormais une particule de crime. Si la question du Bien et du Mal ne se posait pas plus pour l'accusé de 1953 qu'elle ne s'était posée à l'Unterscharführer de 1944, c'est uniquement parce que le petit Joseph était venu au monde avec une atrophie de la conscience, comme à d'autres il manque l'ouïe ou la vue. C'était un barbare congénital. Il en avait l'étrangeté monstrueuse et cette innocence du cobra qui sécrète son venin. Lui, il sécrétait de la barbarie. Hors contexte propice à ces exsudations meurtrières, on pouvait le garantir « sans danger aucun » pour la simple raison qu'il possédait au naturel tout à la fois le courage et la docilité du chien de défense. C'était par antiphrase l'exemple type du « bon sauvage ». Il suffisait de bien lui montrer les grimaces et les gestes de la civilisation pour qu'il les décalque aussi soigneusement que ceux du crime. Il ne faisait pas la différence. Quelles que soient les directives, on pouvait être sûr en tout cas qu'il les appliquerait sans faiblesse. A Oradour, Kahn, son maître, leur avait donné l'ordre de tuer les habitants sans distinction d'âge ou de sexe; il s'était donc mis en quatre pour en zigouiller le plus possible. Si on lui avait ordonné de distribuer des bonbons aux enfants ou des fleurs aux jeunes filles, il se serait pareillement épuisé à la tâche. Lensdorf symbolisait à lui seul le taylorisme hitlérien au service de la mort. Zèle, compétence, fidélité, chacun à sa place, d'un bout à l'autre de la chaîne : de Drancy à Treblinka jusqu'au dernier Juif, d'Oradour à Berlin jusqu'à la dernière cartouche. C'était vertigineux!

Ce qu'il exposait d'une voix sans apprêt devant un auditoire consterné ne semblait pas relever à ses yeux de l'ignominie mais d'un simple problème industriel de sous-traitance; ou : « comment liquider six cent quarante-deux personnes et raser leur village entre quatorze et dix-neuf heures ». On avait même quelquefois l'impression, tant ses réponses étaient dépourvues de tout enrobage sensitif, qu'il demandait au tribunal de saluer au moins une prouesse technique qui n'avait rien à envier aux cadences de la solution finale. S'il se refusait à donner quelque précision que ce soit concernant le massacre des cinq cents femmes et enfants – massacre qu'il ne niait pas au demeurant –, ce n'était pas, comme l'avait cru Lagarde dans sa naïveté, pour évacuer les charges les plus encombrantes ou ménager les cœurs sensibles, mais simplement parce que son honneur de sous-officier S.S. lui interdisait de livrer à la « concurrence ennemie » des « tournemains top secret » dont il était le détenteur. Heil Hitler, pour un peu!...

Alors à quoi bon essayer de le provoquer dans un duel d'homme à homme? Pauvre vieux Gauzin, bretteur loyal, pitoyable de classicisme, dont l'épée rencontrait le vide! Il était Charlot moulinant des poings devant le mastodonte de *La Ruée vers l'or*... Dès le milieu de l'interrogatoire, le fer lui tremblait au bout du bras, il n'avait même plus assez de postillons et de rocailles pour lancer ses attaques : « Les deux femmes devant l'épicerie Mercier, ne niez pas, on vous a vu! » Qui l'avait vu? semblait demander l'œil de poisson mort : cette grosse larve hargneuse, ce blond crétin ? S'il n'avait pas été dans un prétoire il les aurait certainement saignés sur place comme il avait dû en pointiller tant d'autres avec sa Schmeisser; une rafale en travers pour leur découdre le ventre et qu'ils transportent leurs boyaux dans les bras comme un fardeau qui glisse ! Voilà ce qu'avait promis l'œil de poisson, mais si vite que presque personne ne l'avait remarqué. Il y avait en lui un tel compost de barbarie qu'il n'avait même pas besoin de refaire mousser la haine pour assassiner... Et le président, asphyxié par l'humiliation, qui continuait de courir, qui le suppliait de se battre, de respecter au moins les règles ! Il rapetissait dans sa robe rouge, il était, derrière sa table, comme un chien qu'on abandonne ; sur une route isocèle aux perspectives tremblantes s'éloignait le S.S. d'Oradour, insaisissable : une mort tranquille avec sa faux !

Brave vieux Gauzin, il avait quand même repris sa course ; il ne pouvait pas se résoudre à ce que les hommes ne soient pas un peu humains, rien qu'un peu : « Ah ! vous prétendez ne pas être entré dans l'église ? J'ai là quelque chose qui va vous raviver la mémoire ! Gardes, veuillez apporter la pièce à conviction ! »

Aussitôt fait. Entre un gendarme portant contre sa poitrine une voiture d'enfant. C'est le Saint Sacrement qu'il dépose sur le tapis vert. Oh ! cette maladresse de jouet cassé ! Petit carrosse misérable aux flancs lardés par les balles et les éclats de grenade, le feu qui t'a griffé jusqu'à la rouille couleur du sang... Et dedans, Dieu du ciel, imaginez, un bébé à hochet, ses gazouillis sous un bonnet en dentelle... Insoutenable ! La voix de Gauzin vrille les ventres ; jamais encore il ne l'a eue, cette voix qui arrête les cœurs comme une syncope. On dirait qu'elle n'est pas à lui.

– Regardez Lensdorf ! Regardez, vous dis-je ! Cela ne vous rappelle rien ?!

Les yeux de poisson se frottent contre la poussette. Ils y laissent leur indifférence comme de la bave. Le timbre est le même, fêlé par le tabagisme.

– Rien, monsieur le Président.

Gauzin va crier, il est si rouge... Non, il se penche, il reprend sa voix de vieux bonhomme qui voudrait tant la revivre, sa belle vie; malgré la pompe de la formule, c'est à un fils qu'il veut s'adresser. Si c'était permis, il l'appellerait Joseph, il le tutoierait.

– Lensdorf, je vous adjure solennellement de me dire la vérité! Qui a commis le massacre de l'église?

En face de lui, un petit négociant en crimes avec son crayon sur l'oreille signifie par un aimable balancier de la tête qu'il est bien désolé de ne pouvoir répondre aux exigences de ce client.

– Qui?! se met à hurler Gauzin en jetant ses dernières forces.

Sa voix a tapé follement. Elle s'émiette en petits échos dérisoires que le silence balaie.

– Je ne le sais pas, monsieur le Président.

Le temps pousse ses aiguilles; on l'avait presque oublié celui-là. Les cœurs peuvent se remettre à battre puisque l'on sait maintenant qu'il n'y a plus d'espoir.

La dame au fond de la salle avec son chapeau ridicule sur ses cheveux jaune d'œuf a tenu à rester jusqu'au bout, jusqu'à ce que le président dise à son Joseph qu'il pouvait retourner à sa place. Quand on a apporté la poussette transformée en écumoire, il lui a semblé qu'il en sortait de drôles de petits hurlements presque humains, pas tout à fait, mais désagréables comme un ongle qui raye une vitre. Elle s'est demandé d'où diable cela pouvait sortir, ces drôles de grincements de dents, peut-être bien des ressorts...? Elle s'est tournée vers ses voisins pour voir un peu ce qu'ils en pensaient, mais tous ils avaient les yeux braqués sur son garçon, des yeux de loups qui regardent la viande. Alors elle s'est avoué quelque chose d'inavouable; elle a accouché de cette idée, debout dans son coin, sans rien montrer de ses douleurs, à personne. Le Joseph bien-aimé qui lui était sorti du ventre il y a trente ans, c'était un « monstre ». Il n'y avait pas d'autre étiquette pour la chair de sa chair. Maintenant qu'elle avait accouché de son idée, elle se sentait importante. L'homme que l'on collerait au poteau, c'était son fils le « monstre ». Elle y était forcément pour une bonne part puisqu'elle l'avait fabriqué de haut en bas. Elle savait se tenir, maman Lensdorf, autrement elle se serait mise à le chanter à tue-tête qu'elle était la maman du « monstre », elle, la dame au fond avec un chapeau sur des cheveux jaune d'œuf!...

Elle a attendu d'être dehors pour prendre sa décision, parce que ce n'est pas le genre de décision qu'on peut prendre devant le monde. Elle essaierait de devenir folle avant de mourir. Voilà. Il n'y avait plus que ça à faire.

XIX

Seize heures trente et toujours ce lundi. Voici venu le temps des témoins. Il en défilera sans un trou jusqu'au milieu de la semaine suivante.

Ils ont les mêmes noms que leurs morts et l'accent doux de cette porte du Sud qui donne au bonjour-bonsoir la saveur d'une antienne.

Du vermeil leur monte aux joues quand l'aboyeur les annonce et qu'ils tombent en plein milieu de la cérémonie. Ils ont un peu l'impression qu'ils dérangent. C'est bien émotionnant pour des gens simples, ces gendarmes en rang d'oignons, ces beaux militaires sans un faux pli, ces regards qui les rançonnent, qui leur cherchent le morceau d'horreur qu'ils ont tous au fond des poches. Le plus terrible, c'est encore de se retrouver nez à nez avec leurs massacreurs, presque à les toucher, des vraies personnes maintenant qu'ils sont rhabillés en civil et qu'ils ont pris neuf ans de bouteille, avec des bonnes têtes pour la plupart, des têtes qui valent bien les leurs au bout du compte. C'est surtout ça qui les cloue : le mystère des bonnes têtes. Pour des assassins de ce calibre, ça devrait être interdit par la loi de garder sa bonne tête. Des types de ce genre, il faudrait les peindre en quelque chose de phosphorescent et d'indélébile, qu'on soit sûr au moins de les différencier, ou alors leur coudre des grelots, qu'on puisse les entendre arriver de loin. Du coup ils s'en veulent d'avoir mis le costume du dimanche. Ils se demandent si on va les croire sur parole tellement ils font propres et en bonne santé ; presque moins abîmés d'apparence que les vingt et un sur les bancs. Ils se disent qu'ils auraient peut-être mieux fait de se redéguiser en « samedi 10 juin 1944 » pour que le tribunal se rende un peu compte de l'état dans lequel on les avait mis ce jour-là, avec leur linge souillé par la terreur, l'odeur de brûlé dans les cheveux, les écorchures, la sueur, le sang des copains qui les barbouillait, l'empreinte des semelles de bottes quand ils avaient fait le mort et qu'on leur avait marché sur la figure, leurs yeux de gibier, leurs dents qui jouaient des castagnettes, leurs doigts au fond des oreilles pour ne plus l'entendre, cet atroce vacarme que faisaient les S.S. en saccageant leur passé, leurs trésors, tous leurs amours...

Une fois qu'ils sont installés derrière la petite table exprès et qu'ils ont juré-craché de vider leur sac sans haine et sans crainte, ils commencent à se reprendre ; d'autant que le président a la manière. Il n'est pas comme les huissiers avec leurs voix de farces et attrapes qu'on dirait sorties d'une boîte en fer. Lui, il est chaud, il ne se gêne pas pour se fendre d'un sourire, il n'est pas vert endive couleur du « cause toujours » ; il ressemble à une pomme cuite, une grosse pomme avec des yeux en sucre, des yeux qui fondent. En tout cas, lui au moins, il a l'air de les plaindre, de les comprendre. Il dit, racontez-nous donc monsieur-madame, prenez votre temps et n'hésitez pas à donner des détails. Alors le monsieur-madame, remis en confiance, psalmodie le petit bout de ce malheur incurable qu'il a eu à subir ; interminable et modeste élégie, lamentations et répons, chacun son tour comme dans des leçons de ténèbres, avec le bourdon grégorien des voix d'hommes, des accents flûtés de haute-contre quand une maman s'adresse à son petit ange qui l'attend au ciel, de vigoureux coups d'archet chez les jeunots qui ne peuvent s'empêcher de maudire cette sale engeance entre deux péripéties, du gravier dans la vieille bouche des anciens qui n'ont que la guerre de 1914 pour se repérer... Ce n'est jamais orné ni baroque, c'est long, lent, ça n'en finit pas de vous cogner contre la poitrine, c'est le tocsin de leurs vies trouées, irréparables et Oradour en acrostiche.

Moi, dit celui-ci, j'étais au coiffeur, monsieur le Président, j'avais un vélo neuf, j'y tenais à mon vélo neuf, je l'avais rentré dans la boutique, je ne voulais pas qu'on me le vole mon vélo neuf, comprenez-vous... Ils ont pris mon vélo, ils ont tué mes parents... Moi, dit une autre qui s'appelle Blanche ou Yvonne, j'étais chez les Untel quand j'ai vu monter les camions, je faisais ci, je faisais ça, enfin ce qu'on fait d'habitude à la même heure quand c'est juin et que revoilà le soleil après la pluie... Je n'ai plus de famille, plus de maison, plus rien derrière si je me retourne, même pas un cimetière avec des gens à moi qui se décomposent dans des beaux cercueils en chêne, des chers disparus à chrysanthèmes, rien, un trou; alors je vais droit devant, je continue... Je me fais des permanentes, je me parfume à la violette, j'ai un amoureux, des projets, un métier, je suis foutue...

Souvent c'est le vocabulaire qui leur manque pour bien développer comment les assassineurs qui sont sur les bancs ont essayé de les assassiner, alors ils reprennent à la mesure d'avant, ils rabâchent le refrain, ils font de leur mieux. Quelquefois ils n'ont plus que des gestes et des mimiques pour expliquer à monsieur le Président, qui n'a pas toujours l'air de les comprendre, que, dans ces cas-là, on n'hésite pas à ramper, à se traîner, à se tortiller, à se glisser par un trou de souris pour sauver sa couenne ; qu'on se ferait péter le cœur pour sortir d'une maison en feu quand on a déjà les poils roussis et que, des fois, il faut courir sur les genoux, sur le ventre, sur les coudes, aussi vite qu'une chenille devant une godasse !... Car ce ne sont ni plus ni moins que d'abjectes et « traditionnelles » petites scènes de chasse que racontent ces gens : c'est la battue vue par la sauvagine, avec des S.S. en guise de Tartarins. L'univers pour l'humain traqué est le même que celui du lapin ou du renard. C'est un sillon bourbeux entre deux rangs de haricots, un tas de cailloux ou d'ordures, un égout sanieux, un fossé d'épandage, n'importe quel buisson barbelé qui vous tresse des couronnes d'épines, n'importe quel trou de la taille d'un cul blanc dans lequel pourtant on réussit à s'enterrer jusqu'aux cheveux ! C'est tellement salissant la peur, presque aussi salissant que d'être déshabillé par le bourreau avant d'être plongé dans la baignoire ; ça empoisonne le sang comme l'urémie empoisonne le cerf que les amateurs du genre courrent et forcent puis servent au couteau quand il est déjà mort sur pied... Dans ces cas-là, comprenez-vous, messieurs les juges à décorations, on ne pense pas à crever debout en criant vive ceci ou vive cela, on se rongerait la patte pour se tirer du piège, on recrucifierait le fils de Dieu, on piétinerait son propre enfant pour s'échapper d'une église transformée en four crématoire ; devant la sauvagerie des Tartarins S.S. il n'y a pas d'héroïsme qui tienne, c'est la peau qui commande, elle vaut plus cher que l'amour et que toutes les Amériques. C'est dégoûtant, comprenez-vous, messieurs les braves, de souiller les êtres par la terreur, de les obliger à courir devant des fusils ou des chiens comme des bêtes de chasse. C'est impardonnable d'humilier la vie avant de la prendre !

C'est surtout ça qu'ils voudraient transmettre avec les quelques phrases qu'ils ont apportées dans leur panier : ce statut dégradant de gibier humain. Mais monsieur le Président est intraitable sur ce point malgré sa tête de pomme cuite et ses yeux qui fondent; il veut des « faits », rien que des « faits ». Pour le reste, ils n'ont pas à s'inquiéter, c'est le tribunal qui appréciera. Soi-disant qu'il est expert sur le chapitre de l'appréciation ; il leur mitonnera un de ces *pretium doloris* dont ils n'auront qu'à se louer. Quant aux chasseurs « malgré-nous » de l'affaire Kahn, paraît-il qu'ils ne regretteront pas d'avoir fait le voyage de Strasbourg. On peut faire confiance à la Justice, elle sait trier les paquets et les affranchir au tarif en vigueur!

Puisqu'on ne veut pas de ses impressions, le monsieur-madame les remballe avec les perles de son chagrin et faute de mieux rechante l'introït :

« Il était quatorze heures, heure de Vichy, je venais de sortir de table quand j'ai vu arriver les camions. Je me suis dit, tiens les Allemands! Qu'est-ce donc qui leur prend aux Allemands de venir traîner leurs bottes par chez nous?... Probable qu'ils sont aux trousses des " terroristes " avec tout le remue-ménage qu'ils font depuis le débarquement. Mais ici, ils peuvent visiter les maisons de la cave au grenier, ils ne trouveront pas la queue d'une mitraillette. A Oradour, comprenez-vous, on ne s'était jamais vraiment préoccupé de la guerre. Depuis l'armistice ce n'était plus la nôtre de guerre, c'était celle du monde. Les " Boches ", on en disait pis que pendre par habitude, mais uniquement entre nous, les plaisanteries habituelles, affaire de rigoler. Ce n'est pas pour autant qu'on serait allé leur chercher des noises ou faire sauter leurs trains de munitions. D'ailleurs, on était toujours resté fidèle au Maréchal. On priait pour lui à l'église. S'il avait cru bon de serrer la main de Hitler et de s'arranger avec le " Boche ", c'était sûrement pour éviter du malheur à la France. C'est ça qu'on se disait, sans chercher plus loin. On ne savait pas ce que c'était que le nazisme, ça ne nous intéressait pas. Oradour, en 1944, ça faisait un peu figure de petite " Suisse " en pays insurgé. La preuve, on avait pratiquement doublé la population avec les réfugiés; il en était arrivé de partout : une pleine école de Lorrains, même des Juifs à l'hôtel-pension Avril et dans la maison d'en face, un genre de milicien, natif du village, qui venait souvent passer le samedi dimanche en famille... S'ils se croisaient dans la rue avec la famille Pinet, faut pas croire qu'ils se sautaient aux yeux et pourtant, au regard des textes, ils étaient aux antipodes!... Du coup, poursuit le monsieur ou la madame, je me suis mis sur la porte pour regarder passer les camions et, quand il a fallu se rendre au rassemblement, j'y suis allé sans me faire de souci puisque j'avais la conscience tranquille. Comment deviner qu'ils pousseraient le vice jusqu'à nous choisir exprès justement parce qu'on avait la conscience tranquille?... Des moutons, monsieur le Président, ni plus ni moins, voilà ce qu'on était. Le mouton, il ne devine pas qu'on va l'égorger. Il broute jusqu'à la dernière minute. Quand il réalise qu'on va lui faire un mauvais sort, il a déjà le couteau sur la carotide, c'est trop tard. Vous pensez bien qu'autrement il essaierait de se sauver. D'ailleurs, monsieur le Président, puisqu'on est là pour vider le fond du sac, autant dire les choses, ceux qui s'étaient cachés spontanément en voyant arriver les camions, pour la plupart, c'étaient des gars qui avaient fait une petite encoche à la légalité... La légalité du moment : des réfractaires au S.T.O. par exemple ou aux Chantiers de jeunesse; enfin, des combines de ce genre, pas bien méchantes en soi mais qui pouvaient coûter gros à l'époque. »

« Le tribunal vous remercie, vous pouvez vous retirer », c'est la formule. Et le témoin s'en retourne. Passé la porte, il retrouve sa petite nuit personnelle, son existence faussée par le malheur comme un essieu par une trop lourde charge.

Derrière la table, un autre ou une autre lui succède qui jure de dire la vérité puis chante sans à-coups une nouvelle strophe du lamento. Ce sont des écoliers modèles lorsqu'ils entonnent le refrain : il était une fois mon village, à quatorze heures de l'heure allemande et du soleil après la pluie... Quelquefois pourtant il y en a qui trébuchent en plein milieu d'une syllabe sur un petit « oh ! » tout seul qui vient casser la queue leu leu d'une phrase. La seconde précédente on parlait stratégie, enveloppement, rabattage et monsieur le Président, qui continue d'enfoncer le clou de la préméditation, s'apprêtait déjà à faire rajouter un petit tampon orange ou vert sur le plan directeur, mais voilà que son témoin s'arrête court et fait « oh ! », comme ça, sans prévenir ! Même pas sonore ce petit « oh ! », juste la forme avec la bouche : une bague ronde, lisse. Et dans cet anneau de la taille d'un pouce d'enfant, l'horreur qui passe en sa totalité, l'horreur du début à la fin avec ses incurables conséquences, l'horreur en une seule fois telle qu'elle revient si souvent le transpercer aux instants les plus incongrus de son train-train de sursitaire.

Presque à tous coups montent des larmes dans les yeux du témoin, alors monsieur le Président s'affole, il pense à la montre, il croit à une de ces irrépressibles poussées de chagrin qui n'en finissent pas de rebondir et qu'aucune bonne parole ne réussit à endiguer; il se plierait en quatre dans ces cas-là, il n'attend pas les grandes eaux pour dire : « Voulez-vous que je suspende un moment l'audience, monsieur-madame, le temps de vous ressaisir? »... Et chaque fois, le témoin aux yeux mouillés lui répond que ce n'est pas la peine, que ça va passer, que c'est déjà passé... S'il n'en explique pas davantage, c'est uniquement parce que ça ne peut pas s'illustrer en quelques mots, ce genre de choses; cela va tellement au-delà du désespoir et de toute la variété de sensations qui l'accompagne. Ce petit « oh! » qui lui a cerclé les lèvres, ça n'a rien à voir avec le plus gros des gros chagrins, c'est un « trou noir » comme d'une étoile qui s'effondre sur elle-même. Et ça, c'est inexprimable.

Dans la grange Laudy ils étaient environ soixante. Il en est sorti cinq. Ils étaient dans les cinq. Voilà neuf ans qu'ils se demandent ce que peut bien leur vouloir le destin, si même il leur veut quelque chose, si ce ne serait pas un genre de tour forain dont ils auraient été malgré eux les compères, ou alors la main aveugle d'un colin-maillard; s'il ne s'agirait pas tout bêtement d'une de ces plaisanteries douteuses que Dieu fait quelquefois aux hommes pour se rappeler à leur bon souvenir et que l'on regroupe sous le terme générique de « miracle ». Quoi qu'il en soit, la réponse est après leur vie, s'il y a une réponse et un après. Ils n'ont cependant pas le sentiment d'avoir bénéficié d'un quelconque passe-droit. Ils ont tout vu, tout subi, avec les autres, ils sont morts tous ensemble jusqu'au bout, enfin presque. La seule partie insoluble de la charade pour les cinq de la grange Laudy, c'est d'être encore vivants après avoir été tués. C'est surtout ça qui les tracasse. Ils voudraient bien faire revenir les cinquante et quelques qui sont passés de l'autre côté pour savoir un peu de quoi il retourne, pour pouvoir au moins s'excuser et jurer leurs grands dieux qu'ils n'y sont vraiment pour rien dans toute cette manigance.

Si leurs compagnons de misère étaient assis à leur place pour témoigner, ils feraient exactement le même récit, au détail près, avec cette façon à eux qu'ils avaient de causer quelques minutes avant qu'on les tue. Comme les cinq, ils se souviendraient de l'étonnante jeunesse des soldats sous leur barbouillage de guerre – des gosses pour ainsi dire – de leur nonchalance blagueuse, des deux mitrailleurs plus douillets que des « princesses au petit pois » balayant soigneusement le seuil de la grange avant de s'étendre derrière leurs machines, de celui qui croquait du sucre, de sa joufflure placide en découpe sur le bleu intense d'un chiffon de ciel, d'une mousse de lumière blonde autour des casques, d'un lavis de poussière irisée qui rognait les angles trop vifs, de ces senteurs un peu entêtantes de fenaison qui se réveillent aux heures bouillantes du jour, des insectes qui se hâtaient vers les fleurs avec leur bruit de petites motos, des lècheries d'un air souple et tiède qui faisaient claquer les chemises comme des voiles au vent debout, des feuilles qui agitaient leurs mains à contre-jour, qui leur disaient au revoir dans le dos des soldats, de la politesse presque nocturne de ce drôle de silence, de la vacuité pas très catholique de ces instants qui aurait dû leur mettre la puce à l'oreille... Si les cinquante et quelques étaient à la place des cinq derrière la petite table, ils raconteraient eux aussi qu'après un gros « boum » qui devait servir de signal, les soldats s'étaient mis à leur tirer dans les jambes, surtout dans les jambes, comme s'ils voulaient les raccourcir de moitié avant de les tuer pour de bon... Ce qui s'était passé ensuite tenait en une petite poignée de phrases très banales : ils s'étaient écroulés les uns sur les autres, empêtrés les uns dans les autres, étouffés les uns les autres ; ils avaient mêlé leurs bras, leurs jambes, leur douleur, leur gigantesque incompréhension de ces moments absurdes, les derniers, dans une même pelote sanglante... Il y en a un qui avait dit, « je suis foutu mes pauvres gars », un autre qui avait regretté à haute voix sa femme et son gosse, qui leur avait parlé comme à la maison, un autre, dans son coin, qui s'était mis à sangloter en voyant ses intestins lui couler du ventre et un mutilé de la « der des der », coincé au milieu du tas, qui s'était plaint à la cantonade de ce que ces salauds venaient de lui couper l'autre jambe... C'est après que les soldats leur avaient marché dessus pour finir ceux qui avaient l'air encore de vivoter : une balle dans la nuque, ici et là, au petit bonheur, surtout ceux du dessus. Ils n'étaient guère allés fourgailler dans les couches du dessous, il y avait trop de sang; ils avaient dû en oublier un certain nombre. Les cinq en tout cas ils avaient senti l'haleine brûlante du Mauser et le saut de carpe du brave type dans lequel ils étaient entortillés comme dans un filet; un brave type au cœur battant qui, jusqu'à ce que sa cervelle explose, espérait lui aussi qu'il y aurait une suite à sa petite histoire...

L'épopée des cinq, celle qui resterait dans la légende avec leur folle évasion, avait débuté bien après. On les avait d'abord recouverts de tout ce qui était combustible, paille, foin, chevrons, fagots, comme les copains... et un petit soldat à bonne bouille – peut-être un de ceux qui étaient en train de bâiller en douce sur les bancs – avait mis le feu au bûcher, « avec des allumettes »... A ce moment de l'aventure, les cinq étaient encore emmêlés dans les autres; eux aussi ils avaient commencé à rôtir avec les déjà morts et les mourants, eux aussi ils avaient entendu crépiter leurs cheveux et vu leur peau se cloquer, eux aussi ils avaient senti dans leurs jambes trouées par les balles l'atroce petite morsure des mille chalumeaux, eux aussi ils se la rappelaient, cette T.S.F. qui braillait à tue-tête sur d'hurlantes agonies, eux aussi ils avaient été brûlés vifs comme la quinzaine d'autres qui n'étaient que blessés, eux aussi, d'une certaine façon, ils avaient été massacrés jusqu'au bout avec les massacrés... Seulement voilà, eux, ils étaient quand même revenus pour raconter la fin de l'histoire. Le seul visage dont ils ne conservaient pas la moindre trace dans leur mémoire, c'était celui du sort, ce mystérieux « passeur » qui avait tiré cinq noms dans un chapeau.

Ce jeune homme bien poli, c'est un de la famille Hyvernaud. Des Hyvernaud il y en a une kyrielle sur le martyrologe : cinquante-quatre, en comptant la parenté. Lui, il n'était pas là le jour de la tuerie; il avait juste entendu dire, alors il était passé le dimanche matin pour se rendre un peu compte. Avant de monter chez lui il avait fait un détour par l'église. En entrant il avait buté sur un corps de femme. Une femme nue, morte, intacte. Il n'était pas le seul à l'avoir vue cette femme nue et morte. Neuf ans après il en est encore tout chamboulé, incertain, il en parle avec stupeur de cette pauvre féminité exhibée au seuil de la maison de Dieu; s'il osait devant les gens, il ferait des signes de croix, des gestes de conjuration parce que c'étaient la terreur et le feu qui avaient violé cette femme avant qu'une balle ne lui troue la tête, et ce pacte avec l'ombre, cette messe du Diable, dépassait son entendement de jeune homme... Il dit aussi les pierres qui vomissaient une chaleur de four, il dit la langue bleue des feux follets, il dit une vraie petite colline faite d'un empilement de cadavres arqués comme des ferrailles, il dit ce bric-à-brac d'enfants étêtés, démembrés, il dit les jouets dans des mains sans bras, il dit cette pestilence qui lui pique les yeux plus fort qu'un acide chaque fois qu'il est obligé de s'en souvenir... Il ne dit rien aux vingt et un sur les bancs parce que sa haine est si folle qu'il ne leur veut aucun mal, seulement les effacer et s'effacer en même temps avec la vie, toute la vie... Il dit enfin sa sœur dans les W.-C. du presbytère, le ventre saccagé de sa sœur par les rafales du S.S. Pakowski... Il redit l'indicible : le bébé de sa sœur écrasé contre le mur, sa tête, comme un petit soleil.

D'autres viennent qui déposeront sur la table un fragment du sacrilège. Le silence n'est fait que d'une absence de bruit quand la voix du récitant grince ou marmonne comme dans le soliloque d'un rêve. Dehors il y a février, sa lumière hâtive et pâlotte qui fait long feu d'une rive à l'autre du jour en oubliant des averses; on les entend trottiner sur la verrière. Dès quatre heures les lampes tiédissent les figures et les ombres se frôlent, hargneuses, méfiantes comme des épées... J'ai vu, dit celle-ci ou celui-là, deux enfants en poudre dans le confessionnal, j'ai vu un filet rouge au coin d'une bouche, j'ai vu un œil de sang entre des yeux qui m'avaient souri le matin, j'ai vu une vieille, carbonisée de pied en cap, qui tenait debout par sa raideur, elle était posée comme une statue de charbon contre une table renversée, ils avaient jeté sur elle en guise de parure des tripes et des abats de taureau... J'ai vu des morts vautrés dans des brouettes comme des ivrognes, j'ai vu des troncs ébranchés, couleur de bronze, j'ai vu des petits souliers qui avaient perdu leur pied, des tas de baleines de corset mais plus de hanches, des chapeaux mais plus la tête, des alliances sans doigt, j'ai vu... Oh! non, ça je l'emporterai, je voudrais tant ne pas avoir regardé!... Et j'ai vu dans cette nuit magnifique, profanée, repartir les camions avec les soldats qui chantaient au son de l'accordéon : des airs pour les beuveries et les farandoles, des airs pour la fête...

Des gens qui la soutiennent, la petite madame en noir, tout un cortège, le tribunal debout, son nom qui passe de lèvres en lèvres, c'est elle, « le témoin sacré », Marguerite Rouffanche, seule réchappée du massacre de l'église, onze fois trouée par les balles S.S., traquée par les chiens de la Milice et de la Gestapo jusque sur son lit d'hôpital pour que personne jamais ne puisse révéler l'atroce vérité, mais ici quand même et vivante pour la crier une fois de plus!

Il n'y a de blanc que sa figure de pierre dans la nuit de grand deuil qui la couvre. Elle a des yeux sombres et fixes qui ne voient rien venir. Tout est derrière avec son horloge arrêtée à une certaine heure de cet après-midi de juin dans une église en feu. Elle ne vit plus, Marguerite Rouffanche, elle avance sur son erre, poussée par cinq cents bouches de femmes et d'enfants qui hurlent par la sienne. Elle ira longtemps ainsi, elle sera même très vieille le jour où l'on gravera ses dates sur une tombe.

Quand monsieur le Président l'invite à témoigner, elle dit qu'elle a le cœur bien gros mais c'est façon de parler, une politesse. Il y a si longtemps qu'elle tourne comme une bête aveugle dans ce territoire des « chocs » irréversibles où n'entrent ni les sentiments, ni la raison, ni même le chagrin. Les larmes, elle en a léché le sel jusqu'à la dernière paillette. Toutes ses rivières sont mortes. Elle est aussi folle et lucide que les « rayons X », elle voit et montre les choses exactement comme elles sont, pile et face, au travers, dessus-dessous. Sa voix de fer rouillé court par saccades presque inaudibles quand elle redit le soldat si jeune, la caisse, le cordon des mèches, l'explosion sourde, la fumée sombre, l'asphyxie et puis, ô mon Dieu!... Peu importe la tournure des phrases et les accords, il ne faut pas l'écouter avec les oreilles, Marguerite Rouffanche, il suffit d'observer ce bol de sang qui lui déborde lentement du cou et vient salir la craie de son petit visage, d'interpréter la danse arythmique de ses pauvres doigts tortus de rhumatismes, de lui emprunter ses yeux quelques minutes pour entrer avec elle dans l'église d'Oradour le 10 juin 1944 et d'oser les ouvrir... C'est alors seulement que l'on peut entrevoir ce qui lui a brûlé l'âme. C'est inimaginable mais il faut l'imaginer pour que la mémoire ne meure. Ce sont cinq cents femmes et gosses de tous âges dans un endroit qui pourrait en contenir la moitié. C'est tout à la fois une chambre à gaz et un four crématoire. C'est une hallucinante confusion. Ce sont des êtres arrachés d'eux-mêmes par la terreur qui se foulent, se chevauchent, s'escaladent, les grands sur les courts, les forts sur les faibles. C'est le pied du fils écrasant le visage de sa mère, ce sont des ongles en panique qui crochent dans des yeux comme dans les trous d'une pierre vivante, ce sont des mains qui se pendent à des cheveux comme à des cordes, qui grimpent aux jambes comme à des arbres, c'est un escalier de poitrines, c'est une construction humaine née de la folie, plus haut, plus haut, toujours plus haut vers la surface, vers l'oxygène! C'est une vague qui hurle, grouille, palpite, monte, se casse, déferle, se reforme tandis qu'à mesure les mitrailleuses et les jets de grenades écrêtent la houle jusqu'à ce que la surface soit d'huile rouge, moutonnée ici et là par le soubresaut des agonies... puis étale, gémissante, brûlée vive par les soldats de Hitler dans la maison du Christ juif.

Vient un abbé de Moselle. C'est un pauvre, un gentil. Il a l'air d'un vieux louveteau avec la roseur blonde de ses joues qui gardent un peu d'enfance. Probable qu'on trouverait encore dans ses poches un canif, de la ficelle et les cailloux du petit Poucet pour être sûr de ne pas se perdre en chemin. Il est enfilé tout raide et maigrichon dans le fourreau luisant de sa soutane. Son regard est écarquillé de certitude. Quand il jure de dire la vérité on voit bien que ce n'est pas une grimace parce qu'il le fait pour son bon Dieu, cette lumière d'après les charniers et le malheur des hommes, là-bas, tout là-bas...

Séminariste, réfugié à Limoges dès 1942 parce que lorrain et notoirement hostile à l'ordre nazi, il s'était porté volontaire pour faire partie des équipes de « secouristes » mandatées par la Croix-Rouge. « Secouriste », telle était l'appellation officielle inscrite sur des *Ausweis* arrachés de haute lutte par le service départemental de l'hygiène aux autorités d'occupation.

Ce qu'il raconte sans jamais reculer devant les termes, c'est leur humble et dégoûtante besogne de garçons d'amphithéâtre bâillonnés par des linges imbibés d'eucalyptus; c'est la manutention sacrée de toutes ces pièces humaines qui jonchaient les ruines, c'est la recherche des cadavres qui bouchaient les puits, la reconstruction sommaire des moins détériorés, l'étalage de ces misérables reliefs calcinés de manière à ce que les survivants, amis, voisins, connaissances, puissent tant bien que mal remettre des noms sur des absences de visages.

Quand il parle de l'église, sa voix monte et descend par habitude de chanter des messes en latin. Il dit la cloche fondue, les flaques de bronze, il dit les corps de la chapelle Sainte-Anne si fortement carbonisés qu'à certains endroits les chairs s'étaient incrustées dans les dalles et qu'ils avaient dû gratter avec des bêches et des morceaux de tôle... Il dit ce collier de petites mains détachées du corps qui pendaient tout le long de la grille du chœur... On devine qu'il prie en parlant et que c'est la prière qui lui donne la force de ne pas pleurer; il dit un tas de cendres et d'ossements, si haut, si compact, que trois jours durant ils en avaient sorti des pleines lessiveuses... Il dit aussi, parce qu'il faudra s'en souvenir, que les troupes allemandes – car cette fois il ne s'agissait plus de S.S. – avaient exercé de bout en bout une surveillance agressive et pointilleuse, interdisant sous peine d'arrestation de faire des photos et de prendre des notes. Il dit aussi – et d'autres viendront le confirmer – que quelquefois, dans les champs, des soldats vidaient leurs mitraillettes sur des animaux de ferme ou domestiques qui n'avaient toujours pas compris de quoi étaient faits les hommes et qui voulaient simplement rentrer à la maison.

Il dit enfin, et après cela il faudra refermer le livre pour se reposer un peu, qu'à la tombée du soir ils transportaient les morts dans les deux grandes fosses communes creusées devant le cimetière; au passage ils cueillaient des fleurs dans les jardins, parce qu'il y avait encore toutes les fleurs dans tous les jardins... Ils alignaient les cadavres dans les fosses, ils les couvraient de fleurs pour l'infini voyage, puis se tenant par la main ils chantaient: « Ce n'est qu'un au revoir, mes frères... »

Il est si triste, si navré qu'il sourit, le petit abbé de Moselle, lui au moins il est sûr qu'il les reverra ses frères en morceaux. Il tient sa foi comme une lanterne, il peut marcher dans la nuit noire. Jusqu'au bout.

XX

Le dernier acte de la tragédie n'occupera guère qu'un petit paragraphe annexe dans les manuels d'histoire contemporaine. Autant dire que cela ne mérite pas plus. La pièce eût beaucoup gagné à se terminer sur un cri.

Les amateurs de dénouements bien cousus pourront toujours se reporter aux quotidiens de cette première quinzaine de février 1953. Ils y trouveront, à la rubrique judiciaire, des chroniques proprettes, sagement ourlées de points et de virgules, des faits, des dates à mettre sous globe. Ils n'en seront pas plus avancés pour autant. Peut-être les nez fins percevront-ils au hasard d'un lapsus, d'une allusion codée ou d'un point d'exclamation planté au bout d'une phrase comme un dernier sursaut de révolte, quelques relents de cette arrière-puanteur de raison d'Etat qui, venue de la coulisse, avait fini par empester le théâtre ; surtout depuis qu'un certain 30 janvier, le parlement, cédant à la pression des élus d'Alsace, avait aboli, par un scrutin nocturne à goût de sauvette, l'alinéa de la loi de 1948 relatif à la responsabilité collective. Cela revenait tout bonnement à retirer de la bouche de l'accusation la maigre pitance juridique qui lui avait permis de réinclure les douze dans les poursuites entamées contre « Kahn et consorts ».

Les plus au fait des us et coutumes de la Quatrième République vous diront, sans prendre de mitaines, que « ça sentait la politique » comme on le dit de certaines autres malodorances intempestives d'origine insituable.

Cela se passait justement le jour où le petit Roger Godefrin, seul enfant rescapé de la tuerie, racontait avec la verdeur primesautière de ses seize ans – il en avait à peine la moitié en juin 1944 – ses émotions de jeune lièvre impitoyablement pourchassé et canardé par les S.S. germano-alsaciens de la troisième compagnie. Fier et gouailleur titi d'Oradour, petit Gavroche qui avait fait la nique aux massacreurs! Il aurait pu, parodiant l'elfe des barricades, chanter: « Je suis tombé par terre c'est la faute à Hitler, le nez dans le ruisseau c'est la faute à Henriot! »... Seulement voilà, lui, il était moins haut que les herbes, il avait blousé les chasseurs et franchi le ruisseau; il n'était pas avec le reste de sa famille couché dans la fosse commune sous les draps de fleurs d'un petit abbé de Moselle...!

Toujours est-il qu'il y avait eu un sacré remue-ménage ce 30 janvier 1953. La ville d'Oradour avait rendu sa croix de guerre et l'Alsace ressorti ses calicots: martyrs contre martyrs, l'unité nationale comme une soulte au milieu du champ clos; pas bien reluisant au bout du compte cette empoignade franco-gauloise! Jusqu'au président de l'association des familles qui, sortant du mutisme que lui imposait la loi, s'était précipité à la barre dans le but de lire un placet rédigé en l'honneur des victimes! Gauzin l'avait rabroué sans périphrase et menacé d'expulsion. Il avait même profité de ce coup de rogne pour rasseoir un peu son magistère en faisant éjecter *manu militari* quelques braillards des deux camps qui polémiquaient dans la salle comme sur une place de marché. Finalement, c'est ce cher vieux code pénal qui avait remis les plaideurs d'accord et rendu aux débats une apparence de respectabilité. La cérémonie s'était poursuivie dans le cadre strict du droit commun; politique et justice faisant assaut de chattemites jusqu'à l'*ite missa est* inclus.

Lorsque s'ouvriront les archives militaires après les cent ans de viduité qu'elles s'accordent de manière à momifier les événements et laisser aux témoins des bourdes sanglantes qu'elles recèlent le loisir d'aller respirer l'air du paradis, il y a beau temps que plus une oreille vivante ne sera là pour se rappeler la musique de cette dernière huitaine du procès. Sur le papier pelure des minutes il ne restera qu'une indigeste platée d'homélies mais pas une bouche pour en fredonner les grands airs...

Les historiens des années 2050 ne se gêneront pas pour qualifier les réquisitions du petit colonel de verbeuses et longuettes. Plus de quatre heures en chaire pour ne proposer que les têtes de Schwaller et Lensdorf et s'en remettre, concernant le reste des hallebardiers, à la sagesse proverbiale des juges militaires! On attendait Bossuet, c'est un abbé de cour qui a fait le sermon. Les moins révérencieux diront même qu'ils trouvaient à l'assommante leçon de droit pénal qu'il avait cru bon de donner pour masquer son embarras un peu de l'amphigouri abracadabrant d'un Thomas Diafoirus dissertant en latin de cuisine sur des « humeurs » diaboliques et incurables: en l'occurrence, celle de l'humaine nature plongée dans un bain de discipline. Les mieux intentionnés en arriveront à plaindre cet homme crucifié entre tant de chèvres et de choux qu'il n'avait rien trouvé de meilleur pour conclure qu'une de ces lapalissades métaphysiques à la mode shakespearienne, disant en substance, après avoir cité quelques répliques de *Macbeth*, que, si l'on devait déclarer non coupables les vingt et un de « l'affaire Kahn et autres », cela reviendrait à dire qu'il n'y avait eu à Oradour, le 10 juin 1944, ni population exterminée, ni village anéanti!...

Quant aux robes noires, ils ressentiront à absorber leurs torrents d'éloquence quelque chose qui s'apparente à l'ennui nauséeux de ces volatiles de Noël que l'on emboque à longueur de jour avec la même pâtée. Alsace, contrainte, propagande nazie, sous le bonnet d'âne de la crétinerie et la botte du *Gauleiter* Wagner, le tout réchauffé dans des bouches d'or!... Vérités imparables, certes, mais vérités de « faussaires » au regard de la tragédie qui occupait la scène.

De Lagarde ils ne retiendront que cette liberté de parole que lui conféraient son isolement et certains principes généraux qu'il n'est jamais inutile de rappeler devant une juridiction militaire, à savoir qu'en matière de « crimes de guerre » ce sont toujours les vainqueurs qui jugent... Peut-être certains noms livrés à la méditation du tribunal éveilleront-ils encore quelque résonance lointaine chez les écoliers du nouveau millénaire : Hiroshima, Hambourg, Dresde! Talion d'un terrorisme aveugle commandité par les Etats en guerre, « pluies noires » et phosphore sur des indiscriminés par centaines de mille!... Pour ce qui est du reste de sa plaidoirie ils la qualifieront d'honorable tambouille et ils tourneront la page.

Ce qu'ils ne pourront deviner, c'est ce à quoi pensait Henri Lagarde tandis qu'il s'escrimait à faire mousser les quelques miettes d'excuses de son inexcusable client. Il était en train de se dire qu'il lui faudrait retourner à Oradour avec sa Mathilde pour s'y promener en amoureux. Ils iraient à cette période d'après les lilas où le printemps prend ses allures portantes et taille sa route grand largue vers l'été. D'avoir tant frôlé ces ombres martyres, d'être descendu si au fond du gouffre de leurs assassins, il avait fini par entrer dans la famille : ils étaient un peu à lui, ces pauvres morts de juin 1944 ; il avait presque le droit de les pleurer comme des cousins à la mode de Bretagne. Il n'était plus obligé en tout cas de passer par un « Notre Père » pour bavarder avec leurs âmes et savoir un peu ce qu'elles pensaient de nos cœurs incertains. Elles devaient bien en penser quelque chose maintenant qu'elles connaissaient l'autre face et qu'elles n'avaient plus la peur au bout du nez pour leur cacher les mouvements du monde... La prochaine fois, tiens, il leur demanderait pardon au nom de ceux qui ne l'avaient pas fait, parce qu'après tout il n'y a que le pardon que l'on demande ou que l'on accorde qui peut nous redonner quelque grandeur devant l'irréversible et nous consoler de n'être que des hommes.

Lorsque les historiens des années 2000 refermeront les dossiers de cette époque pour revenir à leur modernité, ils se diront que, malgré l'incroyable ardoise de crimes laissée par le dernier cinquantenaire, le nazisme avec ses millions de victimes et d'assassins resterait quand même une imprescriptible souillure dans l'histoire de l'humanité et qu'il en traînerait peut-être jusqu'au dernier souffle de la Terre d'ineffaçables lambeaux de nuit.

Une coutume des juridictions militaires entend que le verdict ne soit rapporté aux intéressés que dans le plus strict des huis clos, hors même la présence de leurs conseils.

Le vendredi 13 février 1953, à deux heures trente

du matin, le tribunal, respectant la liturgie, fit pour la dernière fois son entrée solennelle et, pour la dernière fois, monsieur le Président ordonna au lieutenant de gendarmerie de bien vouloir introduire les accusés de « l'affaire Kahn et autres ».

Les gardes en gants blancs présentaient les armes. Les officiers juges se tenaient raides comme pour l'envoi des couleurs. Gauzin avait réussi à mettre sa toque à peu près d'aplomb. Débarrassé de son public, le prétoire sonnait aussi creux qu'un théâtre désert. Il y refaisait presque froid. L'heure n'était ni grave ni lourde; ce n'était qu'un chiffre à l'horloge murale pour étiqueter un instant de la nuit. Le sténotype grignotait un à un les noms, prénoms, condamnations, dans un petit cliquetis de mandibules. Dehors, flottait une de ces douceurs de la mi-mai comme il en vient quelquefois en février éprouver la constance des hivers. Des bouffées océanes de suroît cueillaient dans la bouche saumâtre de l'estuaire des odeurs de vase et de goudron. Les vingt et un, embossés debout à leurs places habituelles, roulaient de fatigue, épaule contre épaule. Les peines, en glissant sur les figures, leur fripaient l'œil comme une poussière. La voix rouillée de Gauzin ne s'adressait qu'à l'Histoire. Personne ne s'intéressait plus à personne. Pour tous, c'était déjà demain et chacun sa vie.

De Kahn au S.S. Pakowski les contumax présumés encore vivants écopaient du châtiment suprême; affaire de parler puisque, à l'exception du lieutenant Barth, qui serait jugé trente ans plus tard en ex-R.D.A. pour crime contre l'humanité et condamné à la réclusion perpétuelle – il avait déjà passé les soixante-quinze; c'était un grand-père gâteau! –, aucun de ces sinistres fantômes ne serait jamais officiellement localisé.

Aux accusés allemands présents le tribunal distribuait une dizaine d'années de prison ou de travaux forcés; aux douze « malgré-nous », plus ou moins cinq ans de la même chose. Comme attendu, Schwaller et Lensdorf étaient condamnés à mort; encore affaire de dire... Ça l'aurait foutu mal de laisser en blanc la colonne du gros lot. Ni le requin d'ailleurs, ni même le louchon n'avait laissé filtrer le plus petit frémissement de quoi que ce soit à l'énoncé de la sentence. Ils devinaient la suite...

La suite, justement, ce fut une amnistie votée dans la huitaine à une honnête majorité après un petit affrontement d'hémicycle, sans grand éclat. Elle ne touchait bien entendu que les nationaux français enrôlés de force. Quarante-huit heures plus tard ils étaient de retour dans la mère province; avant les cigognes, comme promis. Pas de surprise non plus concernant les sous-officiers Schwaller et Lensdorf : ils furent graciés dans le mois par le président Vincent Auriol.

En 1958, lorsque de Gaulle revint aux commandes avec sa nouvelle Constitution sous le bras, il ne restait plus aux Pontons un seul des assassins de « l'affaire Kahn et autres ».

Quant au commanditaire de la tuerie, le général de division Heinz Lammerding, après une petite éclipse au Schleswig-Holstein et une quarantaine douillette en zone d'occupation alliée, il avait tranquillement regagné sa bonne ville de Düsseldorf pour y reprendre ses affaires. Lorsqu'il mourut dans son lit en 1971, c'était un homme riche, respectable, protégé : un « monsieur ».

Aujourd'hui encore, dans de gentilles petites auberges fleuries, il y a quelquefois de drôles de banquets de vieux bonshommes; rien que des gros vieux bonshommes. Ils sont sérieusement amochés par soixante-dix ans et plus de bonne vie mais ils ont quand même gardé un semblant d'allure avec leurs beaux habits taillés comme des uniformes. Celui qui ne sait pas que ce sont d'anciens gammés leur donnerait le bon Dieu sans confession à ces gros vieux bonshommes. Ils font tellement braves pépères avec leurs ventres météorisés par tant de bière et de bonne cuisine, leurs grosses figures dégringolantes et vermeilles, leurs gros yeux larmoyants de chien à glaucome, leurs rires graillonnants et caillés de vieux godelureaux!... Seulement, à peine entonnés quelques « formidables », dès que la mousse leur a mis un peu d'écume autour des lèvres, il faut voir comme la haine remonte en même temps que les rots. Pas besoin de les chauffer beaucoup, les gros vieux bonshommes, pour qu'ils ressassent ce grand morceau du monde qu'ils avaient profané de leurs bottes. Sans leurs vieilles jambes empotées de mauvais sang ils scanderaient encore des chansons de victoire en marchant coude à coude comme des oies en parade, la tête en demi-tour vers les aigles de la tribune... Au dessert ils lancent des *Prosit*! à feu le grand Reich de mille ans, à leurs dieux bruns pendus à Nuremberg, à leurs émules à bille rasée qui déjà, un peu partout, leur ont repris des mains la matraque, le feu et le couteau au nom de la race blanche... Quand le vent vient de l'Est, ils tendent le nez vers les marches de Pologne; éperdument ils écarquillent les narines des fois qu'il y flotterait encore une odeur de Juifs et de crématoires... Mais ça ne sent plus grand-chose depuis le temps; alors ils se consolent, les sales vieux bonshommes, ils se disent que ça reviendra peut-être demain, qu'il y aurait même des signes encourageants, et puis ils tendent le bras vers le diable pour le saluer.

Pferham est arrivé par le train de nuit avec le gros de ses collègues. Il a retrouvé sa petite femme maigrelette. Elle avait couché les gosses et mis sa robe des occasions. A cause des familles qui plantaient sur le quai, ils ont un peu avorté les embrassades ; ils se sont juste raccrochés par le bout des mains et la petite femme maigrelette s'est mise aussitôt à trembler du menton et ses yeux lavande ont pris la pluie. Elle a carcaillé des « mon Dieu, mon Dieu ! ». Et le petit maçon qui la voyait toute froissée et déteinte à travers ses propres larmes s'est dit qu'elle avait terriblement vieilli en un mois, sa petite femme de vingt ans, magnifiquement vieilli sur ce quai ; mais que, même réduite à un souvenir de fille comme elle le serait plus tard, il avait eu bien raison de choisir celle-là qui ne payait pas de mine et que, dès qu'ils seraient sous la couette, il la besognerait assidûment avec des tas de « je t'aime » rauques et sans timbre pour ne pas réveiller les enfants, et qu'il était tellement bondé de vigueur qu'il lui en ferait peut-être un autre de petit Pferham, justement ce soir, un petit pour fêter le retour, et que plus tard, beaucoup, beaucoup plus tard, au sommet de cette jolie ribambelle, il y aurait « papa Louis » qui avait eu bien du malheur dans sa jeunesse, mais qui depuis cette nuit de février 1953 n'en avait plus jamais parlé à personne ; même pas à lui-même... si bien qu'à la longue il avait fini par oublier complètement ce qu'il avait vu sous le tas de fagots de l'église d'Oradour le 10 juin 1944...

Pauvre papa Louis, il aurait bien dû au moins leur demander pardon à ces braves gens qu'il avait assassinés malgré lui !...

Oradour est un « monument historique ». Il se lève et s'endort à heure fixe comme tous les monuments. La grille geint, un tour de clé, bonsoir et la nuit revient, pareille, depuis cinquante ans... N'était le mur d'enceinte que l'on devine, ce n'est qu'un morceau d'ombre dans l'ombre du paysage. Un souvenir? Même pas : un petit trou du temps, une ligne qu'on a sautée...

On serait bien surpris si nos oreilles de vivants étaient suffisamment fines pour entendre ce qui se raconte dans le sommeil des monuments. N'allez pas croire que les martyrs restent sagement couchés en attendant qu'on les oublie. Ils s'en disent des choses avec les voix qu'ils avaient avant pour les ragots et les chicanes! Comme ils n'ont plus ni réputation ni bas de laine à défendre, ils échangent leurs secrets de torturés... Moi j'ai tenu, tenu, j'ai couiné pire qu'un goret et puis j'ai dit « pouce », je n'en peux plus et j'ai tendu la main vers le ciel... Alors quelqu'un me l'a prise : certainement le bon Dieu puisque je croyais au bon Dieu. Moi, dit celui-là, j'ai été saigné sur le coup, une balle en plein front, je n'ai rien senti, je n'ai rien compris, je ne comprends toujours pas... Sacré cocu, lui dit son conscrit qui le taquine depuis l'école, si tu savais ce que j'ai passé moi, rien que d'en reparler je me reprends des sueurs, pareil que si on m'avait arraché une dent à vif, et avec ça j'ai mis plus d'une heure à partir! Moi, dit une belle plante aux yeux profonds, j'ai... Et puis non, ça vous remettrait en colère parce que c'est vraiment trop ignoble de faire ça à des gosses...

Quelquefois, entre deux histoires, ils laissent filer des acrimonies. Ils se disent qu'ils voudraient bien eux aussi pouvoir enfin se reposer. C'est tellement fatigant d'être arraché du monde avec cette sauvagerie! Ils aimeraient pouvoir profiter un peu de leur monument historique; après tout il est à eux ce monument... Il y défile tant et tant de pèlerins dès que le ciel se met au bleu! C'est si apaisant cette digne kermesse! C'est gai, ça les rassure le clapotis de ces milliers de semelles, ces jolies filles qui n'osent plus être jolies mais qui le sont quand même, ces enfants qui rient avec les âmes rieuses des petits morts qui sont sûrement dans les oiseaux! C'est si gentil, ces airs de tristesse que leur jettent les passants, cette compassion furtive qui grandit les hommes, cette envie d'être un peu meilleurs que certains emportent avec des cartes postales, ces bruines, parfois, qui mouillent les regards, sans raison, sans chagrin, simplement parce que c'est juin sur Oradour et qu'il y fait beau, comme ailleurs...

Seulement voilà, on dirait que les gens d'en-bas n'en finissent pas d'affûter la haine et l'intolérance, alors ils ne peuvent dormir que d'un œil, les martyrs, dans leur éternité : c'est éreintant!...

Allons, cette fois la lampe va s'éteindre. Il faut aussi savoir se taire quand tout est dit... Vivre!

Cet ouvrage a été réalisé par la
SOCIÉTÉ NOUVELLE FIRMIN-DIDOT
Mesnil-sur-l'Estrée
pour le compte des Éditions Flammarion
en juin 1994

Imprimé en France
Dépôt légal : juin 1994
N° d'édition : 15307 - N° d'impression : 27529